山东省社会科学规划研究项目

（项目批准号：17CQXJ28）成果

两汉谣谚

发展与传播研究

孙立涛 著

中国社会科学出版社

图书在版编目（CIP）数据

两汉谣谚发展与传播研究/孙立涛著. —北京：中国社会科学
出版社，2023.4
ISBN 978-7-5227-1404-2

Ⅰ.①两… Ⅱ.①孙… Ⅲ.①谚语—文学研究—中国—汉代
②民间歌谣—文学研究—中国—汉代 Ⅳ.①I207.7

中国国家版本馆 CIP 数据核字（2023）第 026596 号

出 版 人	赵剑英
责任编辑	王小溪
责任校对	师敏革
责任印制	戴 宽

出 版	中国社会科学出版社
社 址	北京鼓楼西大街甲 158 号
邮 编	100720
网 址	http://www.csspw.cn
发 行 部	010-84083685
门 市 部	010-84029450
经 销	新华书店及其他书店

印 刷	北京君升印刷有限公司
装 订	廊坊市广阳区广增装订厂
版 次	2023 年 4 月第 1 版
印 次	2023 年 4 月第 1 次印刷

开 本	710×1000 1/16
印 张	17.75
插 页	2
字 数	241 千字
定 价	89.00 元

前　　言

　　自古至今，学人智士或致力于古圣先哲"微言大义"的解读，或致力于经典诗文"风雅之奥"的探寻，其卷帙浩繁，令人喟叹。而同样需要人们去思考和诠释的民俗文化史料，相对来说似乎没有引起各代文人学者的足够重视。直接来源于民众生活的谣谚文化，可与史互鉴，并能补史之不足，是最真实、最可靠的史料。对其进行研读，有助于我们对一个时期的社会形态和人文环境有更清晰、更深刻的了解。只是在中国几千年的文明史中，虽有古今文人浩如烟海的著作与名篇，却未给我们留下多少有关谣谚文化的言论。大体来看，我国古代谣谚文化的发展和研究概经历了三个阶段：先秦至隋唐时期是文人著作对古今谣谚的自觉引用时期；宋元明清时期是文人对历代谣谚作品系统搜集整理的时期；民国时期至当代，学者对谣谚的性质、文化功能、社会属性等方面有了一定的认识和研究，但尚不完善。整体上看来，凭借现有成果我们很难得知某一时期谣谚文化的细节，只能从一些文集对谣谚的引用和辑录中窥视一斑，故谣谚文化亟须学者做出进一步的深入研究。

　　从文献记载的传说、甲骨卜辞、《易》卦爻辞中，我们能够体会到谣谚艺术渐趋发展的过程。至春秋战国时期，我国古代谣谚艺术已经发展成熟，这表现在诸多方面，比如这一时期流传着数量众多的谣谚作品，见载于《左传》《国语》《战国策》《孟子》《韩非子》等各种典籍之中，这些谣谚作品的内容涵盖广泛、形式多样、艺术手法高超，而且春秋战国之际社会上形成了一股引用谣谚说理的风气，谣谚的社会功能得到了极大的发挥。汉代正是继承了先秦谣谚发展的这一趋势，并在此基础上开创了谣谚文化的盛世。其实，先秦两汉时期的"谣"和"谚"虽有共通性，但本是两种体裁，时人对二者概念范畴的认识有合理性，也有局限性。从发展趋向上来看，"谣"与"谚"的艺术范畴也是一个发展变化的过程，从先秦到两汉，"谣"的音乐性在增强，"谚"的音乐性在减弱，不过二者在体式、风格、流传、应用等方面还是有很大的融通性的。所以，"谣谚"共称有其合理性，将它们合为一体论述也是符合历史事实的。

本书是专门针对两汉时期谣谚文化的发展与传播进行的断代研究。通过细致考察历代文献可知，这一时期的谣谚作品数量多、类别多，时政谣谚、经济谣谚、哲理谣谚、品论性谣谚皆有，形式不拘，风格多样，且多数谣谚艺术表现力强。从地域分布上对汉代谣谚文化进行考察又可得知，两汉谣谚作品分布广泛：东起沿海，西至甘肃，北起辽宁，南至南海，都有谣谚作品产生和流传。其中京师地区的谣谚艺术尤为发达，各地亦均有特色所在，不同类别的谣谚作品其传播范围也或大或小。

汉代谣谚文化是社会各个阶层的人士共同开创的，谣谚作者除下层广大民众外，还有文人儒士、太学生、朝廷官员及谶纬家、政治活动家。故汉代谣谚文化同时也是一幅多功能的艺术画面，各类人士创作与传播谣谚的动机也各不相同：在民众日常生活中它可以用来表达爱憎，可以用来传播生活经验，是民风民情的重要表现；而在文人官吏的日常交往活动或平时的文学创作中，以及朝廷官员上书言事时，它又被用作说理的方式；此外，一些政治活动家又把谣谚作为舆论宣传工具，或将其作为结盟的口号，或以此来宣传某个政治目的。与之相应的是，汉代谣谚的社会传播也比较复杂，其间并没有严格的阶级界限之分，同阶层并各阶层之间都有谣谚作品流传。而从传播的方式上来看，除主要靠口耳相传外，亦诉诸文字传播，文字传播中除书面语传播外，尚有碑刻和题壁。随着汉代谣谚流传渐久，多数谣谚作品都有变异现象发生，或量变，或质变。

汉代谣谚文化盛行的原因是多方面的，除谣谚艺术本身的发展、完善与传承外，还有官方发掘其功能，并利用相关政策加以运用的影响。当然，谣谚作为人类生活中的现实艺术，最主要的职能应是满足人们精神方面的需求。在汉代，有适宜于广大群众从谣谚艺术中获得精神需要的社会环境，这是谣谚文化在汉代比较兴盛的根本原因。

总之，汉代民众在广袤的土地上创造了灿烂的谣谚文化，这是人们认识汉代社会历史的重要参考，是了解民众心声的重要渠道，而且汉代谣谚奠定了后世谣谚艺术的基础，对当时及后世的文人文学亦产生了一定的影响，这些均体现了汉代谣谚文化研究的重要性。本书的研究即建立在以上所思所想之上，希望能够起到抛砖引玉的作用，引起当代学者对谣谚文化领域的重视，同时也希望本书能为相关研究领域的科研人员提供一些资料和参考。当然，限于笔者的阅历和能力，书中可能存在错误或不够完善的地方，敬请各位专家批评指正。

本书出版得到了山东省高等学校青创人才引育计划团队"中国语言文学研究创新团队"的经费支持，在此一并致谢。

目　　录

绪　　论

　　艺术来源于生活，尤其是普通民众的日常劳动生活，一切文化和艺术的起源都可以追溯到远古时期劳动人民的自发创作，这是大家公认的事实。"谣谚"作为民众间最初的口头创作，历史悠久、源远流长。清人杜文澜在《古谣谚》凡例中说："谣谚之兴，其始止发乎语言，未著于文字。"① 也就是说，谣谚在没有文字的时代就可能出现了，从历史文化传承的角度上来说，这是很有道理的。

一

　　我国民众间兴起的谣谚文化，其发展必有一个从兴起到成熟的过程。可以想象，原始人在日常生活和社会实践中，群体性的生活使他们有了相互交流的基础，为了生存而最初以血缘情感结成的集体劳动，以及在这个长期的生活实践中，自然现象的神秘莫测、获得生活物质时的喜悦、饱受自然灾害之苦和遭受挫折时的忧伤等，都在客观上培育着原始人的思想情感，也使得懵懂中的原始人的生活经验得到初步的积累，这可以看作谣谚文化产生的最原始的社会环境。

　　交流的频繁、经验的积累、感情的激荡，使得最初一批谣谚作品在原始人群中产生。现在我们经常说，谣谚文化为民间集体所创

---

① （清）杜文澜辑：《古谣谚》，中华书局 1958 年版，第 6 页。

作，是民众丰富智慧或生活经验的规律性总结。虽说谣谚文化产生于以物质生产劳动为中心的广泛社会生活中，但如果具体到某个谣谚作品的原版创作小样，必定会是群体中某个具体人的创作。这个人可以看作最初的"艺术天才"，他在集体生活中，经其随意或无意的"创作之举"，产生出带有某方面生活意义，同时能引起周围人共鸣的作品小样，并带动大家一起附和，由此在某一集体中渐渐传播开来。当然这种"创作之举"只是一种自发的行为，所谓"作品"也只不过是调解情绪的旋律片段或简单经验性的碎言片语。《淮南子》卷十二《道应训》载翟煎曰："今夫举大木者，前呼邪许，后亦应之，此举重劝力之歌也。"① 鲁迅也说："我们的祖先的原始人，原是连话也不会说的，为了共同劳作，必需发表意见，才渐渐的练出复杂的声音来，假如那时大家抬木头，都觉得吃力了，却想不到发表，其中有一个叫道'杭育杭育'，那么，这就是创作；大家也要佩服，应用的，这就等于出版；倘若用什么记号留存了下来，这就是文学。"② 这个最初发出"杭育杭育"之声的人，可以看作最初的"艺术创作者"，"杭育杭育"这种伴随劳动而产生的简单节奏性的声律，自然可以理解为最初的歌谣了。这种简单性"歌谣"一直沿用于后世人类劳动之中，甚至现代民众劳作时还能找到它的痕迹，所以鲁迅所言并不是没有道理的假设，而是接近于现实生活的艺术猜想。

其实，我们可以进一步想象，原始人在集体劳动的过程中，这种伴随生活经验而产生的口号性、节奏性、旋律性的"谣谚"，不可能有一个固定的模式。因为劳动环境的不同、劳动性质的不同、劳动对象的不同、劳动强度的不同等，会使人们表现出不同的主观态度，产生不同的心理感应，也会激发起各样的愿望和幻想，长期的

---

① 何宁：《淮南子集释》，中华书局 1998 年版，第 831 页。
② 鲁迅：《且介亭杂文·门外文谈》，《鲁迅全集》第六卷，人民文学出版社 2005 年版，第 96 页。

劳动积累更会激发出越来越多的生活感言，这些如果偶尔诉诸劳作之中或劳作之余的声音艺术，则表现为众多不同节奏、不同风格、不同旋律"谣谚作品"的出现。这些初始的谣谚当然和后世我们所见到的那些成熟的谣谚作品存在很大差距，无论从表达方式、表现内容、创作目的还是艺术手法等方面来看，它们并非真正意义上的谣谚。但是作为一脉相承的发展艺术，从萌芽到成熟都要经历一个长期的发展过程，谣谚文化也是如此。

原始人这些自发的即兴创作，可看作谣谚艺术的萌芽，它们往往有着质朴的语言、短小的形式、单一的情感表达、狭小的传播范围，充分地代表着当时的艺术水准。上面提及，谣谚作为民众间兴起的口头文化创作样式，我们一般把它称为民间集体的创作，把其看作民众丰富智慧和经验的结晶。当然，民众从历史中走来，其本身的智慧和经验也是一个不断积累与完善的过程，这在历代谣谚作品中有充分的反映。这里要有所说明的是谣谚作为一种文化载体的"集体"创作性质。谣谚文化要想走向成熟，当然离不开产生它的群众，具体到某首谣谚作品本身，更可能经过了众多人的加工、润色、修改，也就是说谣谚的传播情况对其本身的发展至关重要，这才是我们所理解的"集体创作"。谣谚艺术的初始传播情况是怎样的呢？上面我们提到过，集体中某个"艺术天才"创作出最初的谣谚作品时，那些与其一起劳作的人，随着"杭育杭育"的发出，也就成了最初的附和者，这些人也可看作最初的传播者。一种艺术形态，正是因为有了传播，有了广泛的接受群众，才有了充足的生命力，才有了进一步发展的基础，也才有了走向成熟的可能。

二

按照历史进化论来看，随着人类自身的发展，人类活动的丰富和交往的频繁，人类社会也由原始的部落、氏族向更高级的文明迈进。与之伴随的谣谚艺术也会逐渐深入人心，传播范围更加广泛，其表现内容、艺术特征也逐步发展完善，作品小样的创作逐渐增多。慢慢地，谣谚这种文化载体会为更多的人所理解、接受。渐渐地，不同于原始人群中"杭育杭育"的真正意义上的谣谚作品也产生了。相传为黄帝时期所作的《弹歌》："断竹，续竹，飞土，逐宍"（《吴越春秋》卷九《勾践阴谋外传》），已有了形象的劳动生产描述；伊耆氏的《蜡辞》："土反其宅，水归其壑，昆虫毋作，草木归其泽"，① 有了相对整齐的形式结构；涂山之女的《候人歌》："候人兮猗"，② 已有了丰富的情感表达。从"歌""辞"的称谓上看，后世对其艺术特性也给予了肯定，虽冠以"歌""辞"的名称，但更符合后世所理解的"谣"的范畴。

再从我国有文字可考的历史来看，甲骨卜辞所记载的内容已经相当丰富，包括祭祀、战争、农业生产、田猎、气候、生育、疾病等许多方面，真实朴素地反映着殷商时期各个方面的社会生活状况。这里不乏谣谚性质的作品产生，如："癸卯卜，今日雨。其自西来雨？其自东来雨？其自北来雨？其自南来雨？"③ 又如："己巳王卜，贞……东土受年。南土受年，吉。西土受年，吉。北土受年，吉。"④ 再如："庚寅卜，辛卯奏舞雨。□辰奏□雨。庚寅卜，癸巳奏舞雨。庚寅卜，甲午奏舞雨。"⑤ 从这些甲骨卜辞的记载中我们能够了解到，人类社会发展面对难以捉摸的自然界时所诉诸的文辞，充分流露出当时人们的情感、愿望与感慨，且文辞的形式美感逐渐突出，这些为谣谚艺术的成长孕育了更加适宜的土壤。

---

① 《礼记》卷二六《郊特牲》载："伊耆氏始为蜡。蜡也者，索也；岁十二月，合聚万物而索飨之也……曰：土反其宅，水归其壑，昆虫毋作，草木归其泽。"详见（清）阮元校刻《十三经注疏·礼记正义》，中华书局1980年版，第1453—1454页。

② 《吕氏春秋》卷六《季夏纪·音初》篇载："禹行功，见涂山之女，禹未之遇而巡省南土。涂山氏之女，乃令其妾，候禹于涂山之阳，女乃作歌，歌曰：'候人兮猗。'实始作为南音。"详见王利器注疏《吕氏春秋注疏》，巴蜀书社2002年版，第616—620页。

③ 参见郭沫若《卜辞通纂》，科学出版社1983年版，第368页。

④ 参见郭沫若《殷契粹编》，科学出版社1965年版，第579页。

⑤ 参见胡厚宣主编《甲骨文合集释文》，中国社会科学出版社1999年版，第670页。

《易》是我国最早的一部卜筮之书，被称为文明史的智慧之源。除意广涵深的哲理之外，《易》卦爻辞还具有一定的文学价值，其主要表现就是，卦爻辞中不仅蕴含着丰富的社会内容，运用了较多的表达意象，而且艺术表现手法也已达到很高的水准，对后世的艺术思维、行文方式、修辞手法等影响深远。如果从哲理层面来看，卦爻辞作为古人筮卜所常用的文辞，多数可以看作生活实践经验的总结，具备后世所理解的"谚"的特点。具体到某个卦爻辞的语句上来看，如《乾》上九"亢龙有悔"、《泰》九三"无平不陂，无往不复"、《师》上六"开国承家，小人勿用"等，更似真正意义上的谚语，与后世谚语已非常接近。而对于《易》卦爻辞中所包含的歌谣因素，更是早已引起学人的注意，如高亨的《〈周易〉卦爻辞的文学价值》一文，把《易》卦爻辞看作"短歌"类来研究。① 黄玉顺的《易经古歌考释》一书，对《易》引用古歌的情形进行了多方面的探讨，甚至认为六十四卦的每一卦都蕴含了一首古歌，并对"爻"的含义进行了细致分析，认为"爻"是"繇"的假借字，而"繇"也是假借字，其本字应该是"谣"，即指歌谣。此外，黄氏还论述了"谣占"（引用歌、谣占卜）的传统。② 这些观点是有一定道理的，《易》中含有上古朴素歌谣成分的看法，也逐渐得到学界的认可。仔细分析这些卦爻辞，能够直接找到一些与歌谣非常相似的形式和内容，如《否》九五"其亡其亡，系于苞桑"、《贲》六四"贲如皤如，白马翰如，匪寇婚媾"、《中孚》六三"得敌，或鼓或罢，或泣或歌"、《归妹》初九"归妹以娣，跛能履"等。这些和相传黄帝时期的《弹歌》"断竹，续竹，飞土，逐宍"及《夏人歌》"时日曷丧？予及汝皆亡"（《尚书·汤誓》）、"盍归于亳，盍归于亳上，亳亦大矣"，③ 有相似的风格内

---

① 参见高亨《周易杂论》，齐鲁书社 1979 年版，第 65—68 页。

② 参见黄玉顺《易经古歌考释》，巴蜀书社 1995 年版，"绪论"第 1—32 页。

③ 参见（唐）欧阳询《艺文类聚》卷一二《帝王部二·殷成汤》引《尚书大传》，上海古籍出版社 1965 年版，第 221 页。

蕴。除此之外，《易》卦爻辞中还存在一些艺术性较高的歌谣性辞句，它们往往语言简洁、描写细腻、音节爽朗和谐，已具有很高的诗意韵味，如《中孚》九二"鸣鹤在阴，其子和之，我有好爵，吾与尔靡之"、《明夷》初九"明夷于飞，垂其左翼，君子于行，三日不食"。而《渐》《艮》整个卦爻辞从初爻到上爻，更可看作一首歌谣的反复歌唱，辞句回环复沓，有很强的韵律感，① 与《诗经》中重章叠句的艺术手法极为相似。

由上可见，从甲骨卜辞到《易》卦爻辞，作为我国早期有文字记载的文学样式的筮辞，也从简单纪实性的散文，渐渐发展为带有一定主观雕饰成分的美文。作为一种发展着的文学意蕴，这些"美文"充分反映了先民文化艺术审美观念的逐渐提高。在此基础上，真正意义上的谣谚作品也陆续产生了，除口耳相传外，一些谣谚开始诉诸文字而得以保存，这在《易》中有着充分的反映，这些也必将对后世文人文学的发展产生一定的影响。

一种文化载体在其发展过程中，从最初萌芽状态到基本定型，可能多数伴随的是人的自发创作。所以，真正的谣谚艺术基本定型后，要想走向成熟，还有待于它的进一步发展，有待于人们对谣谚文化特质的再认识。谣谚这种具有广泛民众基础的艺术形态，有着与民风民俗相统一的内在质朴规范性，当其发展到一定程度时，尤其是针对性强的作品产生之后，就使其艺术特质具有一定的稳定性，不易产生变异。而有着浓厚生活经验性的民谚更是不能轻易变更。可以想象，若要发生经常性变异的话，那就无异于一般的语句，失去了其"传言"的特质，根本不会引起人们的重视。最初的民谣正

---

① 《渐》卦爻辞：初六，鸿渐于干，小子厉，有言，无咎；六二，鸿渐于磐，饮食衎衎，吉；九三，鸿渐于陆，夫征不复，妇孕不育，凶，利御寇；六四，鸿渐于木，或得其桷，无咎；九五，鸿渐于陵，妇三岁不孕，终莫之胜，吉；上九，鸿渐于陆，其羽可用为仪，吉。《艮》卦爻辞：初六，艮其趾，无咎，利永贞；六二，艮其腓，不拯其随，其心不快；九三，艮其限，列其夤，厉，薰心；六四，艮其身，无咎；六五，艮其辅，言有序，悔亡；上九，敦艮，吉。

是因为有了简单固定的节奏、旋律才适合了普通大众的口味，也正是因为这个特点，才使谣谚艺术具有了流传的可能。当然，谣谚的这种"稳定性"是相对来说的，是着眼于谣谚文化的特质来看的，如果具体到生活中某个作品本身的流传上来看，在具体表征大体不变的情况下，个别作品也会产生文本的变化或相似的表文，如"让礼一寸，得礼一尺"，后世发展为"让一寸，饶一尺""尔敬我一尺，我敬尔一丈"的异本；我们熟知的"三个臭皮匠，顶个诸葛亮"，也有"三个臭皮匠，赛过诸葛亮""三个臭皮匠，合成个诸葛亮"的说法。具体作品的内在规范性又在反面彰显着谣谚艺术的特质，使它的变化程度和风格都不会偏离太远，如果产生严重的偏离，那就可能是向着另一件谣谚作品或另一种艺术样式发展了。

三

　　谣谚作为人类最初始的文化创作形态，一直延续到现在仍然保持着旺盛的生命力，依然保持着其内在质朴性，并为其他文化载体提供着丰厚的土壤和艺术借鉴，从一定意义上甚至可以说，一切与言语、声音、文字有关的艺术都可以溯源于谣谚文化。当然，任何一种形态的艺术一经形成，都有其内在规范性和相对稳定的特质。上文说过，谣谚艺术的相对稳定性是针对谣谚文化的特质来说的，在具体表征不变的情况下，文本的稍微变异也是存在的，如果脱离了这种文化的内在规范性，任其自由发展的话，那就不得不提到后起的"诗"。诗、歌、乐、舞本是同源，而这个"源"即可理解为早期人类活动中产生的谣谚文化，具体到"诗"，更可看作谣谚文化的直接继承者。正如刘师培在《论文杂记》中所说："上古之时，先有语言，后有文字。有声音，然后有点画；有谣谚，然后有诗歌。"[①]上文我们分析过，《易》中一些卦爻辞有着很高的诗意韵味，很多卦

---

　　① 刘师培：《论文杂记》，人民文学出版社 1984 年版，第 110 页。

爻辞与后起的《诗》中某些语句极其相似。其实这些谣谚性质的卦爻辞已经运用了起兴、重章反复、套语等艺术手法，从中更可看出二者的同构关系。

以此可推知，"诗"源于谣谚艺术，随着社会的发展，统治阶层的文人普遍掌握了谣谚这种早期存在的文化艺术方式，他们在此基础上进一步创作出具有谣谚艺术之本，但又高于劳动民众口头创作的"诗"。随着这些专业人士的精雕细琢，"诗"逐渐规范化、专业化，变为部分文化修养较高之人的"专利"。从此，"诗"逐渐与谣谚艺术"分道扬镳"，以后便有了《诗经》的巨大成就和"诗言志"的传统。这是谣谚文化诉诸文字之后，我们直接窥测到的信息。

除了后起的"诗"外，我们还要反观与谣谚艺术并存的那些大型歌舞的创作。《吕氏春秋》卷五《仲夏纪·古乐》篇载："昔葛天氏之乐，三人操牛尾投足以歌八阕：一曰《载民》，二曰《玄鸟》，三曰《遂草木》，四曰《奋五谷》，五曰《敬天常》，六曰《建帝功》，七曰《依帝德》，八曰《总万物之极》。"① 可以看出，这是原始氏族部落全民族的生产乐歌，已具备了大型歌舞的要素，但仍存有歌谣的简洁质朴性，可把其看作大型歌舞的初创形式。而以"六代乐舞"为代表的系列作品，则标志着大型乐舞创作逐渐走向成熟。《周礼》卷二二《春官·大司乐》载："以乐舞教国子：舞《云门》《大卷》《大咸》《大韶》《大夏》《大濩》《大武》。"郑玄注曰："此周所存六代之乐。黄帝曰《云门》《大卷》，黄帝能成名，万物以明，民共财，言其德如云之所出，民得以有族类。《大咸》，《咸池》尧乐也。尧能殚均刑法以仪民，言其德无所不施。《大韶》，舜乐也，言其德能绍尧之道也。《大夏》，禹乐也，禹治水傅土，言其德能大中国也。《大濩》，汤乐也，汤以宽治民，而除其邪，言其德

---

① 王利器注疏：《吕氏春秋注疏》，巴蜀书社2002年版，第536—538页。

能使天下得其所也。《大武》，武王乐也，武王伐纣以除其害，言其德能成武功。"① 关于六代乐舞之名，在先秦典籍《论语》《左传》《尚书》中也多有记载。此外，典籍中还有其他一些早期大型歌舞的记载，如黄帝时的《英韶》、颛顼帝时的《承云》、帝喾时的《声歌》②、夏启时的《九辩》《九歌》③ 等。而与此相应的还有关于乐官制度和贵族子弟从小学习歌舞之事的记载。④ 此外，大型歌舞的硬件设施——乐器，也在逐渐发明制作之中。⑤ 这些记载虽然多带有传

① （清）阮元校刻：《十三经注疏·周礼注疏》，中华书局 1980 年版，第 787 页。

② 《吕氏春秋》卷五《仲夏纪·古乐》篇载："黄帝又命伶伦与荣将铸十二钟，以和五音，以施《英韶》……帝颛顼好其音，乃令飞龙作效八风之音，命之曰《承云》……帝喾命咸黑作为《声歌》——《九招》、《六列》、《六英》。"详见王利器注疏《吕氏春秋注疏》，巴蜀书社 2002 年版，第 548—555 页。

③ 《山海经》卷十六《大荒西经》："（夏后）开上三嫔于天，得《九辩》与《九歌》以下。"详见袁珂校注《山海经校注》，巴蜀书社 1992 年版，第 473 页。《楚辞·天问》："启棘宾商，《九辩》《九歌》。"王逸注曰："《九辩》、《九歌》启所作乐也。"详见（宋）洪兴祖《楚辞补注》，中华书局 1983 年版，第 98—99 页。

④ 《吕氏春秋》卷五《仲夏纪·古乐》篇："昔黄帝令伶伦作为律……帝颛顼好其音，乃令飞龙作效八风之音，命之曰《承云》，以祭上帝。乃令鱓先为乐倡……帝喾命咸黑作为《声歌》……帝喾乃令人抃，或鼓鼙，击钟磬，吹苓展管篪……帝尧立，乃命质为乐……舜立，仰延乃拌瞽叟之所为瑟，益之八弦，以为二十三弦之瑟。帝舜乃令质修《九招》、《六列》、《六英》，以明帝德。禹立……命皋陶作为《夏籥》九成……殷汤即位……乃命伊尹作为《大濩》，歌《晨露》，修《九招》、《六列》，以见其善。"（详见王利器注疏《吕氏春秋注疏》，巴蜀书社 2002 年版，第 541—565 页。）由此可见，掌管音乐的专职艺人已经出现，并承命作乐，可看作最早的乐官。《尚书》卷三《舜典》又载，帝曰："夔，命汝典乐，教胄子，直而温，宽而栗，刚而无虐，简而无傲。诗言志，歌永言，声依永，律和声。八音克谐，无相夺伦，神人以和。"注曰："胄，长也，谓元子以下至卿大夫子弟。以歌诗蹈之舞，教长国子中、和、祗、庸、孝、友。"（阮元校刻：《十三经注疏·尚书正义》，中华书局 1980 年版，第 131 页。）《尚书》卷五《益稷》云："夔曰：戛击鸣球，搏拊琴瑟以咏。祖考来格，虞宾在位，群后德让，下管鼗鼓，合止柷敔，笙镛以间。鸟兽跄跄，《箫韶》九成，凤凰来仪。夔曰：於！予击石拊石，百兽率舞，庶尹允谐。"（阮元校刻：《十三经注疏·尚书正义》，中华书局 1980 年版，第 144 页。）这些记载都说明虞舜时期已实施乐教。

⑤ 《礼记》卷三一《明堂位》载："土鼓、蒉桴、苇龠、伊耆氏之乐也。"（阮元校刻：《十三经注疏·礼记正义》，中华书局 1980 年版，第 1491 页。）《吕氏春秋》卷五《仲夏纪·古乐》篇："昔黄帝令伶伦作为律。伶伦……取竹于嶰溪之谷，以生空窍厚钧者，断两节间，其长三寸九分而吹之，以为黄钟之宫，吹曰舍少。次制十二筒，（转下页）

说或夸大的成分，但当时的歌舞艺术已经得到很大程度的发展，并非没有根据的传言。从一些典籍对这些歌舞状况的侧面描写中，也能推测出当时歌舞艺术的盛貌。如《墨子·非乐上》说："启乃淫溢康乐，野于饮食，将将铭，苋磬以力，湛浊于酒，渝食于野，万舞翼翼，章闻于天，天用弗式。"①《管子·轻重甲》载："昔者桀之时，女乐三万人，端噪晨乐，闻于三衢。"② 以此可见，夏代歌舞繁盛之貌非同一般。

从以上的叙述中可知，从原始社会末期始，至晚到夏代，大型歌舞创作逐渐具备了完善的社会条件，并产生了具有一定艺术高度的作品。到了商周之际，大型歌舞艺术已经非常繁荣，乐官制度更加完善，贵族子弟能得到很好的乐德教育，乐器的制作、演奏更是达到相当高的水准。这不仅在《周礼》《礼记》《国语》等典籍中有着明确的记载，现代出土的众多乐器和道具也从实物方面证明了当时大型歌舞创作和表演的完美成熟。这已完全不同于先前带有传说性的记载，其大型歌舞作品的艺术水平早已为现代人所公认，毋庸赘言。

（接上页）以之阮隃之下，听凤皇之鸣，以别十二律。其雄鸣为六，雌鸣亦六，以比黄钟之宫，适合，黄钟之宫皆可以生……黄帝又命伶伦与荣将铸十二钟，以和五音，以施《英韶》……帝喾命咸黑作为《声歌》——《九招》、《六列》、《六英》。有倕作为鼙鼓钟磬吹苓管埙篪、鞀、椎、钟。帝喾乃令人抃，或鼓鼙，击钟磬、吹苓展管篪，因令凤鸟、天翟舞之……帝尧立，乃命质为乐。质乃效山林溪谷之音以歌，乃以麋鞈置缶而鼓之，乃拊石击石，以象上帝玉磬之音，以致舞百兽。瞽叟乃拌五弦之瑟，作以为十五弦之瑟……舜立，仰延乃拌瞽叟之所为瑟，益之八弦，以为二十三弦之瑟。"（详见王利器注疏《吕氏春秋注疏》，巴蜀书社 2002 年版，第 541—561 页。）《尚书》卷三《舜典》："二十有八载，帝乃殂落……三载，四海遏密八音。"注曰："八音，金、石、丝、竹、匏、土、革、木。"（阮元校刻：《十三经注疏·尚书正义》，中华书局 1980 年版，第 129 页。）《周礼》卷二三《太师》亦云："播之以八音：金、石、土、革、丝、木、匏、竹。"郑注曰："金，钟镈也；石，磬也；土，埙也；革，鼓、鼗也；丝，琴瑟也；木，柷敔也；匏，笙也；竹，管箫也。"（阮元校刻：《十三经注疏·周礼注疏》，中华书局 1980 年版，第 795 页。）有关乐器的记载，典籍中还有很多，这里不再多述。

①　（清）孙诒让撰，孙启治点校：《墨子间诂》，中华书局 2001 年版，第 262—263 页。

②　黎翔凤撰，梁运华整理：《管子校注》，中华书局 2004 年版，第 1398 页。

这些大型歌舞与《诗》中《颂》《大雅》有着一脉相承的关系。虽然大型歌舞另开一派，并逐渐走向成熟，而且最终成为政治社会的主流，但简练质朴的谣谚艺术仍在民众间"低调"发展。原始氏族末期，虽有葛天氏的"八阕之乐"，但也有伊耆氏质朴的《蜡辞》；黄帝时期虽有《云门》《大卷》，但也有简练的《弹歌》；夏代时期虽有《大夏》《九辩》《九歌》，但也有《候人歌》《夏人歌》等抒情小调；周代更无须多言，同样是"雅俗"并存。据此可知，至少到原始社会后期，歌诗艺术已经产生分流，一个向着专业化的方向发展，即"大型歌舞艺术"；一个则仍保持着民间质朴的风范，不断自我完善，即"谣谚艺术"。葛天氏的"八阕之乐"可看作这种分流初期的作品。当然，因为地域发展不平衡或某些社会因素的影响，二者的分流也不是绝对的，在不同的社会环境中，它们的分流可能是一个此消彼长的过程。

　　谣谚艺术与大型歌舞并存发展局面的到来不是偶然的，是谣谚艺术发展到一定阶段的产物。从《候人歌》《夏人歌》这些具体的歌谣，① 及甲骨卜辞和《易》卦爻辞中蕴含的歌谣性内容，还有后

---

　　① 据典籍所载，还有一些相传为尧舜禹时期的歌谣，如《列子·仲尼篇》载尧时《康衢谣》："立我烝民，莫匪尔极。不识不知，顺帝之则。"《尚书·益稷》中载《帝舜歌》："敕天之命，惟时惟几。股肱喜哉！元首起哉！百工熙哉！"和《皋陶歌》："元首明哉，股肱良哉，庶事康哉；元首丛脞哉，股肱惰哉，万事堕哉。"《尚书大传》载舜帝《卿云歌》："卿云烂兮，纠缦缦兮。日月光华，旦复旦兮！"《孔子家语·辩乐解》载舜时《南风歌》："南风之薰兮，可以解吾民之愠兮！南风之时兮，可以阜吾民之财兮！"《吴越春秋·越王无余外传》载夏代《涂山歌》："绥绥白狐，九尾厖厖。我家嘉夷，来宾为王。成家成室，我造彼昌。天人之际，于兹则行"，等等。虽然目前对这些歌谣的真伪存在争议，有的可能带有后人加工的成分，但其中至少能透露出当时歌诗状况的一些信息，以至于后世对其有所追及。况且，因为歌曲艺术地域发展不平衡或个人音乐素养不同的因素，也不能完全否认当时没有这种水准的歌谣。这些歌谣的内容多含有"君臣"或"颂德"之意，但氏族时期的阶级观念、君民观念尚不明显，整个氏族可看作一个大家庭，从这一点上来说，这些歌谣当然可看成民间大众的作品。此类歌谣在杜文澜的《古谣谚》中也有部分收集。从这些人的创作中我们还有理由说，那个时期有了从民间歌谣向大型歌舞过渡的中间人。

世所流传的此时期的一些谣谚作品上来分析，① 从原始氏族末期，历经尧、舜、禹时期，再到商周时期，民众间一定存在众多的谣谚作品，只是未能诉诸文字，能够流传下来的又很少，我们只能在甲骨卜辞和《易》卦爻辞出现后，从中窥视到一棱半角。

虽然此时期民众间可能存在众多的谣谚作品，但多半还是以自发创作为主，从《候人歌》《夏人歌》及《易》卦爻辞中可见一斑。当然，其中也不乏艺术性较高的作品，从《易》中那些具有诗意韵味的歌谣性辞句中可以看出，也不乏人为的特意创作，从周宣王时期出现的政治性童谣中可以得知。②

但从结构上看，它们往往篇幅短小、形式单一；从内容上看，表达范围也不够全面。由此可见，此时期还不是谣谚文化的成熟期，未形成社会效应。从艺术根源上来说，大型歌舞和谣谚文化是同一的，但不能说大型歌舞与谣谚文化是一脉相承的，只能说它们是分流并存发展的，因为谣谚艺术还没有臻于成熟之时，大型歌舞就出现了。我们常说一种艺术的成熟为其他艺术提供了成长的土壤和可资借鉴的经验，当然大型歌舞的初创期也离不开民间谣谚艺术的成就，但谣谚艺术发展到一定阶段时而产生的大型歌舞，并没有过分地依赖于民间谣谚艺术本身这种低调、自发、缓慢的自我完善，而是借助于政治的力量而得以畸形发展，如"六代乐舞"用来歌功颂德、一些君王为享乐需要大肆制作"淫乐"，皆是其突出的表现。

---

① 如《论衡·艺增》载尧时的《击壤歌》："日出而作，日入而息。凿井而饮，耕田而食。尧何等力"；《孟子·梁惠王》篇载晏子引夏谚："吾王不游，吾何以休。吾王不豫，吾何以助。一游一豫，为诸侯度"；《左传·隐公十一年》载羽父引周谚："山有木，工则度之。宾有礼，主则择之"；《左传·桓公十年》载虞叔引周谚："匹夫无罪，怀璧其罪"；等等。

② 《国语》卷一六《郑语》载周宣王时的童谣："檿弧箕服，实亡周国。"详见徐元诰撰，王树民、沈长云点校《国语集解》，中华书局 2002 年版，第 473 页。

四

真正的谣谚艺术基本定型后，要走向成熟，还有待于它的进一步发展，有待于人们对谣谚文化特质的再认识。谣谚这种艺术载体，风格质朴、体式单一，那么它发展到何时、发展到什么程度才算是成熟呢？翻阅历史典籍的记载，我们有理由推知，大概到春秋战国时期谣谚艺术已经走向成熟。这主要表现在以下几个方面。

首先，这一时期流传着众多的谣谚作品，见载于各种典籍中，如《左传》《国语》《战国策》《孟子》《韩非子》等。仅《春秋左传》一书，杜文澜《古谣谚》就从中摘录谣谚作品四十一首。而且这一时期的谣谚作品涵盖范围广泛，除本时期新创作的谣谚外，又有前代流传下来而重新加以利用的，如《孟子·梁惠王》篇引夏谚、《左传·隐公十一年》引周谚、《国语·郑语》载宣王时童谣、《韩非子·六反》篇引先圣谚等。其实，能够赖以文人在典籍中保存的只是其中一小部分，除此之外，其他谣谚作品在社会生活中流传之多，可想而知。

其次，此时期谣谚的艺术性得到较大的发挥。主要表现为：作品的表现范围扩大；形式多样；艺术手法高超。从表现范围上来看，典籍中所记载的谣谚多以哲理性、经验性的作品为主，如"狼子野心"（《左传·宣公四年》引）、"唯食忘忧"（《左传·昭公二十八年》引）、"心苟无瑕，何恤乎无家"（《左传·闵公元年》引）等。此外，描述时政现象或社会生活事迹的作品也大量出现，如《宋筑者讴》①："泽门之皙，实兴我役。邑中之黔，实慰我心。"（《左传·

---

① 在周汉时期，"讴"与"谣"有的含义基本相同。如《尔雅》卷五《释乐》："徒歌谓之谣。"（阮元校刻：《十三经注疏·尔雅注疏》，中华书局 1980 年版，第 2602 页。）《说文》中"谣"注："徒歌，从言，肉。"（许慎：《说文解字》，中华书局 1963 年版，第 52 页。）《楚辞·大招》："讴和《扬阿》，赵箫倡只。"王逸注曰："徒歌曰讴。"（洪兴祖：《楚辞补注》，中华书局 1983 年版，第 221 页。）

襄公十七年》引）卜偃引童谣："丙之晨，龙尾伏辰。均服振振，取
虢之旗。鹑之贲贲，天策焞焞。火中成军，虢公其奔。"（《左传·
僖公五年》引）。从形式上来看，虽然谣谚的特质决定了其简洁的
体式，这时的谣谚当然也多以这种体式为主，像上面所列举的谣
谚作品多是这样，从一句一首、两句一首到多句一首都有，但这时
也出现了篇幅较长的作品，如《左传·昭公二十五年》已引文武之
世童谣："鸲之鹆之，公出辱之。鸲鹆之羽，公在外野。往馈之马，
鸲鹆跦跦。公在乾侯，征褰与襦。鸲鹆之巢，远哉遥遥。稠父丧
劳，宋父以骄。鸲鹆鸲鹆，往歌来哭。"① 再从艺术手法上来看，有
的谣谚作品在追求形式美的同时也在艺术手法上达到了极致，如
"辅车相依，唇亡齿寒"（《左传·僖公五年》引）、"长袖善舞，
多钱善贾"（《韩非子·五蠹》篇引）、"众心成城，众口铄金"（《国
语·周语》引）这样的对仗句式。这一时期的谣谚作品对节奏韵
律之美有了相当的把握。作品风格除质朴自然、活泼直露外，少
许还表现出诙谐幽默的风趣，如《风俗通义·皇霸》篇载战国时
期赵国百姓间流传的童谣："赵为号，秦为笑，以为不信，视地上
生毛。"②

再次，春秋战国之际，社会上形成一股引用谣谚说理的风气，
谣谚艺术具有了社会功能。这一时期，谣谚艺术遍及社会各个阶层，
传播和应用范围逐渐扩大。《左传》等典籍中能够保存下当时众多的
谣谚作品不是偶然的，而是在普遍应用这种艺术的社会环境中促成
的，从其行文中我们大概能了解到当时运用谣谚这一艺术的盛况。
查阅《左传》，我们看到的尽是引谚说理的情形，如"羽父引周谚"
"虞叔引周谚""士蒍引谚""宫之奇引谚""孔叔引谚""乐豫引谚"
"子文引谚""伯宗引谚""羊舌职引谚""刘定公引谚""晏子引

---

① （清）阮元校刻：《十三经注疏·春秋左传正义》，中华书局 1980 年版，第 2109 页。
② （东汉）应劭撰，吴树平校释：《风俗通义校释》，天津人民出版社 1980 年版，第
31—32 页。

谚”“子产引谚”“子服惠伯引谚”“魏子引谚”“戏阳速引谚”等。其他典籍中也有相似的记载，这里不再列举。从这些人的身份上来看，都属于士子、官宦阶层。可见，此时期的谣谚艺术已经深入统治阶层，当然，与之并存的还有“赋诗言志”的传统。由于《左传》史书的性质所在，谈到的多是各国的政治史事，很少涉及民间，其他典籍也是如此，但可以想象，此时民间谣谚艺术的运用情况也定不输此，同样繁盛。

这一时期还应为我们所注意的是，谣谚作品的创作已不局限于下层民众的自发创作，个别士人的主观创作也同时出现了。从“引谚说理”中我们看不到创作者的一面，人为的刻意之作更充分地体现在此时期各个“童谣”的创作上。虽叫作“童谣”，但根本不具有“儿童性”，从语言习惯、思维方式、情感表达、反映内容等方面来看，明显为成人化的作品。这些“童谣”往往具有“预言性功能”，又被称为谶谣，举例如下。

《左传·僖公五年》载卜偃引童谣：“丙之晨，龙尾伏辰。均服振振，取虢之旗。鹑之贲贲，天策焞焞。火中成军，虢公其奔。”这是春秋时期预测晋国必灭虢国的一则童谣。这首童谣多用四字整齐句式，叠字的运用更显形象生动，从中可看出其创作受到了《诗经》诗句的影响。童谣中所提到的“龙尾”“鹑”“策”“火”都是天文中的星宿，并且提到了“取虢之旗”“虢公之奔”这些与战争相关的场面，可见这首童谣的作者一定是懂得天文地理知识的上层官宦。

《左传·昭公二十五年》师已引文武之世童谣：“鸲之鹆之，公出辱之。鸲鹆之羽，公在外野。往馈之马，鸲鹆跦跦。公在乾侯，征褰与襦。鸲鹆之巢，远哉遥遥。稠父丧劳，宋父以骄。鸲鹆鸲鹆，往歌来哭。”这则童谣预示着鲁国将会发生灾难，鲁昭公攻打季氏将会失败出逃，鲁定公即位。这则童谣出现的时间比较早（文武之世），预示事件的应验却很晚（春秋时期），比附成分极大，同上面所引童谣一样，具有非常明显的文人化气息，应为文人官吏所作。

典籍中还有此时期其他一些"童谣"的记载,这里不再一一列举。

由上分析可知,在春秋战国时期人们已经充分认识到了谣谚文化的特质,并为统治阶层所利用,由自发创作进入自觉创作的时代,① 从而使大量谣谚作品在社会各个阶层之间流传。可以看出,春秋战国时期谣谚文化已经完全成熟,并表现出蓬勃发展的趋势。

之后,经过短暂的秦朝,到汉代,谣谚文化发展终于达到了高度繁荣的程度。之所以这样说,是因为到汉代,社会上流传的谣谚作品更加繁多,表现内容更加丰富,艺术成就更加高超,创作群体更加广泛,创作目的更加多样,并且区域发展不平衡,流传与应用情况渐趋复杂。此外,汉代的谣谚文化与文人诗、乐府等也有着千丝万缕的联系,这使谣谚艺术的文化价值增强。汉代整个社会好像都在和谣谚艺术打着交道,谣谚成了人们茶余饭后的谈资。在汉代谣谚文化的运用与流传过程中,充分体现着汉代人的风俗风习、是非爱憎、审美心理等社会观念,甚至谣谚艺术的传播影响到统治阶层,从而使国家文化政策中也一度包含着对谣谚艺术的资用。

---

① 当然,这里并不否认谣谚在自发创作时期的艺术成就,正是因为有了民众的自发创作,才使谣谚这一艺术形式一直保持着群众化气息,一直保持着质朴的美学风范,也才有了简单不拘的创作体式,适合大多数群众的创作要求。民众自发的创作又有着质朴自然、活泼直露、通俗易懂的特点,这能满足绝大多数群众的口味,从而使谣谚艺术无论走到何时都有着充足的生命力。这里要说的是,谣谚艺术为社会上更多人所认识后,尤其是文人,他们借助于这种艺术形式开始的自觉创作,是对谣谚艺术的重新认识和加工,能使谣谚文化得以弘扬,使谣谚文化的价值得到整个社会的认可,从而有助于谣谚文化更加完美地发展。其实这里反映的是,文人自觉的"返璞归真",更多的是接受群体的扩大,而对于谣谚文化的特质并没有多大的影响。因为即使有了文人的创作,谣谚这种文化艺术还是以民间创作为主,真正好的作品还是在民间创作、流传。文人的创作,虽也尽量保持着谣谚的内在规定性,但作品中文人化气息仍难消去。当然,他们的作品从一定意义上来说也具有很高的价值,汉代的文人谣谚尤其值得注意。不管怎么说,他们加入谣谚文化的创作队伍,本身就是一种进步。当然,文人阶层不会以此创作为主,他们有自己的文化圈,如要表达"雅"的文化思想,他们有另一艺术媒介,那就是诗歌。

五

　　每个历史时期谣谚文化都是客观存在的，都是社会文化中不可缺少的组成部分，甚至在人们的社会生活中发挥着重要的作用。要想对一个时期的历史、政治、文化生活、社会观念等做出全面、正确而深刻的认识，脱离了对谣谚文化的认识是做不到的，所以谣谚文化的研究至关重要。

　　回顾整个古代历史，历代都有谣谚流传，并有大量谣谚作品经文人的记录而保存至今。上文已经述及，先秦时期的众多谣谚已见载于各种典籍之中，如《左传》《国语》《战国策》《孟子》《韩非子》等记载了数量众多的先秦时期的谣谚作品。这一时期的谣谚作品涵盖范畴广泛，从尧舜时期，历经周代到秦代，都有作品流传。这些典籍为了行文的需要，征引了许多远古时期的谣谚作品，同时也使谣谚的文化职能得到进一步发挥，使前世的谣谚作品得到保存和延续，为后人提供了可资借鉴的艺术样式和表现手法，并且为后世研究前代的政治、历史、文化、民俗等保存了可贵的资料。当然，其中也不乏传说性质的作品存在，如《列子》卷四《仲尼》篇所载尧时期的《康衢谣》："立我蒸民，莫匪尔极。不识不知，顺帝之则"[1]；《穆天子传》卷三载周穆王时期的《白云谣》："白云在天，山陵自出。道里悠远，山川间之。将子无死，尚能复来"[2]；等等。这些作品的真实性往往受到后人的质疑，但《左传》《国语》《战国策》《韩非子》等先秦典籍中记载的那些与这些典籍同时代或相近时期的作品则是不必怀疑的，无论它们是纯客观的描述，还是带有一定的神秘色彩，都客观存在于民众的日常生活之中，并非后世伪造。这些谣谚作品的运用和记载，充分彰显出我国谣谚文化的早期形态

---

① 杨伯峻：《列子集释》，中华书局1979年版，第143页。
② （晋）郭璞注：《山海经·穆天子传》，岳麓书社1992年版，第223页。

和当时民众的社会观念、生活习俗、是非爱憎、艺术思维等，具有深邃的思想内涵。

谣谚发展到汉代，其创作和流传更是蔚为壮观，汉代的很多人物事迹和社会信息在谣谚中有所反映。这些谣谚作为重要的史志资料内容也多被引用于《史记》《东观汉记》《汉书》《后汉书》等历史典籍中，这更加充分说明了谣谚在汉代社会的重要地位。除此之外，汉代谣谚作品还散见于各类文人著作中，如桓宽的《盐铁论》、桓谭的《新论》、王符的《潜夫论》、崔寔的《政论》、赵岐的《三辅决录》、应劭的《风俗通》等，均载有一定数量的谣谚作品。汉代文人著作同先秦时期的典籍一样，除提到或引用本时代的谣谚作品外，还记载、征引了大量前代的谣谚，如《史记·周本纪》《列女传》记载了周宣王时的童谣；《史记·赵世家》《风俗通义·皇霸》篇记载了战国赵地赵幽缪王时期的民谣；《史记·晋世家》《汉书·五行志》记载了春秋晋地晋惠公时的童谣；《新书·容经》篇及《新书·春秋》篇引用到周谚；等等。汉代文人著作记载或引用的先秦时期的谣谚作品，其中一些在先秦时期的典籍中是看不到的，这就使谣谚这种主要靠口耳相传的艺术作品得以保存。所以，汉代社会不仅流传着新创作的谣谚，还流传着先秦时期的一些古谣古谚。谣谚文化在先秦时期已经表现出蓬勃发展的趋势，汉代继承了这一趋势，在此基础上创造了谣谚文化的盛世，并使这一特殊的文化现象保持着旺盛的发展势头，一直传至后世。

可以说，谣谚是认识社会历史的重要参考，是了解民众心声的重要渠道，汉代又处于谣谚文化从初创走向兴盛的时期，为后世树立了典范。通过对汉代谣谚文化的研究，不仅能够使我们更加深刻地了解汉代的历史和社会状况，而且可以使我们更加全面、更加清晰地认识我国古代早期谣谚文化的特点和发展轨迹。所以，汉代谣谚文化至关重要，有必要对其做出进一步的深入研究。

汉代历史时间长，谣谚文化丰富，要想使研究走出表面化，就应赋予"谣谚"以多功能的视角，深入挖掘谣谚的社会功能、历史功能、文化功能等各个层面。首先，既然谣谚是客观存在于人们生活之中并发挥着影响的，我们就要赋予其应有的文化地位，把其看成文化研究领域中不可缺少的组成部分。其次，在对谣谚文化进行文献考察的基础上，对有所记载的每首汉代谣谚作品做出本事考察，并把其同民风民俗研究结合起来，从谣谚的流传中观察民情，进而在谣谚的分期、地域、类别上做出研究，以便深刻体察社会各个阶级的思想情感，认识社会、认知历史；再次，对风行于汉代社会的谣谚文化的不同应用情形做出研究，具体地说，包括对谣谚艺术的创作者、各阶级各阶层对谣谚艺术运用的场合与方式，以及谣谚在社会中的传播和变异现象做出深入研究，以此详细揭示汉代社会谣谚文化发展的细节。最后，对汉代谣谚文化兴盛的原因做出深入考察，既要看到它是谣谚文化本身发展完善的结果，又要看到其与官方文化政策及社会各阶层对其精神的需要分不开。此外，谣谚的文化性、艺术性，与当时文人诗歌、乐府创作，与当时世俗风情的形成都有着难以分割的联系，对此做出深入的研究，更有助于我们了解中国古代诗歌文化发展的脉络。以上几个方面，同时也是本书的研究思路和主要内容，希望通过研究能够使人们更加深刻地了解汉代谣谚文化的艺术特点和汉代的社会史、文化史，同时也希望能在研究思想上带来些许启示。

第一章　早期谣谚的特质及其概念界定

　　春秋战国时期，谣谚的表现内容扩大、作品增多、艺术成就突出、应用频繁，同时谣谚也逐渐为社会各个阶层的人士所接受或利用，渐渐走出民间低调发展的状态。这预示着谣谚文化已经走向成熟，同时也标志着谣谚的社会地位从实际上得以确立。

　　现在我们回过头来审视"谣谚"的含义。"谣"和"谚"本是两种体裁，正如清人杜文澜《古谣谚》凡例中说："谣谚二字之本义，各有专属主名。"① 古代典籍在引录谣谚作品时，也多是"谣""谚"分而辑录的。看得出，"谣谚"虽多并称，其中固有相通之处，但二者本也存在着一定的差异。

一　"谣"的特征与概念分析

　　对"谣"最早的解释出现于秦汉时期。《诗经·魏风·园有桃》言："心之忧矣，我歌且谣。"《毛传》曰："曲合乐曰歌，徒歌曰谣。"《郑笺》云："我心忧君之行如此，故歌谣以写我忧矣。"② 《乐府诗集》卷八三《杂歌谣辞》解题引《韩诗章句》曰："有章曲曰歌，无章曲曰谣。"③《尔雅·释乐》曰："徒歌谓之谣。"④《说文》

---

　　① （清）杜文澜辑：《古谣谚》，中华书局1958年版，第3页。
　　② （清）阮元校刻：《十三经注疏·毛诗正义》，中华书局1980年版，第357页。
　　③ （宋）郭茂倩编：《乐府诗集》，中华书局1979年版，第1165页。
　　④ （清）阮元校刻：《十三经注疏·尔雅》，中华书局1980年版，第2602页。

中"谣"写作"䌞"，释云："徒歌，从言，肉。"① 可见，这一时期最有代表性的说法就是"徒歌曰谣"，也就是说，没有乐器伴奏的纯人声歌唱叫作"谣"，有无乐器伴奏也成了"歌""谣"的主要区分。秦汉之后对"谣"的解释，也多从于此，如唐人徐坚《初学记》引《尔雅》"徒歌曰谣"后注曰："谓无丝竹之类，独歌之。"②由此也可以看出，"谣"与"歌"似乎又有着难以割舍的联系，人们都在刻意区分着二者。

"徒歌曰谣"是在音乐表现形式上对"谣"做出的说明，是在"歌"与"谣"的区分与对比中做出的解释。这种解释，充分看到了"谣"在表演方式上的简洁、随意、不受约束的特点，有其合理的一面，所以能得到时人的基本认同。但是如果刻意去分析"徒歌曰谣"的说法，会发现很多漏洞。

"徒歌曰谣"这种对比性的解释，是从偏重于"谣"的特质上出发而得出的概念，只看到"谣"不可"歌"（用乐器伴奏）或很难"歌"的状况，殊不知其忽略了"歌"的特质，"歌"也是可以脱离乐器的伴奏而只诉诸人声的，这在春秋战国时期"赋诗言志"的传统上有着充分的体现。"诗"本来是能配乐歌唱的，却在社交场合被用来"赋"、"诵"或"歌"（无伴奏），脱离了乐器配合，如果按照"徒歌曰谣"来分析的话，"诗"岂不是也成"谣"了？

当然，我们要注意到，"徒歌曰谣"中的"歌"要作动词解释，而不能理解为名词，也就是说，这是侧重于"表演方式"上来说的。秦汉时期持"徒歌曰谣"论者，多从《诗经·魏风·园有桃》："心之忧矣，我歌且谣"这一诗句出发，对"歌"与"谣"进行区别。我们可以设想一下"歌且谣"的表演情景，这里不可能是轮换着变换曲目，先从有乐器伴奏的"歌"（名词），忽而再过渡到无伴奏的

---

① （汉）许慎：《说文解字》，中华书局 1963 年版，第 52 页。

② （唐）徐坚等注：《初学记》卷一五《乐部》上"歌"条，中华书局 1962 年版，第 376 页。

民间质朴的"谣"（名词），而是一首歌的不同表演方式，即时而用乐器来伴着唱，时而清唱（即脱离乐器的伴奏）。也就是说一首乐歌既可以用"歌"（有乐器伴奏）的方式演唱，又可以用"谣"（无乐器伴奏）的方式演唱。从这个意义上来说，赋"诗"当然可以看作"谣"了，但绝非"诗"变成了"谣"（名词）。但是，春秋战国之际还有"诵诗三百，弦诗三百，歌诗三百，舞诗三百"（《墨子·公孟》）之说，并没有"谣诗三百"的说法，而"弦诗三百"和"歌诗三百"并列，"弦诗"即使用乐器伴奏的歌唱，那么"歌诗"定为没有乐器伴奏的清唱无疑。由此可以看出，即便是歌乐脱离了乐器的伴奏来演唱，依然叫作"歌"，而不叫作"谣"。所以，"徒歌曰谣"只是针对民间简朴的歌谣来说的，并非涉及社会上所有歌曲的演唱方式。《诗经·魏风·园有桃》中的"我歌且谣"，并不是要把"歌"和"谣"看成两种演唱方式对立起来、区分开来，而多是侧重于句式表达的需要，《诗经》中这样的句式举不胜举，如"道阻且长"（《秦风·蒹葭》）、"终温且惠"（《邶风·燕燕》）、"终窭且贫"（《邶风·北门》）、"忧心且伤、忧心且悲"（《小雅·鼓钟》）、"既明且哲"（《大雅·烝民》）、"既和且平"（《商颂·那》）等，多是为了使诗体句式上整齐划一。

如上面所说，"徒歌曰谣"这种解释，充分看到了民间歌谣在表演方式上简洁、随意、不受约束的特点，有其合理的一面。但是，即便"徒歌曰谣"是针对民间简朴歌谣来说的，先秦两汉时期的歌谣作品也多有不合此说之处。像我们所熟悉的那些上古时期的歌谣，如《吕氏春秋》中载录的大禹时期的《候人歌》《涂山歌》，《尚书大传》中载录的《夏人歌》，《论衡》中载录的唐尧时期的《击壤歌》，《吴越春秋》中载录的上古时期的《弹歌》，等等，根据当时演唱情景的描述，这些歌都是无乐器伴奏的徒歌，但载辑入册时都被题为"歌曰"，而不是"谣曰"。如涂山之女随意深情的清唱，不可能有乐器来伴奏，但《吕氏春秋》却称为"歌曰：'候人猗兮。'

实始作为南音。"① 而《吕氏春秋》为秦人所编,《尚书大传》《论衡》《吴越春秋》为汉人所编。以此可知,秦人、汉人并不受"徒歌曰谣"概念的束缚,即便是民间歌谣性的唱法,也多称为"歌",而不是"谣"。其实在秦汉之际这样的例子还有很多,最有名的还有刘向《说苑·善说》记载的《越人歌》。② 其实这种以"歌"为通称的叫法,也不仅是秦汉才有,春秋战国时期已经出现。如《孟子·离娄上》载:"有孺子歌曰:沧浪之水清兮,可以濯我缨。沧浪之水浊兮,可以濯我足。"③ 称之为"孺子歌",可见这首歌是流传于民间的,并且流传范围广泛,老少皆知,不一定有乐器伴奏,但《孟子》却题为孺子"歌"。可见以"歌"为通称的叫法早有端倪。当然这里不免会有歌曲艺术地域发展不均衡的问题存在,那些歌曲艺术比较发达的地区,随着社会各阶层人士艺术交流的频繁,徒歌和乐歌可能会较早地拥有"歌"这一通称之名。

"徒歌曰谣"是从音乐性上对"歌"和"谣"做出的区别。其实二者在其他方面也存在不同,如创作者、接受者、体式、风格、流传方式等,这些不进行说明的话,二者的概念还是会模糊不清的。与之相似,还有"有章曲曰歌,无章曲曰谣"(《韩诗章句》)的说法,这一说法看到了"歌"与"谣"在形式上的区分:"歌"一般比较正规,在曲式结构上有着不可随意改变的规定性;而"谣"则体式相对较小,演唱随意,不拘泥于格式。但其他方面的说明又有所缺失,从实际情况上看,先秦两汉时期的作品也多有不合此说之

---

① 王利器注疏:《吕氏春秋注疏》,巴蜀书社 2002 年版,第 619—620 页。

② 《越人歌》,或称《越人拥楫歌》《榜人歌》《越女棹歌》。据刘向《说苑》卷一——《善说》记载,这首歌是楚国王子鄂君子晳乘船在越溪游乐之时,船家女(越人)拥楫而唱的。越语歌词为:"滥兮抃草滥予昌枑泽予昌州州䲥州焉乎秦胥胥缦予乎昭澶秦逾渗惿随河湖。"翻译后的楚语歌词为:"今夕何夕兮搴舟中流,今日何日兮得与王子同舟,蒙羞被好兮不訾诟耻,心几顽而不绝兮得知王子,山有木兮木有枝,心说君兮君不知。"详见(汉)刘向撰,向宗鲁校证《说苑校证》,中华书局 1987 年版,第 278—279 页。

③ (清)阮元校刻:《十三经注疏·孟子》,中华书局 1980 年版,第 2719 页。

处。如汉高祖的《大风歌》篇幅短小，体式单一，并且为宴会上的即兴之作，[1] 严格来说这不能算作"有章曲"的作品，却有《三侯之章》的美名。[2] 其实，这一时期这种即兴性、随意性歌唱的抒情短歌还有很多，尤其是汉代，更比比皆是，无论是当时还是后世，这些作品都被称为"歌"。

由上可见，徒歌曰"歌"、无章曲曰"歌"的情形也是多有存在的。

其实"徒歌曰谣""有章曲曰歌，无章曲曰谣"，只是一个泛泛的概念，并不具有严格的规定性，它是在歌舞艺术比较繁荣的时候，社会生活中各样的艺术并驱发展的形势下，"歌""谣"风行于整个社会的情形下，为了将二者做出区别，而形成的一个大体判断，并没有刻意割裂二者的意思。如果细致区分的话，恐怕也是比较复杂的，因为歌舞艺术本就是一个交叉发展的复杂过程，尤其是春秋战国到秦汉时期，民间和上层社会在歌舞艺术方面多有交流，所谓"始皆徒歌，既而被之管弦"（《晋书·乐志》）的情形是很多的。《乐府古题要解》曰："乐府相和歌……并汉世街陌讴谣之词。"[3] 不少民间歌谣被音乐机构采用而改为宫廷乐歌，如《汉书》卷二二《礼乐志》载："至武帝定郊祀之礼……乃立乐府，采诗夜诵，有赵、代、秦、楚之讴。以李延年为协律都尉，多举司马相如等数十人造为诗赋，略论律吕，以合八音之调，作十九章之歌。"[4]《汉书》卷三〇《艺文志》亦载："自孝武立乐府而采歌谣，

---

① 《史记》卷八《高祖本纪》载："（汉）高祖还归，过沛，留。置酒沛宫，悉召故人父老子弟纵酒，发沛中儿得百二十人，教之歌。酒酣，高祖击筑，自为歌诗曰：'大风起兮云飞扬，威加海内兮归故乡，安得猛士兮守四方。'令儿皆和习之。高祖乃起舞，慷慨伤怀，泣数行下。"（汉）司马迁：《史记》，中华书局 1963 年版，第 389 页。

② 《史记》卷二四《乐书》载："高祖过沛诗《三侯之章》，令小儿歌之。"（汉）司马迁：《史记》，中华书局 1963 年版，第 1177 页。

③ 参见丁福保辑《历代诗话续编》，中华书局 1983 年版，第 33 页。

④ （汉）班固：《汉书》，中华书局 1964 年版，第 1045 页。

于是有代赵之讴，秦楚之风，皆感于哀乐，缘事而发，亦可以观风俗，知薄厚云。"①《晋书》卷二三《乐志》在"汉世街陌谣讴"及江南《吴歌》等之后总结说："凡此诸曲，始皆徒歌。"② 一首歌谣被"被之管弦"后固然不可再称为"谣"，但是未改编的版本可能还在民间流传，所以定性一首作品时，要对此有所甄别。除此之外，宫廷乐歌也不免有流入民间的作品，变成传唱的"歌谣"，这在战国时期就出现了。宋玉《对楚王问》载："客有歌于郢中者，其始曰《下里》《巴人》，国中属而和者数千人；其为《阳阿》《薤露》，国中属而和者数百人；其为《阳春》《白雪》，国中属而和者不过数十人；引商刻羽，杂以流徵，国中属而和者，不过数人而已。是其曲弥高，其和弥寡。"其中言及的《阳阿》是楚国的宫廷歌曲，《楚辞·招魂》："女乐罗些。陈钟按鼓，造新歌些。《涉江》《采菱》，发《扬荷》些。"王逸注曰："言乃奏乐作音，而撞钟，徐鼓，造为新曲之歌，与众绝异也。""楚人歌曲也。"③ 从"新曲之歌""与众绝异"的形容中可知，《涉江》《采菱》《扬荷》不是楚地当时常见的流行歌曲，而是楚国宫廷新制作的。《扬荷》曲名字体多不统一，姜亮夫先生说："扬荷，又作扬阿、阳阿、扬何，皆一行之变也。"④可见，楚国的宫廷歌曲《阳阿》已经传入民间，能为"客"所演唱。这位"客"能唱各种歌曲，雅俗兼善，且演唱技艺高超；这些不同层次、不同风格的歌曲能在郢都出现——以此可见，整个社会歌舞交流情况之复杂，使得"谣""歌"概念更不易区分。

　　从整个社会的音乐交流中可以看出，"谣"的"音乐性"在增强，"徒歌"甚至也有了"歌"的称法，这使"歌"与"谣"的概

---

① （汉）班固：《汉书》，中华书局1964年版，第1756页。

② （唐）房玄龄等：《晋书》，中华书局1974年版，第717页。

③ （宋）洪兴祖：《楚辞补注》，中华书局1983年版，第209页。

④ 参见姜亮夫《楚辞通故》第三辑，《姜亮夫全集》（三），云南人民出版社2002年版，第273页。

念变得愈加难以区分。所以，大家在力求分清二者时，当对"谣"做出定性说明时，又离不开"歌"，且和"歌"做对比说明，因此出现了"徒歌曰谣""有章曲曰歌，无章曲曰谣"的说法。这种在复杂的歌舞环境中产生的概念，只是一个"泛泛之论"，实际情况并未遵从此说，徒歌曰"歌"、无章曲也曰"歌"的情形大有存在。但分析这些被称为"歌"的作品，多数又具有"谣"的特质，"歌"只是一个通行的叫法而已。正如杜文澜《古谣谚》凡例中所说："谣与歌相对，则有徒歌合乐之分。而歌字究系总名，凡单言之，则徒歌亦为歌，故谣可联歌以言之，亦可借歌以称之。则歌固有当收者矣。"① 所以，我们在鉴定"谣"类作品时要突破"徒歌曰谣"的界限，还要顾及"徒歌曰歌"中的某些歌谣性作品。也就是说"谣"要定性在那些具有"群众创作"性与"广泛流传"性特征的作品上。一些称谓为"歌"的作品，如《汉书·匈奴传》载录的《平城歌》，题为"天下歌之曰"，《史记·曹相国世家》所载的《画一歌》，题为"百姓歌之曰"，《后汉书·独行传》记载的《范史云歌》，题为"间里歌之曰"，等等，这些虽然称为"歌"，但作品本身都具有一定的社会功能，都是在民众间创作流传开来的，具有歌谣的性质，所以应定性为"谣"。而对于文人或统治阶层间那些有主名的"徒歌"而言，如《史记·留侯世家》所载汉高祖的《鸿鹄歌》，《汉书·外戚传》所载戚夫人的《春歌》，《汉书·武帝纪》所载汉武帝的《瓠子歌》，等等，这些作品多是抒一己之情的有感之作，不具有"谣"的特性。另外，有的"徒歌"虽在典籍中载有演唱者主名，但我们没有理由说这首"歌"就是此人创作的，不能排除歌者把社会上流传的歌谣搬到某个场合中来应用或抒发感慨。如《史记》卷五二《齐悼惠王世家》载录的朱虚侯耕田歌："深耕概种，立苗欲疏，非其种者，锄而去之。"《汉书》卷一七《景武昭宣

---

① （清）杜文澜辑：《古谣谚》，中华书局1958年版，第4—5页。

元成功臣表》载录的商丘成醉歌："出居，安能郁郁。"但我们也没有可靠的证据证明它们是民众间流传的歌谣，所以涉及这类作品时要加以注意。

二　"谚"的含义及其演变规律

对"谚"最早的解释出现于汉晋时期。《说文》曰："谚，传言也，从言彦声。"①《礼记》卷六〇《大学》："故谚有之曰：人莫知其子之恶，莫知其苗之硕。"郑玄注曰："谚，鱼变反，俗语也。"②《国语》卷二一《越语下》："谚有之曰：觥饭不及壶飧。"韦昭注曰："谚，俗之善语也。"③《文心雕龙》卷五《书记》篇："谚者，直言也。"④《左传·隐公十一年》："周谚有之曰：山有木，工则度之。宾有礼，主则择之。"杜预注曰："谚，音彦，俗言也。"⑤《汉书》卷二七《五行志》颜师古注曰："谚，俗所传言也。"⑥

从以上注解中可以看出，汉晋时期对"谚"的解释多侧重于它的通俗性，这看到了"谚"于民众间广泛流传的特点。除了韦昭在《国语》注中说其为"俗之善语"外，其他解释都大体认可"谚"为"传言"、"直言"或"俗语（言）"，也就是说"谚"没有了音乐属性。从先秦到汉代典籍中载引的具体作品上来看，"谚"的音乐性确实在减弱。看先秦典籍中载及的谚语：

《左传·隐公十一年》载羽父引周谚："山有木，工则度之。宾有礼，主则择之。"

《左传·桓公七年》载虞叔引周谚："匹夫无罪，怀璧其罪。"

---

① （汉）许慎：《说文解字》，中华书局 1963 年版，第 53 页。
② （清）阮元校刻：《十三经注疏·礼记正义》，中华书局 1980 年版，第 1674 页。
③ 徐元诰撰，王树民、沈长云点校：《国语集解》，中华书局 2002 年版，第 583 页。
④ 刘勰著，范文澜注：《文心雕龙注》，人民文学出版社 1962 年版，第 460 页。
⑤ （清）阮元校刻：《十三经注疏·春秋左传正义》，中华书局 1980 年版，第 1735 页。
⑥ （汉）班固：《汉书》，中华书局 1964 年版，第 1381 页。

《左传·闵公元年》载士芶引谚:"心苟无瑕,何恤乎无家。"

《左传·僖公五年》载宫之奇引谚:"辅车相依,唇亡齿寒。"

《左传·僖公七年》载孔叔引谚:"心则不兢,何惮于病。"

《左传·文公七年》载乐豫引谚:"庇焉,而纵寻斧焉。"

《左传·宣公四年》载子文引谚:"狼子野心。"

《左传·宣公十六年》载羊舌职引谚:"民之多幸,国之不幸也。"

《左传·昭公元年》载刘定公引谚:"老将知而耄及之。"

《左传·昭公三年》载晏子引谚:"非宅是卜,唯邻是卜。"

《左传·昭公七年》载子产引谚:"蕞尔国,而三世执其政柄。"

《左传·昭公十三年》载子服惠伯引谚:"臣一主二。"

《左传·昭公十九年》载子产引谚:"无过乱门";子瑕引谚:"室于怒,市于色。"

《左传·昭公二十八年》载魏子引谚:"唯食忘忧。"

《左传·定公十四年》载戏阳速引谚:"民保于信。"

《论语·子路》载孔子引南人言:"人而无恒,不可以作巫医。"

《韩非子·六反》篇引古谚:"为政犹沐也,虽有弃发,必为之";引先圣谚:"不踬于山,而踬于垤。"

《韩非子·五蠹》篇引鄙谚曰:"长袖善舞,多钱善贾。"

《国语·周语》引故谚曰:"众心成城,众口铄金。"

《礼记·缁衣》载南人古之遗言:"人而无恒,不可以为卜筮。"

《史记·赵世家》载赵武灵王引谚:"以书御者不尽马之情,以古制今者不达事之变。"

分析上面的例子可以看出,这些典籍中所载的谚语多是经验性的格言警句，具有很强的指导性，能用在实际生活中来说明道理。从体式上来看，这些谚语多短小整齐，有的甚至只有一句话，如"狼子野心""唯食忘忧"。以此看来，这样的"谚"似乎不能歌唱。当然，由于《左传》等典籍并非以载录谚语为务，能够得以记载下来的，应都是在流传中便于记忆而又高度成熟的作品，具体到实际情况中，也不免会有与"谣"相仿的谚语。其实典籍中确实有少许这样的谚语存在，如《孟子·梁惠王下》载晏子引夏谚："吾王不游，吾何以休。吾王不豫，吾何以助。一游一豫，为诸侯度。"①《左传·宣公十五年》载伯宗引谚："高下在心，川泽纳污，山薮藏疾，瑾瑜匿瑕，国君含垢。"② 这样的谚语多是反映时俗的，与那些指导性、经验性的谚语不同，它们和"谣"几乎难以区分。

与春秋战国时期相似，汉代也以具有经验性、哲理性的谚语居多。但同时也要注意到，汉代社会上流传的谚语中是否也有与"谣"相似而可歌的作品呢？杜文澜在《古谣谚》凡例中说："盖谣训徒歌，歌者咏言之谓，咏言即永言，永言即长言也。谚训传言，言者直言之谓，直言即径言，径言即捷言也。长言主于咏叹，故曲折而纡徐，捷言欲其显明，故平易而疾速。此谣谚所由判也。"③ 按此凡列中所言，"谣"和"谚"都是可以歌唱的，只是风格不同，一个"曲折而纡徐"，一个"平易而疾速"。这种说法具体到某些作品上来说，不免有些牵强，但其指出"谚"的可歌性有其合理之处。虽然"谚"的音乐性在逐渐减弱，但不能排除有可歌的"谚"存在。在汉代同样能找到与"谣"体征相似的"谚"。如《汉书》卷九九《王莽传》载长安语："欲求封，过张伯松。力战斗，不如巧为奏。"又载东方语："宁逢赤眉，不逢太师。太师尚

---

① （清）阮元校刻：《十三经注疏·孟子注疏》，中华书局1980年版，第2675页。

② （清）阮元校刻：《十三经注疏·春秋左传正义》，中华书局1980年版，第1887页。

③ （清）杜文澜辑：《古谣谚》，中华书局1958年版，第3页。

可，更始杀我。"① 《后汉书》卷一一《刘玄传》载长安语："灶下养，中郎将。烂羊胃，骑都尉。烂羊头，关内侯。"② 这类反映世事时俗的谚语在汉代也是很多的，它们和当时流行的"谣"有很大的相通性，也应当是可"徒歌"的。

由上可见，从音乐性上来说，先秦两汉时期"谚"的可歌性虽然在弱化，但也有与"谣"相像的时俗"谚"，二者并存发展。当然，大多数的"谚"还是逐渐向着格言警句的方向发展，受音乐的束缚越来越小，而在形式美、音韵美方面愈加凸显。

而在这一发展过程中，"谚"的概念范畴也在发生着变化。从流传范围上来看，谚语似乎更早地占领了"市场"。起初谚语可能也主要在民间流传，尤其是在春秋战国之前，那些在音乐方面相似的"谣"和"谚"应是并存于民间的，二者有着相似的概念。但是随着谚语格言性的增长、音乐性的减弱，这个具有生活指导性的"警句"早已扩展到了整个社会，这从《左传》中众多士子官员引谚说理的现象中可以看出。随着谚语艺术的进一步发展，到汉代又出现了调侃性、标榜性、品评性的流行语，也加入谚语的行列。如"研、桑心算"（《史记·货殖列传》裴骃《集解》载徐广引）；"五鹿岳岳，朱云折其角"（《汉书·朱云传》）；"间何阔，逢诸葛"（《汉书·诸葛丰传》）；"欲为《论》，念张文"（《汉书·张禹传》）；"谷子云笔札，楼君卿唇舌"（《汉书·游侠传》）；"夜半客，甄长伯"

---

① （汉）班固：《汉书》，中华书局 1964 年版，第 4086、4175 页。在周汉时期，这类常被引用并称为"语"的韵律短语很多，其本质与"谚"无异，多是叫法上的不同。如《春秋左传·僖公五年》载宫之奇谏曰："谚所谓'辅车相依，唇亡齿寒'者……"（阮元校刻：《十三经注疏·春秋左传正义》，中华书局 1980 年版，第 1795 页。）而《春秋穀梁传·僖公二年》则写为：宫之奇谏曰："语曰'唇亡则齿寒'……"范宁注云："语，谚言也。"（阮元校刻：《十三经注疏·春秋穀梁传注疏》，中华书局 1980 年版，第 2392 页。）杜文澜《古谣谚·凡例》中说："谚本有韵之言语，故谚字可训谚言，谚亦可称言称语。"（杜文澜辑：《古谣谚》，中华书局 1958 年版，第 5 页。）与之相似的还有"号"的称谓，本书述及的谣谚艺术，实则包含这些称为"语""号"的韵律短语。

② （南朝宋）范晔撰，（唐）李贤等注：《后汉书》，中华书局 1965 年版，第 471 页。

（《后汉书·彭宠列传》）；"《五经》复兴鲁叔陵"（《后汉书·鲁恭传》）；"道德彬彬冯仲文"（《后汉书·冯衍传》）；"前有管鲍，后有庆廉"（《后汉书·廉范传》）；"问事不休贾长头"（《后汉书·贾逵传》）；"殿中无双丁孝公"（《后汉书·丁鸿传》）；"关西孔子杨伯起"（《后汉书·杨震列传》）；"《五经》从横周宣光"（《后汉书·周举传》）；"荀氏八龙，慈明无双"（《后汉书·荀淑传》）；"天下规矩房伯武，因师获印周仲进"（《后汉书·党锢列传》序）；"贾氏三虎，伟节最怒"（《后汉书·党锢列传·贾彪传》）；"说经铿铿杨子行"（《后汉书·儒林列传》）；"《五经》无双许叔重"（《后汉书·儒林列传》）；等等。此类韵律小句使谚语的定性范围扩大了，并且出现了小范围内一时传播的情形。郭绍虞说："从广义方面而言，则不论何种言语，只须有一定的形式而传唱于社会上的，都是谚语。即如一种形容的辞句因其有一定形式而又脍炙人口，亦可名为谚语。"① 据此可以说，汉代文人中的这些韵律小句使"谚"的概念范畴无形中得以扩展了。而对于一些典籍中没有直接标记为"谚语"，但确实又具有一定的生活经验性、哲理性的韵律短语，我们也不能断定它就不是谣谚作品。如《史记》卷一二九《货殖列传》言："用贫求富，农不如工，工不如商，刺绣文不如倚市门，此言末业，贫者之资也。"② 而《汉书》卷九一《货殖传》则写为："谚曰：'以贫求富，农不如工，工不如商，刺绣文不如倚市门'，此言末业，贫者之资也。"③ 当然，这里也许是俗语、韵语发展演变的结果，但同时也充分说明了谣谚文化内涵的广泛性，凡是具有一定韵律和具备一定应用性的短语，只要有流传的可能，皆可称为"谚语"。

---

① 郭绍虞：《谚语的研究》，载苑利主编《二十世纪中国民俗学经典·史诗歌谣卷》，社会科学文献出版社 2002 年版，第 13 页。

② （汉）司马迁：《史记》，中华书局 1963 年版，第 3274 页。

③ （汉）班固：《汉书》，中华书局 1964 年版，第 3687 页。

三　"谣"与"谚"的差异及二者的互通性

经以上分析，我们大体了解了先秦两汉时期"谣"与"谚"的含义及其异同。从音乐性上来看，"谣"的音乐性在增强，"谚"的音乐性在减弱。具体来说，则是经验性、格言性一类的"谚"与"谣"之间存在差别，广泛性、长久性、适用性可以看作这类谚语的特点。而"谣"多反映的是世事、时俗，即多是针对一时、一地、一事的"歌唱"，随着时间的推移，大多数逐渐被遗忘，只有一些比较典型的依赖文人记载才流传下来。而这类格言性的"谚"是生活规律的浓缩，在大多数人中流传，更具生命力，有的甚至一直流传至今仍具应用性。正如吕肖奂所说：

> 民谣带有鲜明的时间性或者暂时性，一般民谣反映出民众一时一地对一事一物的叙述或看法，随着时事变化，事过境迁，人们会对具体的人事淡忘，当时流传一时的民谣，也会被人渐渐遗忘，所以如果当时没有人将其记录下来、将口头民谣转换为文字民谣，大多数民谣就不会流传后世……而谚语，则相对来说具有长效性甚至是永久性，谚语关于自然的知识，虽然没有经过科学的实验，却是众人经过长期的体验和观察而积累的经验，这种经验可能是真理或接近于真理，为后世人遵从奉行，因而传诵久远；而关于世态人情的谚语，往往一针见血地说出世态炎凉、人情冷暖，无论意义积极还是消极，都会影响人们的心态和行为。因此谚语的流传往往是口口相传，流传久远，不依赖于文字记载，是真正的口头文学。我们很难确切地说某一条谚语产生于哪个年代，其记录的年代也不一定是它产生的年代，因为谚语的时间性不像民谣那样强。①

---

① 吕肖奂：《中国古代民谣研究》，巴蜀书社 2006 年版，第 18 页。

所以，如果非要给"谣"和"谚"作一个定义性说明，那么这个定义性的说明也将是一个发展着的概念，因为从先秦到两汉时期二者都在一定程度上发生了改变。

虽然"谣"和"谚"之间存在差别，但也仅是在和"哲理性谚""格言性谚"的比较中得出的，即便是这样，二者在创作、流传、形式、风格、反映时俗等方面还是有很大相似性的，抛开此二者更是难以区别，所以它们的差别不占主流。

之所以这样说，是因为除了时俗性的"谚"与"谣"相似外，还有另外一种情况，那就是有的"谣"也颇似于"谚"，这在汉代社会中尤为常见。如《后汉书》卷六一《黄琼传》载京师为光禄茂才谣："欲得不能，光录茂才"，《后汉书》卷六七《党锢列传》序又载乡人谣"天下规矩房伯武，因师获印周仲进"①，谢承《后汉书》载京师为唐约谣"治身无嫌唐仲谦"②，等等。这些"谣"与当时那些标榜性、品评性的"谚"难以区分，当然可能存在叫法上随意性的因素，但这也充分显示出当时"谣"与"谚"的概念已经模糊，二者还是以相通性为主，尤其表现在体式的简洁性、社会的流传性等特点上。杜文澜《古谣谚》凡例中言："（谣、谚）二者皆系韵语，体格不甚悬殊。故对文则异，散文则通，可以彼此互训。"③正是在这一指导思想之下，杜文澜将古谣、古谚混合辑入书中。不管现代人们对"谣"与"谚"做出多少区分，如要针对先秦两汉时期进行论述，那么应当尊重当时的客观情况。况且，后世直到现世也往往是"谣谚"并称，以此更可看出二者的相似属性。

以上笔者对"谣"和"谚"的特质进行了分析，并探讨了"谣"与"谚"在概念范畴上的变迁及其背景，还一并述及二者的

① （南朝宋）范晔撰，（唐）李贤等注：《后汉书》，中华书局1965年版，第2040、2185页。

② 参见周天游辑注《八家后汉书辑注》，上海古籍出版社1986年版，第261页。

③ （清）杜文澜辑：《古谣谚》，中华书局1958年版，第3页。

融通性。其实人类历史和文化传播本是一个纷繁复杂的系统，支系纵横、区域不均，要对此做出绝对的论断，绝非易事。所以我们在论及"谣""谚"的共性时可采用"谣谚"合论的形式，有特别需要时则可把"谣"与"谚"分开来论述。

第二章　两汉谣谚的文献考察与分期

　　谣谚这种文化体裁，因其创作的"集体性"和口耳相传的特点，决定了其主要以民间传播为主，多表现为一种文化工具，不会留有作者主名，所以很难得到文人的特意保存。但是随着谣谚艺术的发展，春秋战国时期一些谣谚作品开始在典籍中得以记载。到了汉代，谣谚的创作群体进一步扩大，谣谚的概念范畴也得到扩展，且越来越多的谣谚作品在文人典籍中得以保存。虽然这些保存下来的谣谚只是文人因行文需要进行的偶然记录，相对于汉代四百多年的历史来说显得很少，但这些为数不多的谣谚作品却为我们了解汉代这一文化体裁提供了不可多得的信息。从这些具体的谣谚文本出发，我们能够对汉代谣谚文化的整体风貌得到直观而鲜明的认识。

一　汉代谣谚分期辑录及本事或出处考

　　本章将对两汉时期流传的谣谚作品进行文献考察和辑录，并按时间顺序对每首谣谚的本事或出处做出考证。作品搜罗与辑录的范围概可划分为三部分：一是汉代社会中流传的前代谣谚，即汉人引录或记载的在汉代社会中仍具应用性的前人作品（主要为"谚"）；二是汉代典籍中载录的汉人在日常生活中自作自用的谣谚作品；三是汉世之后各类典籍中记载的汉代谣谚，即后人所引所录的汉人作品。

　　为方便大家对汉代每个时段的谣谚文化都有较为直观而清晰的

了解，本章在辑录谣谚作品时按汉代帝王执政的时期顺序进行，这样还有利于对汉代不同时期的谣谚文化概况进行纵向对比观察，也有利于对同一时期不同类型谣谚的运用与传播情况进行横向比较，从而既可鸟瞰全局、了解整体文化风貌，又可彰显作品含义与时代背景之关联，做到知其文、论其事，以便为下面章节的相关论述提供方便。

（一）汉高帝、惠帝（吕后）时期（前206—前180年）

（1）长沙人石虎谣："石虎头截，仓廪不阙。"

《太平寰宇记》卷——四《江南西道·潭州·长沙县》载：

> 石虎，在县东四里。每食仓廪。当吴芮为王之时，仓廪废耗，（吴）芮以生肉祭之，后截其头，截其身，由是长沙人谣曰："石虎头截，仓廪不阙。"①

（2）平城歌："平城之下亦诚苦，七日不食，不能彀弩。"

《汉书》卷九四《匈奴传上》载：

> 汉初定，徙韩王信于代，都马邑。匈奴大攻围马邑，韩信降匈奴……高帝自将兵往击之。会冬大寒雨雪，卒之堕指者十二三，于是冒顿阳败走，诱汉兵……高帝先至平城，步兵未尽到，冒顿纵精兵三十余万骑围高帝于白登，七日，汉兵中外不得相救饷……孝惠、高后时，冒顿浸骄……高后大怒，召丞相（陈）平及樊哙、季布等，议斩其使者，发兵而击之……（季）布曰："（樊）哙为上将军，时匈奴围高帝于平城，（樊）哙不能解围。天下歌之曰：'平城之下亦诚苦，七日不食，不能彀弩。'"②

---

① （宋）乐史撰，王文楚等点校：《太平寰宇记》，中华书局2007年版，第2319页。
② 本章所参（汉）班固《汉书》为中华书局1964年版，以下不再注释。

（3）画一歌："萧何为法，颛若画一。曹参代之，守而勿失。载其清净，民以宁一。"

《史记》卷五四《曹相国世家》载：

至（萧）何且死，所推贤唯（曹）参。（曹）参代（萧）何为汉相国，举事无所变更，一遵萧何约束。择郡国吏木讷于文辞，重厚长者，即召除为丞相史。吏之言文刻深，欲务声名者，辄斥去之。日夜饮醇酒……惠帝怪相国不治事……（曹）参曰："高帝与萧何定天下，法令既明，今陛下垂拱，参等守职，遵而勿失，不亦可乎？"惠帝曰："善。君休矣！"（曹）参为汉相国，出入三年。卒，谥懿侯……百姓歌之曰："萧何为法，颛若画一。曹参代之，守而勿失。载其清净，民以宁一。"①

（4）时人为应曜语："南山四皓，不如淮阳一老。"

《广韵》卷二《下平声·蒸》云：

应：汉有应曜，隐于淮阳山中，与四皓俱征，（应）曜独不至，时人语之曰，"南山四皓，不如淮阳一老"。②

（5）吕太后引鄙语："儿妇人口不可用。"

《史记》卷五六《陈丞相世家》载：

吕婴常以前陈平为高帝谋执樊哙，数谗曰："陈平为相非治事，日饮醇酒，戏妇女。"陈平闻，日益甚。吕太后闻之，私独喜。面质吕婴于陈平曰："鄙语曰'儿妇人口不可用'，顾君与

---

① 本章所参（汉）司马迁《史记》为中华书局1963年版，以下不再注释。
② 根据张氏泽存堂本影印《宋本广韵》，中国书店1982年版，第179页。

我何如耳。无畏吕媭之谗也。"①

（6）秦人谚："力则任鄙，智则樗里。"

《史记》卷七一《樗里子传》载：

> 昭王七年（按：前300年），樗里子卒，葬于渭南章台之东。曰："后百岁，是当有天子之宫夹我墓。"樗里子疾室在于昭王庙西渭南阴乡樗里，故俗谓之樗里子。至汉兴，长乐宫在其东，未央宫在其西，武库正直其墓。秦人谚曰："力则任鄙，智则樗里。"

（二）文帝、景帝时期（前179—前141年）

（1）曹丘生引楚人谚："得黄金百，不如得季布一诺。"

《史记》卷一〇〇《季布传》载：

> 楚人曹丘生，辩士，数招权顾金钱。事贵人赵同等，与窦长君善。季布闻之，寄书谏窦长君曰："吾闻曹丘生非长者，勿与通。"及曹丘生归，欲得书请季布。窦长君曰："季将军不说足下，足下无往。"固请书，遂行。使人先发书，季布果大怒，待曹丘。曹丘至，即揖季布曰："楚人谚曰：'得黄金百，不如得季布一诺'，足下何以得此声于梁楚间哉？且仆楚人，足下亦楚人也。仆游扬足下之名于天下，顾不重邪？何足下距仆之深也！"季布乃大说。

（2）颍川儿歌："颍水清，灌氏宁。颍水浊，灌氏族。"

《史记》卷一〇七《魏其武安侯列传》载：

---

① 这类广泛流传的内含生活经验性的谚语到底兴起于何时何地，已经很难考证，只能从典籍中考察其最早的引用者，以下同。

灌夫为人刚直使酒，不好面谀……不喜文学，好任侠，已
然诺。诸所与交通，无非豪杰大猾。家累数千万，食客日数十
百人。陂池田园，宗族宾客为权利，横于颍川。颍川儿乃歌之
曰："颍水清，灌氏宁。颍水浊，灌氏族。"

（3）民为淮南厉王歌："一尺布，尚可缝。一斗粟，尚可舂。兄
弟二人不能相容。"

《史记》卷一一八《淮南衡山传》载：

淮南厉王长者，高祖少子也……反谷口，令人使闽越、匈奴。
事觉，治之，使使召淮南王……淮南王（刘）长废先帝法，不听
天子诏……（文帝）不忍置法于王……请处蜀郡严道邛邮，遣其
子母从居……尽诛所与谋者。于是乃遣淮南王，载以辎车，令县
以次传……乃不食死……孝文十二年，民有作歌歌淮南厉王曰：
"一尺布，尚可缝。一斗粟，尚可舂。兄弟二人不能相容。"

（4）贾谊引鄙语："不习为吏，视已成事。""前车覆，后车诫。"
贾谊《治安策》言：

臣窃惟事势，可为痛哭者一，可为流涕者二，可为长太息
者六，若其他背理而伤道者，难遍以疏举……鄙谚曰："不习为
吏，视已成事。"又曰："前车覆，后车诫。"夫三代之所以长久
者，其已事可知也。然而不能从者，是不法圣智也。①

（5）贾谊引里谚："欲投鼠而忌器。"
贾谊《治安策》言：

---

① （汉）贾谊：《治安策》，载（汉）班固《汉书》卷四八《贾谊传》，引谚见
第 2251 页。

里谚曰:"欲投鼠而忌器。"此善谕也。鼠近于器,尚惮不投,恐伤其器,况于贵臣之近主乎。廉耻节礼以治君子,故有赐死而亡戮辱。

(6) 贾谊引野谚:"前事之不忘,后事之师也。"
贾谊《过秦论》言:

野谚曰:"前事之不忘,后事之师也。"是以君子为国,观之上古,验之当世,参以人事,察盛衰之理,审权势之宜,去就有序,变化有时,故旷日长久而社稷安矣。①

(7) 韩安国引语:"虽有亲父,安知其不为虎?虽有亲兄,安知其不为狼?"
《史记》卷一○八《韩长孺列传》载:

内史(韩)安国闻(公孙)诡、(羊)胜匿(梁)孝王所,安国入见王而泣曰:"主辱臣死。大王无良臣,故事纷纷至此……治天下终不以私乱公。语曰:'虽有亲父,安知其不为虎?虽有亲兄,安知其不为狼?'今大王列在诸侯,悦一邪臣浮说,犯上禁,桡明法。天子以太后故,不忍致法于王。"

(8) 邹阳引谚:"有白头如新,倾盖如故。"
邹阳《狱中上梁王书》言:

臣闻比干剖心,子胥鸱夷,臣始不信,乃今知之。愿大王

---

① (汉)贾谊:《过秦论》,载(汉)司马迁《史记》卷六《秦始皇本纪》,引谚见第 278 页。

孰察，少加怜焉。谚曰："有白头如新，倾盖如故。"何则？知与不知也。①

（9）《淮南子》引谚："鸟穷则噣，兽穷则齧，人穷则诈。"

《淮南子》卷一一《齐俗训》曰：

　　乱世之法，高为量而罪不及，重为任而罚不胜，危为禁而诛不敢。民困于三责，则饰智而诈上，犯邪而干免，故虽峭法严刑，不能禁其奸。何者？力不足也。故谚曰："鸟穷则噣，兽穷则齧，人穷则诈。"此之谓也。②

（三）汉武帝时期（前140—前87年）

（1）司马相如引鄙谚："家累千金，坐不垂堂。"

司马相如《上谏猎书》言：

　　盖明者远见于未萌而智者避危于无形，祸固多藏于隐微而发于人之所忽者也。故鄙谚曰："家累千金，坐不垂堂。"此言虽小，可以喻大。臣愿陛下之留意幸察。③

（2）关东为宁成号："宁见乳虎，无值宁成之怒。"

《史记》卷一二二《酷吏列传》载：

　　宁成家居，上欲以为郡守。御史大夫（公孙）弘曰："臣居

---

① （汉）邹阳：《狱中上梁王书》，载（汉）司马迁《史记》卷八三《邹阳列传》，引谚见第2471页。
② 何宁：《淮南子集释》，中华书局1998年版，第814页。
③ （汉）司马相如：《上谏猎书》，载（汉）司马迁《史记》卷一一七《司马相如列传》，引谚见第3054页。

山东为小吏时，宁成为济南都尉，其治如狼牧羊。成不可使治民。"上乃拜（宁）成为关都尉。岁余，关东吏隶郡国出入关者，号曰："宁见乳虎，无值宁成之怒。"

（3）长安为韩嫣语："苦饥寒，逐金丸。"

《西京杂记》卷四《韩嫣好弹》载：

  韩嫣好弹，常以金为丸，所失者日有十余。长安为之语曰："苦饥寒，逐金丸。"京师儿童，每闻（韩）嫣出弹，辄随之，望丸之所落，辄拾焉。①

（4）天下为卫子夫歌："生男无喜，生女无怒，独不见卫子夫霸天下。"

《史记》卷四九《外戚世家》载：

  卫子夫立为皇后，后弟卫青字仲卿，以大将军封为长平侯。四子……贵震天下。天下歌之曰："生男无喜，生女无怒，独不见卫子夫霸天下。"

（5）郑白渠歌："田于何所？池阳、谷口。郑国在前，白渠起后。举臿为云，决渠为雨。泾水一石，其泥数斗。且溉且粪，长我禾黍。衣食京师，亿万之口。"

《汉书》卷二九《沟洫志》载：

  韩闻秦之好兴事，欲罢之，无令东伐。及使水工郑国间说秦，令凿泾水，自中山西邸瓠口为渠，并北山，东注洛，三百

---

① （晋）葛洪撰，周天游校注：《西京杂记》，三秦出版社 2006 年版，第 175 页。

余里，欲以溉田……名曰郑国渠……太始二年（按：前95年），赵中大夫白公复奏穿渠。引泾水，首起谷口，尾入栎阳，注渭中，袤二百里，溉田四千五百余顷，因名曰白渠。民得其饶，歌之曰："田于何所？池阳、谷口。郑国在前，白渠起后。举臿为云，决渠为雨。泾水一石，其泥数斗。且溉且粪，长我禾黍。衣食京师，亿万之口。"言此两渠饶也。

（6）司马迁引谚："桃李不言，下自成蹊。"
《史记》卷一〇九《李将军列传》太史公曰：

余睹李将军悛悛如鄙人，口不能道辞。及死之日，天下知与不知，皆为尽哀。彼其忠实心诚信于士大夫也？谚曰："桃李不言，下自成蹊"。此言虽小，可以谕大也。

（7）司马迁引谚："千金之子，不死于市。"另有："仓廪实而知礼节，衣食足而知荣辱""天下熙熙，皆为利来。天下壤壤，皆为利往。"①
《史记》卷一二九《货殖列传》太史公曰：

故曰："仓廪实而知礼节，衣食足而知荣辱。"礼生于有而废于无。故君子富，好行其德。小人富，以适其力。渊深而鱼生之，山深而兽往之，人富而仁义附焉。富者得执益彰，失执则客无所之，以而不乐。夷狄益甚。谚曰："千金之子，不死于市。"此非空言也。故曰："天下熙熙，皆为利来。天下壤壤，皆为利往。"夫千乘之王，万家之侯，百室之君，尚犹患贫，而

---

① 这两句常用语虽在行文中未标示为"谣"或"谚"，但根据谣谚的特性及二者在后世的流传程度来看，将它们归属于谣谚的范畴并无不妥，以下类似常用语亦同。

况匹夫编户之民乎。

（8）司马迁引谚："百里不贩樵，千里不贩籴。"
《史记》卷一二九《货值列传》太史公曰：

农工商贾畜长，固求富益货也。此有知尽能索耳，终不余力而让财矣。谚曰："百里不贩樵，千里不贩籴。"居之一岁，种之以谷；十岁，树之以木；百岁，来之以德。

（9）司马迁引谚："力田不如逢年，善仕不如遇合。"
《史记》卷一二五《佞幸列传》云：

谚曰："力田不如逢年，善仕不如遇合"，固无虚言。非独女以色媚，而士宦亦有之。

（10）司马迁引鄙语："尺有所短，寸有所长。"
《史记》卷七三《白起王翦列传》太史公曰：

鄙语云："尺有所短，寸有所长。"白起料敌合变，出奇无穷，声震天下，然不能救患于应侯。王翦为秦将，夷六国，当是时，（王）翦为宿将，始皇师之，然不能辅秦建德，固其根本，偷合取容，以至圽身。及孙王离为项羽所虏，不亦宜乎。彼各有所短也。

（11）司马迁引鄙语："利令智昏。"
《史记》卷七六《平原君虞卿列传》太史公曰：

平原君，翩翩浊世之佳公子也，然未睹大体。鄙语曰"利令智昏",平原君贪冯亭邪说,使赵陷长平兵四十余万众,邯郸几亡。

(12)司马迁引鄙语:"何知仁义,已飨其利者为有德。"另有:"窃钩者诛,窃国者侯,侯之门仁义存。"

《史记》卷一二四《游侠列传》太史公曰:

> 鄙人有言曰:"何知仁义,已飨其利者为有德。"故伯夷丑周,饿死首阳山,而文武不以其故贬王。跖、蹻暴戾,其徒诵义无穷。由此观之,"窃钩者诛,窃国者侯,侯之门仁义存",非虚言也。

(13)司马迁引谚:"人貌荣名,岂有既乎。"

《史记》卷一二四《游侠列传》太史公曰:

> 吾视郭解,状貌不及中人,言语不足采者。然天下无贤与不肖,知与不知,皆慕其声,言侠者皆引以为名。谚曰:"人貌荣名,岂有既乎。"於戏,惜哉。

(14)司马迁引谚:"谁为为之?孰令听之?"

司马迁《报任安书》言:

> 顾自以为身残处秽,动而见尤,欲益反损,是以抑郁而无谁语。谚曰:"谁为为之?孰令听之?"盖钟子期死,伯牙终身不复鼓琴。何则?士为知己者用,女为悦己者容。①

---

① 司马迁:《报任安书》,参见(汉)班固《汉书》卷六二《司马迁传》,引谚见第2725 页。

（15）徐广引谚："研、桑心算。"

《史记》卷一二九《货殖列传》载：

> "昔者越王句践困于会稽之上，乃用范蠡、计然。"《集解》：徐广曰："计然者，范蠡之师也，名研，故谚曰：'研、桑心算'。"（裴）骃案：《范子》曰："计然者，葵丘濮上人，姓辛氏，字文子，其先晋国亡公子也。尝南游于越，范蠡师事之。"（按："桑"指汉武帝时大司农桑弘羊。）

（四）昭帝、宣帝时期（前87—前49年）

（1）"文学"引语："厨有腐肉，国有饥民，厩有肥马，路有馁人。"①

桓宽《盐铁论》卷三《园池篇》载"文学"曰：

> 古者，制地足以养民，民足以承其上。千乘之国，百里之地，公侯伯子男，各充其求赡其欲。秦兼万国之地，有四海之富，而意不赡，非宇小而用菲，嗜欲多而下不堪其求也。语曰："厨有腐肉，国有饥民，厩有肥马，路有馁人。"今狗马之养，虫兽之食，岂特腐肉肥马之费哉！②

（2）"大夫"引鄙语："贤者容不辱。"

桓宽《盐铁论》卷七《备胡篇》载"大夫"曰：

---

① 《孟子》中有与此"语"相似的文本记载，文字上多有出入。《孟子·梁惠王上》载（孟子）曰："庖有肥肉，厩有肥马，民有饥色，野有饿莩，此率兽而食人也。"《孟子·滕文公下》亦载（孟子）曰："公明仪曰：'庖有肥肉，厩有肥马，民有饥色，野有饿莩，此率兽而食人也。'……"（详见阮元校刻《十三经注疏·孟子注疏》，中华书局1980年版，第2667、2714页。）到了汉代则变为"厨有腐肉，国有饥民，厩有肥马，路有馁人"，由此可以看出这则韵律短语在其应用过程中的发展演变。

② 王利器校注：《盐铁论校注》，中华书局1992年版，第171—172页。

鄙语曰:"贤者容不辱。"以世俗言之,乡曲有桀人尚辟之。今明天子在上,匈奴公为寇,侵扰边境,是仁义犯而藜藋采……是以县官厉武以讨不义,设机械以备不仁。①

(3)路温舒引俗语:"画地为狱,议不入。刻木为吏,期不对。"
路温舒《尚德缓刑书》言:

> 臣闻秦有十失,其一尚存,治狱之吏是也……是以狱吏专为深刻,残贼而亡极,偷为一切,不顾国患,此世之大贼也。故俗语曰:"画地为狱,议不入。刻木为吏,期不对。"此皆疾吏之风,悲痛之辞也。②

(4)长安为王吉语:"东家有树,王阳妇去。东家枣完,去妇复还。"
《汉书》卷七二《王吉传》载:

> (王)吉少时学问,居长安。东家有大枣树垂吉庭中,吉妇取枣以啖吉。(王)吉后知之,乃去妇。东家闻而欲伐其树,邻里共止之,因固请吉令还妇。里中为之语曰:"东家有树,王阳妇去。东家枣完,去妇复还。"其厉志如此。

(5)世称王、贡语:"王阳在位,贡公弹冠。"
《汉书》卷七二《王吉传》载:

> (王)吉与贡禹为友,世称"王阳在位,贡公弹冠",言其

---

① 王利器校注:《盐铁论校注》,中华书局1992年版,第444页。
② (汉)路温舒:《尚德缓刑书》,参见(汉)班固《汉书》卷五一《路温舒传》,引谚见第2370页。

取舍同也。

（6）长安为萧、朱、王、贡语："萧、朱结绶，王、贡弹冠。"
《汉书》卷七八《萧望之传》载：

> （萧）育为人严猛尚威，居官数免，稀迁。少与陈咸、朱博为友，著闻当世。往者有王阳、贡公，故长安语曰："萧、朱结绶，王、贡弹冠"，言其相荐达也。（按：萧望之为萧育之父。）

（7）涿郡人为两高氏谚："宁负二千石，无负豪大家。"
《汉书》卷九〇《酷吏传·严延年传》载：

> 神爵中，西羌反，强弩将军许延寿请（严）延年为长史，从军败西羌，还为涿郡太守。时（涿）郡比得不能太守，涿人毕野白等由是废乱。大姓西高氏、东高氏，自郡吏以下皆畏避之，莫敢与牾，咸曰："宁负二千石，无负豪大家。"宾客放为盗贼，发，辄入高氏，吏不敢追。

（五）汉元帝时期（前48—前33年）
（1）牢石歌："牢邪石邪，五鹿客邪。印何累累，绶若若邪。"
《汉书》卷九三《佞幸传·石显传》载：

> 元帝即位数年，（弘）恭死，（石）显代为中书令……（石）显与中书仆射牢梁、少府五鹿充宗结为党友，诸附倚者皆得宠位。民歌之曰："牢邪石邪，五鹿客邪。印何累累，绶若若邪。"言其兼官据势也。

（2）元帝时童谣："井水溢，灭灶烟，灌玉堂，流金门。"
《汉书》卷二七《五行志中》载：

元帝时童谣曰："井水溢，灭灶烟，灌玉堂，流金门。"至成帝建始二年三月戊子，北宫中井泉稍上，溢出南流，象春秋时先有鹳鹆之谣，而后有来巢之验。井水，阴也。灶烟，阳也。玉堂、金门，至尊之居：象阴盛而灭阳，窃有宫室之应也。王莽生于元帝初元四年，至成帝封侯，为三公辅政，因以篡位。

（3）贡禹引俗语："何以孝弟为？财多而光荣。何以礼义为？史书而仕宦。何以谨慎为？勇猛而临官。"

《汉书》卷七二《贡禹传》载：

（贡）禹又言：郡国恐伏其诛，则择便巧史书习于计簿能欺上府者，以为右职。奸轨不胜，则取勇猛能操切百姓者，以苛暴威服下者，使居大位。故亡义而有财者显于世，欺谩而善书者尊于朝，悖逆而勇猛者贵于官。故俗皆曰："何以孝弟为？财多而光荣。何以礼义为？史书而仕宦。何以谨慎为？勇猛而临官。"

（4）褚先生引谚："美女入室，恶女之仇。"

《史记》卷四九《外戚世家》载褚先生曰：

尹夫人与邢夫人同时并幸，有诏不得相见。尹夫人自请武帝，愿望见邢夫人，帝许之……帝乃诏使邢夫人衣故衣，独身来前。尹夫人望见之，曰："此真是也。"于是乃低头俯而泣，自痛其不如也。谚曰："美女入室，恶女之仇。"

（5）褚先生引谚："相马失之瘦，相士失之穷。"

《史记》卷一二六《滑稽列传》载褚先生曰：

诏召东郭先生，拜以为郡都尉。东郭先生久待诏公车，贫困饥寒，衣敝，履不完……道中人笑之……及其拜为二千石……立名当世。此所谓衣褐怀宝者也。当其贫困时，人莫省视。至其贵也，乃争附之。谚曰："相马失之瘦，相士失之穷。"其此之谓邪？

（6）褚先生引鄙语："骄子不孝。"

《史记》卷五八《梁孝王世家》载褚先生曰：

诸侯王朝见天子，汉法凡当四见耳……今梁王西朝，因留，且半岁……今汉之仪法，朝见贺正月者，常一王与四侯俱朝见，十余岁一至。今梁王常比年入朝见，久留。鄙语曰"骄子不孝"，非恶言也。故诸侯王当为置良师傅，相忠言之士。

（7）诸儒为朱云语："五鹿岳岳，朱云折其角。"

《汉书》卷六七《朱云传》载：

少府五鹿充宗贵幸，为《梁丘易》……元帝好之，欲考其异同，令充宗与诸《易》家论。充宗乘贵辩口，诸儒莫能抗……有荐朱云者，召入……抗首而请，音动左右。既论难，连拄五鹿君，故诸儒为之语曰："五鹿岳岳，朱云折其角。"

（8）邹鲁谚："遗子黄金满籯，不如一经。"

《汉书》卷七三《韦贤传》载：

（韦）贤为人质朴少欲，笃志于学，兼通《礼》《尚书》，以《诗》教授，号称邹鲁大儒。征为博士……本始三年，代蔡义为丞相，封扶阳侯……（贤）少子玄成，复以明经历位至丞相。故邹鲁谚曰："遗子黄金满籯，不如一经。"

（9）诸儒为匡衡语："无说《诗》，匡鼎来。匡说《诗》，解人颐。"

《汉书》卷八一《匡衡传》载：

匡衡字稚圭，东海承人也。父世农夫，至衡好学，家贫，庸作以供资用，尤精力过绝人。诸儒为之语曰："无说《诗》，匡鼎来。匡说《诗》，解人颐。"

（10）京师为诸葛丰语："间何阔，逢诸葛。"

《汉书》卷七七《诸葛丰传》载：

诸葛丰字少季，琅邪人也。以明经为郡文学，名特立刚直……元帝擢为司隶校尉，刺举无所避，京师为之语曰："间何阔，逢诸葛。"上嘉其节，加（诸葛）丰秩光禄大夫。

（六）汉成帝时期（前32—前7年）—更始末年（25年）

（1）诸儒为张禹语："欲为《论》，念张文。"

《汉书》卷八一《张禹传》载：

成帝即位，征（张）禹、（郑）宽中，皆以师赐爵关内侯……（张）禹为师，以上难数对己问经，为《论语章句》献之……（张）禹先事王阳，后从庸生，采获所安，最后出而尊贵。诸儒为之语曰："欲为《论》，念张文。"由是学者多从张氏，余家寝微。

（2）长安为谷永、楼护号："谷子云笔札，楼君卿唇舌。"

《汉书》卷九二《游侠传·楼护传》载：

楼护字君卿……为人短小精辩，论议常依名节，听之者皆竦。与谷永俱为五侯上客，长安号曰："谷子云笔札，楼君卿唇舌"，言其见信用也。（按：汉成帝母舅王谭、王根、王立、王商、王逢同时被封侯，称"五侯"。）

（3）闾里为楼护歌："五侯治丧楼君卿。"

《汉书》卷九二《游侠传·楼护传》载：

楼护字君卿……为京兆吏数年，甚得名誉……与谷永俱为五侯上客……母死，送葬者致车二三千两，闾里歌之曰："五侯治丧楼君卿。"

（4）上郡吏民为冯氏兄弟歌："大冯君、小冯君，兄弟继踵相因循，聪明贤知惠吏民，政如鲁、卫德化钧，周公、康叔犹二君。"

《汉书》卷七九《冯奉世传》载：

成帝立，有司奏（冯）野王王舅，不宜备九卿，以秩出为上郡太守……（其后弟立亦自五原太守）徙西河、上郡。（冯）立居职公廉，治行略与野王相似。而多智有恩贷，好为条教。吏民嘉美野王、立相代为太守。歌之曰："大冯君、小冯君，兄弟继踵相因循，聪明贤知惠吏民，政如鲁、卫德化钧，周公、康叔犹二君。"（按："大冯君""小冯君"指冯奉世两个儿子，即冯野王和冯立兄弟。）

（5）长安谣："伊徙雁，鹿徙菀，去牢与陈实无贾。"

《汉书》卷九三《佞幸传·石显传》载：

成帝初即位，迁（石）显为长信中太仆，秩中二千石。（石）

显失倚，离权数月，丞相御史条奏（石）显旧恶，及其党牢梁、陈顺皆免官。（石）显与妻子徙归故郡，忧满不食，道病死。诸所交结，以（石）显为官，皆废罢。少府五鹿充宗左迁玄菟太守，御史中丞伊嘉为雁门都尉。长安谣曰："伊徙雁，鹿徙菟，去牢与陈实无贾。"

（6）京师为赵、张、三王语："前有赵、张，后有三王。"

《汉书》卷七二《王吉传》载：

成帝欲大用之，出（王）骏为京兆尹，试以政事。先是，京兆有赵广汉、张敞、王尊、王章，至（王）骏皆有能名，故京师称曰："前有赵、张，后有三王。"

（7）成帝时童谣："燕燕尾涎涎，张公子，时相见。木门仓琅根，燕飞来，啄皇孙，皇孙死，燕啄矢。"

《汉书》卷二七《五行志中》载：

成帝时童谣曰："燕燕尾涎涎，张公子，时相见。木门仓琅根，燕飞来，啄皇孙，皇孙死，燕啄矢。"其后帝为微行出游，常与富平侯张放俱称富平侯家人，过阳阿主作乐，见舞者赵飞燕而幸之，故曰"燕燕尾涎涎"，美好貌也。张公子谓富平侯也。"木门仓琅根"，谓宫门铜锾，言将尊贵也。后遂立为皇后。弟昭仪贼害后宫皇子，卒皆伏辜，所谓"燕飞来，啄皇孙，皇孙死，燕啄矢"者也。

（8）刘辅引里语："腐木不可以为柱，卑人不可以为主。"

《汉书》卷七七《刘辅传》载：

成帝欲立赵婕妤为皇后，先下诏封婕妤父临为列侯。（刘）辅上书言："妙选有德之世，考卜窈窕之女，以承宗庙，顺神祇心，塞天下望，子孙之祥犹恐晚暮，今乃触情纵欲，倾于卑贱之女，欲以母天下，不畏于天，不愧于人，惑莫大焉。里语曰：'腐木不可以为柱，卑人不可以为主。'天人之所不予，必有祸而无福……"

（9）刘向引谚："诚无垢，思无辱。"

刘向《说苑》卷十《敬慎》篇云：

谚曰："诚无垢，思无辱。"夫不诚不思，而以存身全国者，亦难矣。诗曰："战战兢兢，如临深渊，如履薄冰。"此之谓也。①

（10）长安百姓为王氏五侯歌："五侯初起，曲阳最怒，坏决高都，连竟外杜，土山渐台西白虎。"

《汉书》卷九八《元后传》载：

河平二年（按：前27年），上悉封舅（王）谭为平阿侯，（王）商成都侯，（王）立红阳侯，（王）根曲阳侯，（王）逢时高平侯。五人同日封，故世谓之"五侯"……而五侯群弟，争为奢侈，赂遗珍宝，四面而至。后庭姬妾，各数十人，僮奴以千百数，罗钟磬，舞郑女，作倡优，狗马驰逐。大治第室，起土山渐台，洞门高廊阁道，连属弥望。百姓歌之曰："五侯初起，曲阳最怒，坏决高都，连竟外杜，土山渐台西白虎。"其奢僭如此。

---

① （汉）刘向撰，向宗鲁校证：《说苑校证》，中华书局1987年版，第240页。

（11）薛宣引鄙语："苛政不亲，烦苦伤恩。"

《汉书》卷八三《薛宣传》载：

成帝初即位，（薛）宣为中丞，执法殿中，外总部刺史，上疏曰："殆吏多苛政，政教烦碎，大率咎在部刺史，或不循守条职，举错各以其意……以求吏民过失，谴呵及细微，责义不量力。郡县相迫促，亦内相刻，流至众庶……鄙语曰：'苛政不亲，烦苦伤恩。'方刺史奏事时，宜明申敕，使昭然知本朝之要务。"

（12）长安为尹赏歌："安所求子死？桓东少年场。生时谅不谨，枯骨后何葬？"

《汉书》卷九〇《酷吏传·尹赏传》载：

尹赏字子心，钜鹿杨氏人也……永始、元延间（按：前16—前9年），上怠于政，贵戚骄恣，红阳长仲兄弟交通轻侠，臧匿亡命……长安中奸猾浸多，闾里少年群辈杀吏，受报仇……（尹）赏以三辅高第选守长安令，得壹切便宜从事。（尹）赏至，修治长安狱，穿地方深各数丈，致令辟为郭，以大石覆其口，名为"虎穴"……杂举长安中轻薄少年恶子……得数百人……以次内虎穴中，百人为辈，覆以大石……百日后，乃令死者家各自发取其尸。亲属号哭，道路皆歔欷。长安中歌之曰："安所求子死？桓东少年场。生时谅不谨，枯骨后何葬？"

（13）王嘉引里谚："千人所指，无病而死。"

《汉书》卷八六《王嘉传》载：

是时，侍中董贤爱幸于上……数月，遂下诏封（董）贤等……下丞相、御史，益封（董）贤二千户……（王）嘉封还诏书，因奏封事谏上及太后曰："高安侯贤，佞幸之臣，陛下倾爵位以贵之，单货财以富之，损至尊以宠之，主威已黜，府臧已竭，唯恐不足。财皆民力所为……今（董）贤散公赋以施私惠，一家至受千金，往古以来贵臣未尝有此，流闻四方，皆同怨之。里谚曰：'千人所指，无病而死。'臣常为之寒心……"

（14）氾胜之引谚："子欲富，黄金覆！"

《齐民要术》卷二《大小麦》引《氾胜之书》曰：

麦生，黄色，伤于太稠。稠者，锄而稀之。秋，锄，以棘柴楼之（以壅麦根）。故谚曰："子欲富，黄金覆！""黄金覆"者，谓秋锄麦，曳柴壅麦根也。[1]（按：氾胜之为西汉成帝时期的农学家。）

（15）氾胜之引古语："土长冒橛，陈根可拔，耕者急发。"

《礼记》卷一四《月令》：

"是月也，天气下降，地气上腾，天地和同，草木萌动。"郑玄注曰：此阳气蒸达，可耕之候也。《农书》曰："土长冒橛，陈根可拔，耕者急发。"孔颖达疏曰："郑所引农书，先师以为《氾胜之书》也。《汉书》注：氾音汎，成帝时为议郎，使教田三辅也。"[2]

（16）成帝时歌谣："邪径败良田，谗口乱善人。桂树华不实，

---

① 石声汉校释：《齐民要术今释》，科学出版社 1958 年版，第 102 页。

② （清）阮元校刻：《十三经注疏·礼记正义》，中华书局 1980 年版，第 1356—1357 页。

黄爵巢其颠。故为人所羡，今为人所怜。"

《汉书》卷二七《五行志中》载：

　　成帝时歌谣又曰："邪径败良田，谗口乱善人。桂树华不
实，黄爵巢其颠。故为人所羡，今为人所怜。"桂，赤色，汉家
象。华不实，无继嗣也。王莽自谓黄，象黄爵巢其颠也。

（17）时人为甄丰语："夜半客，甄长伯。"
《后汉书》卷一二《彭宠传》载：

　　（朱浮）曰："王莽为宰衡时，甄丰旦夕入谋议，时人语曰：
'夜半客，甄长伯。'及（王）莽篡位后，（甄）丰意不平，卒以
诛死。"①

（18）时人为蒋诩谚："楚国二龚，不如杜陵蒋翁。"
《太平御览》卷五一〇《逸民》载：

　　嵇康《高士传》曰：又曰，蒋诩，字元卿，杜陵人，为
兖州刺史，王莽为宰衡。（蒋）诩奏事到灞上，称病不进，归
杜陵。荆棘塞门，舍中三径，终身不出。时人谚曰："楚国二
龚，不如杜陵蒋翁。"②

（19）时人为王莽语："王莽秃，帻施屋。"
蔡邕《独断》卷下载：

---

① 本章所参（南朝宋）范晔撰，（唐）李贤等注《后汉书》为中华书局 1965 年版，
以下不再注释。
② （宋）李昉等：《太平御览》，中华书局 1960 年版，第 2321 页。

王莽无发，乃施巾。故语曰："王莽秃，帻施屋。"①

（20）长安为张竦语："欲求封，过张伯松。力战斗，不如巧为奏。"
《汉书》卷九九《王莽传上》载：

安众侯刘崇与相张绍谋……进攻宛，不得入而败。（张）绍者，张竦之从兄也。（张）竦与（刘）崇族父刘嘉诣阙自归，（王）莽赦弗罪。（张）竦因为（刘）嘉作奏曰：于是（王）莽大说……后又封（张）竦为淑德侯。长安为之语曰："欲求封，过张伯松；力战斗，不如巧为奏。"（按：张竦，字伯松。）

（21）京师为扬雄语："惟寂寞，自投阁。爰清静，作符命。"
《汉书》卷八七《扬雄传下》载：

（王）莽既以符命自立，即位之后欲绝其原以神前事，而（甄）丰子（甄）寻、（刘）歆子（刘）棻复献之。（王）莽诛（甄）丰父子，投（刘）棻四裔，辞所连及，便收不请。时（扬）雄校书天禄阁上，治狱使者来，欲收（扬）雄，（扬）雄恐不能自免，乃从阁上自投下，几死……刘棻尝从（扬）雄学作奇字，（扬）雄不知情。有诏勿问。然京师为之语曰："惟寂寞，自投阁。爰清静，作符命。"

（22）汝南鸿隙陂童谣："坏陂谁？翟子威。饭我豆食羹芋魁。反乎覆，陂当复。谁云者？两黄鹄。"
《汉书》卷八四《翟方进传》载：

①（汉）蔡邕：《独断》，（清）永瑢、纪昀等：《文渊阁四库全书》第850册，子部杂家类，上海古籍出版社2003年版，第93页。

汝南旧有鸿隙大陂，郡以为饶，成帝时，关东数水，陂溢为害。（翟）方进为相，与御史大夫孔光共遣掾行视，以为决去陂水，其地肥美，省堤防费而无水忧，遂奏罢之。及翟氏灭，乡里归恶，言（翟）方进请陂下良田不得而奏罢陂云。王莽时常枯旱，郡中追怨（翟）方进，童谣曰："坏陂谁？翟子威。饭我豆食羹芋魁。反乎覆，陂当复。谁云者？两黄鹄。"

（23）时人为戴遵语："关东大豪戴子高。"

《后汉书》卷八三《逸民传·戴良传》载：

（戴良）曾祖父（戴）遵，字子高，平帝时，为侍御史。王莽篡位，称病归乡里。家富，好给施，尚侠气，食客常三四百人。时人为之语曰："关东大豪戴子高。"

（24）东方为王匡、廉丹语："宁逢赤眉，不逢太师。太师尚可，更始杀我。"

《汉书》卷九九《王莽传下》载：

（地皇三年）四月，遣太师王匡、更始将军廉丹东……太师、更始合将锐士十余万人，所过放纵。东方为之语曰："宁逢赤眉，不逢太师。太师尚可，更始杀我。"

（25）王莽末天水童谣："出吴门，望缇群。见一蹇人，言欲上天。令天可上，地上安得民。"

《后汉书》卷一〇三《五行志》载：

王莽末，天水童谣曰："出吴门，望缇群。见一蹇人，言欲上天。令天可上，地上安得民。"时隗嚣初起兵于天水，后意

稍广，欲为天子，遂破灭。（隗）嚣少病蹇。吴门，冀郭门名
也。缇群，山名也。

（26）更始时长安中语："灶下养，中郎将。烂羊胃，骑都尉。
烂羊头，关内侯。"

《后汉书》卷一一一《刘玄传》载：

（更始帝）时李轶、朱鲔擅命山东，王匡、张卬横暴三辅。
其所授官爵者，皆群小贾竖，或有膳夫庖人，多着绣面衣、锦
裤、襜褕、诸于，骂詈道中。长安为之语曰："灶下养，中郎
将。烂羊胃，骑都尉。烂羊头，关内侯。"

（27）更始时南阳童谣："谐不谐，在赤眉。得不得，在河北。"
《后汉书》卷一〇三《五行志》载：

更始时，南阳有童谣曰："谐不谐，在赤眉。得不得，在河
北。"是时更始在长安，世祖为大司马平定河北。更始大臣并僭
专权，故谣妖作也。后更始遂为赤眉所杀，是更始之不谐在赤
眉也。世祖自河北兴。

（28）光武帝即位前夕谶谣："刘秀发兵捕不道，四夷云集龙斗
野，四七之际火为主"；"刘秀发兵捕不道，卯金修德为天子。"
《后汉书》卷一《光武帝纪》载：

行至鄗，光武先在长安时同舍生强华自关中奉《赤伏符》，
曰"刘秀发兵捕不道，四夷云集龙斗野，四七之际火为主"……
光武于是命有司设坛场于鄗南千秋亭五成陌。六月己未，即皇
帝位。燔燎告天，禋于六宗，望于群神。其祝文曰："皇天上

帝，后土神祇，眷顾降命，属秀黎元，为人父母，秀不敢当。群下百辟，不谋同辞，咸曰：'王莽篡位，秀发愤兴兵，破王寻、王邑于昆阳，诛王郎、铜马于河北，平定天下，海内蒙恩。上当天地之心，下为元元所归。'谶记曰：'刘秀发兵捕不道，卯金修德为天子。'（刘）秀犹固辞，至于再，至于三。群下佥曰：'皇天大命，不可稽留。'敢不敬承。"于是建元为建武，大赦天下，改鄗为高邑。

（七）光武帝—章帝时期（25—88 年）

（1）益部为任文公语："任文公，智无双。"

《后汉书》卷八二《方术传上》载：

任文公，巴郡阆中人也……公孙述时，蜀武担石折。文公曰："噫。西州智士死，我乃当之。"自是常会聚子孙，设酒食。后三月果卒。故益部为之语曰："任文公，智无双。"

（2）蜀中童谣："黄牛白腹，五铢当复。"

《后汉书》卷一〇三《五行志》载：

世祖建武六年（按：公元 30 年），蜀童谣曰："黄牛白腹，五铢当复。"是时，公孙述僭号于蜀，时人窃言王莽称黄，述欲继之，故称白。五铢，汉家货，明当复也。（公孙）述遂诛灭。

（3）时人为扬雄、桓谭语："玩扬子云之篇。乐于居千乘之官。挟桓君之书，富于积猗顿之财。"

《广舆记》第二册《凤阳府·人物》载：

桓谭，字君山，宿州人，博学有文章名。光武欲以谶决疑，

（桓）谭力谏，出为六安丞。著《新论》，藏书甚多。时人语曰："挟桓君山之书，富于猗顿。"①

另，逯钦立《先秦汉魏晋南北朝诗·汉诗》卷三《杂歌谣辞》引《广舆记》曰：

> 汉桓谭字君山。宿州人。博学有文章名。光武欲以谶决疑。桓谭谏。出为六安丞。著《新论》。藏书甚多。时人语曰"玩扬子云之篇，乐于居千乘之官。挟桓君之书，富于积猗顿之财"。

并注曰："《广舆记》无'积'字"，"《广舆记》无'之财'二字"。②

（4）桓谭引关东鄙语："人闻长安乐，则出门西向而笑。知肉味美，则对屠门而大嚼。"

桓谭《新论》卷中《祛蔽》载：

> 关东鄙语曰："人闻长安乐，则出门西向而笑。知肉味美，则对屠门而大嚼。"此犹时人虽不别圣，亦复欣慕。③

（5）桓谭引谚："伏习象神，巧者不过习者之门。""侏儒见一节，而长短可知。"

桓谭《新论》卷下《道赋》曰：

> 扬子云工于赋，王君大习兵器，余欲从二子学。子云曰：

---

① （明）陆应阳原纂，（清）蔡方炳增辑：《增订广舆记》，康熙二十五年（1686 年）大文堂本。

② 逯钦立辑校：《先秦汉魏晋南北朝诗》，中华书局 1988 年版，第 141 页。

③ （汉）桓谭：《新论》，上海人民出版社 1977 年版，第 29 页。

"能读千赋，则善赋。"君大曰："能观千剑，则晓剑。"谚曰："伏习象神，巧者不过习者之门。"谚曰："侏儒见一节，而长短可知。"孔子言："举一隅足以三隅反。"观吴小时二赋，亦足以揆其能否。①

（6）光武述时人语："关东觥觥郭子横。"

《后汉书》卷八二《方术列传上·郭宪传》载：

> 时匈奴数犯塞，帝患之，乃召百僚廷议。（郭）宪以为天下疲敝，不宜动众。谏争不合，乃伏地称眩瞀，不复言。（光武）帝令两郎扶下殿，（郭）宪亦不拜。帝曰："常闻'关东觥觥郭子横'，竟不虚也。"（郭）宪遂以病辞退，卒于家。

（7）时人为郭况语："郭氏之室，不雨而雷。""洛阳多钱郭氏室，夜日昼星富无匹。""洛阳多钱，郭氏万千。"

《拾遗记》卷六《后汉》载：

> 郭况，光武皇后之弟也。累金数亿，家僮四百余人，以黄金为器，工冶之声，震于都鄙。时人谓："郭氏之室，不雨而雷。"言其铸锻之声盛也……错杂宝以饰台榭，悬明珠于四垂，昼视之如星，夜望之如月。里语曰："洛阳多钱郭氏室，夜日昼星富无匹。"其宠者皆以玉器盛食，故东京谓郭家为"琼厨金穴"。②

另，《四库全书》本《太平广记》卷二三六《奢侈一·郭况》引用了《拾遗记》中的这段文字，但其中的时人为郭况语写作："洛

---

① （汉）桓谭：《新论》，上海人民出版社1977年版，第51—52页。
② （晋）王嘉撰，（南朝梁）萧绮录：《拾遗记》，中华书局1981年版，第150页。

阳多钱，郭氏万千。"

（8）光武帝引谚："贵易交，富易妻。"

（9）宋弘引语："贫贱之知不可忘，糟糠之妻不下堂。"

以上两条见《后汉书》卷二六《宋弘传》：

> 时（光武）帝姊湖阳公主新寡，帝与共论朝臣，微观其意。主曰："宋公威容德器，群臣莫及。"帝曰："方且图之。"后（宋）弘被引见，帝令（公）主坐屏风后，因谓（宋）弘曰："谚言：贵易交，富易妻，人情乎？"（宋）弘曰："臣闻：贫贱之知不可忘，糟糠之妻不下堂。"（光武）帝顾谓（公）主曰："事不谐矣。"

（10）南阳为杜诗语："前有召父，后有杜母。"

《后汉书》卷三一《杜诗传》载：

> （杜诗）迁南阳太守。性节俭而政治清平，以诛暴立威，善于计略，省爱民役。造作水排，铸为农器，用力少，见功多，百姓便之。又修治陂池，广拓土田，郡内比室殷足。时人方于召信臣，故南阳为之语曰："前有召父，后有杜母。"

（11）京师为戴凭语："解经不穷戴侍中。"

《后汉书》卷七九《儒林列传上》载：

> 戴凭字次仲，汝南平舆人也。习《京氏易》。年十六，郡举明经，征试博士……正旦朝贺，百僚毕会，帝令群臣能说经者更相难诘，义有不通，辄夺其席以益通者，（戴）凭遂重坐五十余席。故京师为之语曰："解经不穷戴侍中。"

（12）京师为井丹语："《五经》纷纶井大春。"

《后汉书》卷八三《逸民列传·井丹传》载：

井丹字大春，扶风郿人也。少受业太学，通《五经》，善谈
论，故京师为之语曰："《五经》纷纶井大春。"性清高，未尝
修刺候人。

（13）时人为王君公语："避世墙东王君公。"

《后汉书》卷八三《逸民列传·逢萌传》载：

逢萌字子康……初，（逢）萌与同郡徐房、平原李子云、
王君公相友善，并晓阴阳，怀德秽行。（徐）房与（李）子云
养徒各千人，（王）君公遭乱独不去，侩牛自隐。时人谓之论
曰："避世墙东王君公。"

（14）乡里为茨充号："一马两车茨子河。"

《后汉书》卷七六《循吏列传·卫飒传》李贤注曰：

《东观汉记》曰："（茨）充字子河，宛人也。初举孝廉，之
京师，同侣马死，（茨）充到前亭，辄舍车持马还相迎，乡里号
之曰：'一马两车茨子河'也。"

（15）渔阳民为张堪歌："桑无附枝，麦穗两岐。张君为政，乐
不可支。"

《后汉书》卷三一《张堪传》载：

张堪字君游，南阳宛人也……拜渔阳太守。捕击奸猾，赏
罚必信，吏民皆乐为用。匈奴尝以万骑入渔阳，（张）堪率数千

骑奔击，大破之，郡界以静。乃于狐奴开稻田八千余顷，劝民耕种，以致殷富。百姓歌曰："桑无附枝，麦穗两岐。张君为政，乐不可支。"视事八年，匈奴不敢犯塞。

（16）临淮吏人为朱晖歌："强直自遂，南阳朱季。吏畏其威，人怀其惠。"

《后汉书》卷四三《朱晖传》载：

> 朱晖字文季，南阳宛人也……帝闻壮之。及当幸长安，欲严宿卫，故以（朱）晖为卫士令。再迁临淮太守。（朱）晖好节概，有所拔用，皆厉行士。其诸报怨，以义犯率，皆为求其理，多得生济。其不义之囚，即时僵仆。吏人畏爱，为之歌曰："强直自遂，南阳朱季。吏畏其威，人怀其惠。"数年，坐法免。

（17）凉州民为樊晔歌："游子常苦贫，力子天所富。宁见乳虎穴，不入冀府寺。大笑期必死，忿怒或见置。嗟我樊府君，安可再遭值。"

《后汉书》卷七七《酷吏列传·樊晔传》载：

> 樊晔字仲华，南阳新野人也……隗嚣灭后，陇右不安，乃拜（樊）晔为天水太守。政严猛，好申韩法、善恶立断。人有犯其禁者，率不生出狱，吏人及羌胡畏之。道不拾遗。行旅至夜，聚衣装道傍，曰"以付樊公"。凉州为之歌曰："游子常苦贫，力子天所富。宁见乳虎穴，不入冀府寺。大笑期必死，忿怒或见置。嗟我樊府君，安可再遭值。"

（18）京师为董少平歌："枹鼓不鸣董少平。"

《后汉书》卷七七《酷吏列传·董宣传》载：

董宣字少平，陈留圉人也……（光武时）征为洛阳令……搏击豪强，莫不震栗。京师号为"卧虎"。歌之曰："枹鼓不鸣董少平。"

（19）百姓为郭乔卿歌："厥德仁明郭乔卿，忠正朝廷上下平。"
《后汉书》卷二六《蔡茂传》载：

（郭）贺字乔卿，洛人……能明法，累官，建武中为尚书令，在职六年，晓习故事，多所匡益。拜荆州刺史，引见赏赐，恩宠隆异。及到官，有殊政。百姓便之，歌曰："厥德仁明郭乔卿，忠正朝廷上下平。"

（20）马廖引长安语："城中好高髻，四方高一尺。城中好广眉，四方且半额。城中好大袖，四方全匹帛。"
《后汉书》卷二四《马援传》载：

（马）廖字敬平，少以父任为郎。明德皇后既立……躬履节俭，事从简约，（马）廖虑美业难终，上疏长乐宫以劝成德政，曰："以百姓不足，起于世尚奢靡……夫改政移风，必有其本。传曰：'吴王好剑客，百姓多创瘢。楚王好细腰，宫中多饿死。'长安语曰：'城中好高髻，四方高一尺。城中好广眉，四方且半额。城中好大袖，四方全匹帛。'斯言如戏，有切事实……"

（21）马皇后引俗语："时无赭，浇黄土。"
《太平御览》卷四九五《人事部·谚上》云：

（《东观汉记》）又曰：明德马后，时上欲封诸舅，外间白太后，曰："吾自念亲属，皆无柱石之功，俗语曰：'时无赭，浇黄土。'"①

（22）蜀中为费贻歌："节义至仁费奉君，不仕乱世（不）避恶君。"
《华阳国志》卷十中《先贤士女总赞·犍为士女》云：

　　费贻，字奉君，南安人也。公孙述时，漆身为厉，伴狂避
世。（公孙）述破，为合浦守。蜀中歌之曰："节义至仁费奉君，
不仕乱世（不）避恶君。"②

（23）京师人为鲍司隶歌："鲍氏骢，三人司隶再入公。马虽瘦，
行步工。"
《乐府诗集》卷八五《杂歌谣辞三》载"鲍司隶歌"：

　　《乐府广题》曰："《列异传》云：'鲍宣，宣子（鲍）永，
永子（鲍）昱。三世皆为司隶，而乘一骢马。京师人歌之：鲍
氏骢，三人司隶再入公。马虽瘦，行步工。'"③（按：鲍昱，字
文泉，历仕光武帝、汉明帝、汉章帝三朝。）

（24）通博南歌："汉德广，开不宾。度博南，越兰津。度兰仓，
为它人。"
《后汉书》卷八六《西南夷传·哀牢传》载：

　　永平十二年（按：69年），哀牢王柳貌遣子率种人内属……
显宗以其地置哀牢、博南二县，割益州郡西部都尉所领六县，合
为永昌郡。始通博南山，度兰仓水。行者苦之。歌曰："汉德广，

---

① （宋）李昉等：《太平御览》，中华书局1960年版，第2263页。
② （晋）常璩撰，刘琳校注：《华阳国志校注》，巴蜀书社1984年版，第775页。
③ （宋）郭茂倩编：《乐府诗集》，中华书局1979年版，第1193页。

开不宾。度博南，越兰津。度兰仓，为它人。"

（25）蜀郡百姓为廉范歌："廉叔度，来何暮？不禁火，民安作。平生无襦今五绔。"

《后汉书》卷三一《廉范传》载：

廉范字叔度，京兆杜陵人也……建初中，迁蜀郡太守，其俗尚文辩，好相持短长，（廉）范每厉以淳厚，不受偷薄之说。成都民物丰盛，邑宇逼侧，旧制禁民夜作，以防火灾，而更相隐蔽，烧者日属。（廉）范乃毁削先令，但严使储水而已。百姓为便，乃歌之曰："廉叔度，来何暮？不禁火，民安作。平生无襦今五绔。"

（26）时人为廉范语："前有管鲍，后有庆廉。"

《后汉书》卷三一《廉范传》载：

初，（廉）范与洛阳庆鸿为刎颈交，时人称曰："前有管鲍，后有庆廉。"（庆）鸿慷慨有义节，位至琅邪、会稽二郡太守，所在有异迹。（按："管鲍"指春秋时齐人管仲和鲍叔牙。）

（27）章帝引谚："作舍道边，三年不成。"

《后汉书》卷三五《曹褒传》载：

诏召玄武司马班固，问改定礼制之宜。（班）固曰："京师诸儒，多能说礼，宜广招集，共议得失。"（章）帝曰："谚言'作舍道边，三年不成'。会礼之家，名为聚讼，互生疑异，笔不得下。昔尧作《大章》，一夔足矣。"

（28）班固引谚："有病不治，常得中医。"

《汉书》卷三〇《艺文志》言：

经方者，本草石之寒温，量疾病之浅深，假药味之滋，因气感之宜，辩五苦六辛，致水火之齐，以通闭解结，反之于平。及失其宜者，以热益热，以寒增寒，精气内伤，不见于外，是所独失也。故谚曰："有病不治，常得中医。"

（29）班固引谚："鬻棺者欲岁之疫。"

《汉书》卷二三《刑法志》言：

今之狱吏，上下相驱，以刻为明，深者获功名，平者多后患。谚曰："鬻棺者欲岁之疫。"非憎人欲杀之，利在于人死也。今治狱吏欲陷害人，亦犹此矣。

（30）班固引谚："以贫求富，农不如工，工不如商，刺绣文不如倚市门。"

《汉书》卷九一《货殖传·巴寡妇清传》载：

谚曰："以贫求富，农不如工，工不如商，刺绣文不如倚市门。"此言末业，贫者之资也。

（31）班昭引鄙谚："生男如狼，犹恐其尪。生女如鼠，犹恐其虎。"

班昭《女诫·敬慎》曰：

阴阳殊性，男女异行。阳以刚为德，阴以柔为用，男以强为贵，女以弱为美。故鄙谚有云："生男如狼，犹恐其尪。生女如鼠，犹恐其虎。"[①]

---

① 班昭：《女诫》篇，参见（南朝宋）范晔撰，（唐）李贤等注《后汉书》卷八四《列女传·曹世叔妻传》，引谚见第2788页。

（32）时人为周泽语："生世不谐，作太常妻，一岁三百六十日，三百五十九日斋。"

《后汉书》卷七九《儒林列传下·周泽传》载：

> （周泽）为太常……清絜循行，尽敬宗庙。常卧疾斋宫，其妻哀（周）泽老病，窥问所苦。（周）泽大怒，以妻干犯斋禁，遂收送诏狱谢罪。当世疑其脆激。时人为之语曰："生世不谐，作太常妻，一岁三百六十日，三百五十九日斋。"

另，《初学记》卷一二《职官部下·太常卿》引汉应劭《汉官仪》：

> 北海周泽为太常，恒斋，其妻怜其年老疲病，窥内问之，（周）泽大怒，以为干斋，掾吏叩头争之，不听，遂收送诏狱，并自劾，论者非其激发，谚曰："居代不谐，为太常妻。一岁三百六十日，三百五十九日斋。一日不斋醉如泥，既作事，复低迷。"①

（33）诸儒为贾逵语："问事不休贾长头。"

《后汉书》卷三六《贾逵传》载：

> 贾逵字景伯，扶风平陵人也……弱冠能诵《左氏传》及《五经》本文，以《大夏侯尚书》教授，虽为古学，兼通五家《穀梁》之说。自为儿童，常在太学，不通人间事。身长八尺二寸，诸儒为之语曰："问事不休贾长头。"

（34）京师为杨政语："说经铿铿杨子行。"

---

① （唐）徐坚等：《初学记》，中华书局1962年版，第302页。

《后汉书》卷七九《儒林列传上·杨政传》载：

> 杨政字子行，京兆人也。少好学，从代郡范升受《梁丘易》，善说经书。京师为之语曰："说经铿铿杨子行。"教授数百人。

(35) 京师为祁圣元号："论难僠僠祁圣元。"

《太平御览》卷六一五《学部·讲说》载：

> (《东观汉记》) 又曰：杨政，字子行，治《梁丘易》，与京兆祁圣元同好，俱名善说。京师号曰："说经铿铿杨子行，论难僠僠祁圣元。"①

(36) 寿春乡里为召驯语："德行恂恂召伯春。"

《后汉书》卷七九《儒林列传下·召驯传》载：

> 召驯字伯春，九江寿春人也……(召) 驯少习《韩诗》，博通书传，以志义闻，乡里号之曰："德行恂恂召伯春。"

(37) 时人为丁鸿语："殿中无双丁孝公。"

《后汉书》卷三七《丁鸿传》载：

> 丁鸿字孝公，颍川定陵人也……肃宗诏 (丁) 鸿与广平王 (刘) 羡及诸儒楼望、成封、桓郁、贾逵等，论定《五经》同异于北宫白虎观，使五官中郎将魏应主承制问难，侍中淳于恭奏上，帝亲称制临决。(丁) 鸿以才高，论难最明，诸儒称之，

---

① （宋）李昉等：《太平御览》，中华书局 1960 年版，第 2764 页。

帝数嗟美焉。时人叹曰："殿中无双丁孝公。"

（38）京兆乡里为冯豹语："道德彬彬冯仲文。"
《后汉书》卷二八《冯衍传》载：

（冯）豹字仲文，年十二，母为父所出。后母恶之，尝因
（冯）豹夜寐，欲行毒害，（冯）豹逃走得免。敬事愈谨，而母
疾之益深，时人称其孝。长好儒学，以《诗》、《春秋》教丽山
下。乡里为之语曰："道德彬彬冯仲文。"

（39）关东为鲁丕号："《五经》复兴鲁叔陵。"
《后汉书》卷二五《鲁恭传》载：

（鲁）丕字叔陵，性沉深好学……兼通五经，以《鲁诗》、
《尚书》教授，为当世名儒……元和元年征，再迁，拜赵相。门
生就学者常百余人，关东号之曰："《五经》复兴鲁叔陵"。

（40）诸儒为杨震语："关西孔子杨伯起。"
《后汉书》卷五四《杨震传》载：

杨震字伯起，弘农华阴人也……少好学，受《欧阳尚书》
于太常桓郁，明经博览，无不穷究。诸儒为之语曰："关西孔子
杨伯起。"

（41）蒋横遭祸时童谣："君用谗慝，忠烈是殛。鬼怨神怒，妖
气充塞。"
《全唐文》卷三五四《后汉亭乡侯蒋澄碑》曰：

父（蒋）横，大将军浚道侯……初遭祸薨也，为司隶羌路所谮……时童谣曰："君用谗慝，忠烈是殛。鬼怨神怒，妖气充塞。"帝以觉悟。①

（42）京师为黄香号："天下无双江夏黄童。"
《后汉书》卷八〇《文苑列传上·黄香传》载：

　　黄香字文强，江夏安陆人也。年九岁，失母，思慕憔悴，殆不免丧，乡人称其至孝。年十二，太守刘护闻而召之，署门下孝子，甚见爱敬。（黄）香家贫，内无仆妾，躬执苦勤，尽心奉养。遂博学经典，究精道术，能文章，京师号曰："天下无双江夏黄童"。

（43）时人为许慎语："《五经》无双许叔重。"
《后汉书》卷七九《儒林列传下·许慎传》载：

　　许慎字叔重，汝南召陵人也。性淳笃，少博学经籍，马融常推敬之，时人为之语曰："《五经》无双许叔重。"

（44）诸儒为刘恺语："难经伉伉刘太常。"
《艺文类聚》卷四九《职官部五·太常》引华峤《后汉书》曰：

　　刘恺为太常，论议常引正大义，诸儒为之语曰："难经伉伉刘太常。"②

---

① （清）董诰等编：《全唐文》，中华书局1983年版，第3586页。
② （唐）欧阳询：《艺文类聚》，上海古籍出版社1965年版，第877页。

（八）和帝—安帝时期（89—125 年）

（1）会稽童谣：“弃我戟，捐我矛，盗贼尽，吏皆休。”

《后汉书》卷三六《张霸传》载：

> （张霸）永元中为会稽太守……始到越，贼未解，郡界不宁，乃移书开购，明用信赏，贼遂束手归附，不烦士卒之力。童谣曰：“弃我戟，捐我矛，盗贼尽，吏皆休。”

（2）会稽童谣：“城上乌鸣哺父母，府中诸吏皆孝子。”

《太平御览》卷二六二《职官部·良太守下》载：

> 《益部耆旧传》：张霸字伯饶，为会稽太守，举贤士劝教讲授，一郡慕化，但闻诵声，又野无遗寇，民语曰：“城上乌鸣哺父母，府中诸吏皆孝子。”①

又，《太平御览》卷四一二《人事部·孝上》载：

> （《东观汉记》）又曰：张霸，字伯饶，蜀郡成都人，年数岁，有所噉，必先让父母，乡里号曰“张曾子”……注曰：后作会稽太守，儿童歌曰：“城上乌，哺父母，府中诸吏皆孝子。”②

（3）河内民为王涣歌：“王稚子，世未有，平徭役，百姓喜。”

《华阳国志》卷十中《先贤士女总赞·广汉士女》曰：

---

① （宋）李昉等：《太平御览》，中华书局 1960 年版，第 1228 页。
② （宋）李昉等：《太平御览》，中华书局 1960 年版，第 1901 页。

王涣，字稚子，郪人也。初为河内温令，路不拾遗，卧不闭门。民歌之曰："王稚子，世未有，平徭役，百姓喜。"①

（4）王逸引谚："政如冰霜，奸宄消亡。威如雷霆，寇贼不生。"

马总《意林》卷四载王逸《正部》曰：

……明刑审法，怜民惠下，生者不怨，死者不恨。谚曰："政如冰霜，奸宄消亡。威如雷霆，寇贼不生。"②

（5）羊元引谚："孤犊触乳，骄子骂母。"

《后汉书》卷七六《循吏列传·仇览传》李贤注引谢承《后汉书》曰：

（仇）览为县阳遂亭长，好行教化。人羊元凶恶不孝，其母诣（仇）览言（羊）元。（仇）览呼（羊）元，诮责（羊）元以子道，与一卷《孝经》，使诵读之。（羊）元深改悔，到母床下，谢罪曰："元少孤，为母所骄。谚曰：'孤犊触乳，骄子骂母。'乞今自改。"母子更相向泣，于是（羊）元遂修孝道，后成佳士。

（6）巴人歌陈纪山："筑室载直梁，国人以贞真。邪娱不扬目，枉行不动身。奸宄辟乎远，理义协乎民。"

《华阳国志》卷一《巴志》曰：

巴郡陈纪山为汉司隶校尉，严明正直。西虏献眩王庭，试之，分公卿以为嬉，（陈）纪山独不视。京师称之。巴人歌曰：

---

① （晋）常璩撰，刘琳校注：《华阳国志校注》，巴蜀书社1984年版，第744页。

② （唐）马总：《意林》，（清）永瑢、纪昀等：《文渊阁四库全书》第872册，子部杂家类，上海古籍出版社2003年版，第255页。

"筑室载直梁，国人以贞真。邪娱不扬目，枉行不动身。奸轨辟乎远，理义协乎民。"①

（7）虞诩引谚："关西出将，关东出相。"
《后汉书》卷五八《虞诩传》载：

> 永初四年（按：110年），羌胡反乱，残破并、凉，大将军邓骘以军役方费，事不相赡，欲弃凉州……（虞）诩闻之，乃说李脩曰："窃闻公卿定策当弃凉州，求之愚心，未见其便……凉州既弃，即以三辅为塞。三辅为塞，则园陵单外。此不可之甚者也。谚曰：'关西出将，关东出相。'观其习兵壮勇，实过余州。今羌胡所以不敢入据三辅，为心腹之害者，以凉州在后故也……"

（8）魏郡舆人歌："我有枳棘，岑君伐之。我有蟊贼，岑君遏之。狗吠不惊，足下生氂。含哺鼓腹，焉知凶灾？我喜我生，独丁斯时。美矣岑君，於戏休兹。"
《后汉书》卷一七《岑彭传》载：

> （岑熙）迁魏郡太守，招聘隐逸，与参政事，无为而化。视事二年，舆人歌之曰："我有枳棘，岑君伐之。我有蟊贼，岑君遏之。狗吠不惊，足下生氂。含哺鼓腹，焉知凶灾？我喜我生，独丁斯时。美矣岑君，於戏休兹。"

（9）王符引谚："一犬吠形，百犬吠声。"
王符《潜夫论》卷一《贤难》篇云：

---

① （晋）常璩撰，刘琳校注：《华阳国志校注》，巴蜀书社1984年版，第40页。

谚曰："一犬吠形，百犬吠声"，世之疾此固久矣哉！①

（10）王符引谚："曲木恶直绳，重罚恶明证。"
王符《潜夫论》卷二《考绩》篇云：

圣汉践祚，载祀四八，而犹未者，教不假而功不考，赏罚稽而赦赎数也。谚曰："曲木恶直绳，重罚恶明证。"此群臣所以乐总猥而恶考功也。②

（11）王符引谚："痛不著身言忍之，钱不出家言与之。"
王符《潜夫论》卷五《救边》篇曰：

乃者，边害震如雷霆，赫如日月，而谈者皆讳之……欲令朝廷以寇为小，而不蚤忧，害乃至此，尚不欲救。谚曰："痛不著身言忍之，钱不出家言与之。"③

（12）时人为王符语："徒见二千石，不如一缝掖。"
《后汉书》卷四九《王符传》载：

度辽将军皇甫规解官归安定，乡人有以货得雁门太守者，亦去职还家，书刺谒（皇甫）规。（皇甫）规卧不迎，既入而问："卿前在郡食雁美乎？"有顷，又白王符在门。（皇甫）规素闻（王）符名，乃惊遽而起，衣不及带，屣履出迎，援（王）符手而还，与同坐，极欢。时人为之语曰："徒见二千石，

① （汉）王符著，（清）汪继培笺：《潜夫论笺校正》，中华书局 1985 年版，第 49 页。
② （汉）王符著，（清）汪继培笺：《潜夫论笺校正》，中华书局 1985 年版，第 71 页。
③ （汉）王符著，（清）汪继培笺：《潜夫论笺校正》，中华书局 1985 年版，第 262 页。

不如一缝掖。"言书生道义之为贵也。

（13）益州为尹就谚："虏来尚可，尹来杀我。"

《后汉书》卷八六《南蛮传》载：

> 大将军从事中郎李固驳曰："前中郎将尹就讨益州叛羌，益州谚曰：'虏来尚可，尹来杀我。'后就征还，以兵付刺史张乔……"

（14）时人为折氏谚："折氏客谁？朱云卿、段节英，中有佃子赵仲平，但说天文论五经。"

《华阳国志》卷十中《先贤士女总赞·广汉士女》曰：

> 折像，字伯式，雒人也……事东平虞叔雅，以道教授门人，朋友自远而至。时人为谚曰："折氏客谁？朱云卿、段节英，中有佃子赵仲平，但说天文论五经。"①

（15）京师为周举语："《五经》从横周宣光。"

《后汉书》卷六一《周举传》载：

> 周举字宣光，汝南汝阳人，陈留太守（周）防之子。（周）举姿貌短陋，而博学洽闻，为儒者所宗，故京师为之语曰："《五经》从横周宣光。"

（九）汉顺帝时期（126—144 年）

（1）苍梧人为陈临歌："苍梧陈君恩广大，令死罪囚有后代，德

---

① （晋）常璩撰，刘琳校注：《华阳国志校注》，巴蜀书社 1984 年版，第 758 页。

参古贤天报施。"

《太平御览》卷四六五《人事部·歌》引谢承《后汉书》曰：

    陈临，字子然，为苍梧太守。人遗腹子报父怨，捕得系狱，伤其无子，令其妻入狱，遂产得男。人歌曰："苍梧陈君恩广大，令死罪囚有后代，德参古贤天报施。"①

（2）苍梧人为陈临歌："苍梧府君惠及死，能令死人不绝嗣。"

《舆地纪胜》卷一〇八《梧州·官吏》载：

    陈临，后汉为苍梧太守，推诚而理，尝有杀人者，为吏所获，知其无嗣，令其妻侍狱中，后产一男，郡人歌曰："苍梧府君惠及死，能令死人不绝嗣。"②

（3）乡人为秦护歌："冬无袴，有秦护。"

《太平御览》卷六九五《服章部·袴》引谢承《后汉书》曰：

    秦护清廉，不受礼赂，家贫，衣服单露。乡人歌之曰："冬无袴，有秦护。"③

（4）洛阳人为祝良歌："天久不雨，蒸人失所。天王自出，祝令特苦。精符感应，滂沱下雨。"

《乐府诗集》卷八五《杂歌谣辞·歌辞》载"洛阳令歌"云：

    《长沙耆旧传》曰："祝良，字石卿，为洛阳令。岁时亢旱，

---

① （宋）李昉等：《太平御览》，中华书局1960年版，第2137页。
② （宋）王象之：《舆地纪胜》，中华书局1992年版，第3295—3296页。
③ （宋）李昉等：《太平御览》，中华书局1960年版，第3102页。

天子祈雨不得。（祝）良乃暴身阶庭，告诚引罪，自晨至中，紫云杳起，甘雨登降。人为之歌：'天久不雨，蒸人失所。天王自出，祝令特苦。精符感应，滂沱下雨。'"①

（5）汲县长老为崔瑗歌："天降神明，君锡我慈仁父。临民布德泽，恩惠施以序。穿沟广溉灌，决渠作甘雨。"

《太平御览》卷二六八《职官部·良令长下》引《崔氏家传》曰：

> 崔瑗为汲令，乃为开沟造稻田，薄卤之地更为沃壤，民赖其利。长老歌之曰："天降神明，君锡我慈仁父。临民布德泽，恩惠施以序。穿沟广溉灌，决渠作甘雨。"②

（6）彭子阳歌："时岁仓卒，盗贼纵横。大戟强弩不可当，赖遇贤令彭子阳。"

《太平御览》卷三五二《兵部·戟上》引谢承《后汉书》曰：

> 彭循，字子阳，太守秘君闻（彭）循义勇多谋，请（彭）循以守吴令。民歌之曰："时岁仓卒，盗贼纵横。大戟强弩不可当，赖遇贤令彭子阳。"③

（7）巴郡人为吴资歌："习习晨风动，澍雨润乎苗。我后恤时务，我民以优饶。""望远忽不见，惆怅尝徘徊。恩泽实难忘，悠悠心永怀。"

《华阳国志》卷一《巴志》载：

---

① （宋）郭茂倩编：《乐府诗集》，中华书局 1979 年版，第 1196 页。
② （宋）李昉等：《太平御览》，中华书局 1960 年版，第 1255 页。
③ （宋）李昉等：《太平御览》，中华书局 1960 年版，第 1619 页。

永建中，泰山吴资元约为郡守，屡获丰年。民歌之曰："习习晨风动，澍雨润乎苗。我后恤时务，我民以优饶。"及（吴）资迁去，民人思慕，又曰："望远忽不见，惆怅尝徘徊。恩泽实难忘，悠悠心永怀。"①

（8）李固引语："善人在患，饥不及餐。"

《后汉书》卷五六《王龚传》载：

（王）龚深疾宦官专权，志在匡正，乃上书极言其状，请加放斥。诸黄门恐惧，各使宾客诬奏（王）龚罪，顺帝命亟自实。前掾李固时为大将军梁商从事中郎，乃奏记于商曰："宜加表救，济王公之艰难。语曰：'善人在患，饥不及餐。'斯其时也。"

（9）顺帝末京都童谣："直如弦，死道边。曲如钩，反封侯。"

《后汉书》卷一〇三《五行志》载：

顺帝之末，京都童谣曰："直如弦，死道边。曲如钩，反封侯。"案顺帝即世，孝质短祚，大将军梁冀贪树疏幼，以为己功，专国号令，以赡其私。太尉李固以为清河王雅性聪明，敦诗悦礼，加又属亲，立长则顺，置善则固。而（梁）冀建白太后，策免（李）固，征蠡吾侯，遂即至尊。（李）固是日幽毙于狱，暴尸道路，而太尉胡广封安乐乡侯、司徒赵戒厨亭侯、司空袁汤安国亭侯云。

（10）蜀郡童谣："两日出天兮"或"两日出，天兵戢。"

《北堂书钞》卷七六《太守下》载"蜀谣两日"曰：

---

① （晋）常璩撰，刘琳校注：《华阳国志校注》，巴蜀书社1984年版，第43页。

（谢承《后汉书》）云：黄昌为蜀郡太守，未至蜀郡，时有谣曰："两日出天兮。"今案陈本无"出天兮"三字，姚本、汪本、谢书"谣"上有"童"字，"天兮"作"天兵戥"。①

（11）豫章乡里为雷义、陈重语："胶漆自谓坚，不如雷与陈。"

《后汉书》卷八一《独行列传·雷义传》载：

（雷）义归，举茂才，让于陈重，刺史不听，（雷）义遂阳狂被发走，不应命。乡里为之语曰："胶漆自谓坚，不如雷与陈。"三府同时俱辟二人。

（12）时人为任安语："欲知仲桓问任安"；又曰："居今行古任定祖。"

《后汉书》卷七九《儒林列传上·任安传》载：

任安字定祖，广汉绵竹人也。少游太学，受《孟氏易》，兼通数经。又从同郡杨厚学图谶，究极其术。时人称曰："欲知仲桓问任安。"又曰："居今行古任定祖。"（按：杨厚，字仲桓。）

（十）桓帝时期（147—167 年）

（1）甘陵乡人谣："天下规矩房伯武，因师获印周仲进。"

《后汉书》卷六七《党锢列传》序载：

初，桓帝为蠡吾侯，受学于甘陵周福，及即帝位，擢福为尚书。时同郡河南尹房植有名当朝，乡人为之谣曰："天下规矩

---

① （唐）虞世南撰，（清）孔广陶校注：《北堂书钞》，中国书店 1989 年版，第276 页。

房伯武，因师获印周仲进。"

（2）桓帝初天下童谣："小麦青青大麦枯，谁当获者妇与姑。丈人何在西击胡，吏买马，君具车，请为诸君鼓咙胡。"

《后汉书》卷一〇三《五行志》载：

> 桓帝之初，天下童谣曰："小麦青青大麦枯，谁当获者妇与姑。丈人何在西击胡，吏买马，君具车，请为诸君鼓咙胡。"案元嘉中凉州诸羌一时俱反，南入蜀、汉，东抄三辅，延及并、冀，大为民害。命将出众，每战常负，中国益发甲卒，麦多委弃，但有妇女获刈之也。吏买马，君具车者，言调发重及有秩者也。请为诸君鼓咙胡者，不敢公言，私咽语。

（3）桓帝初京都童谣："城上乌，尾毕逋。公为吏，子为徒。一徒死，百乘车。车班班，入河间。河间姹女工数钱，以钱为室金为堂。石上慊慊舂黄粱。梁下有悬鼓，我欲击之丞卿怒。"

《后汉书》卷一〇三《五行志》载：

> 桓帝之初，京都童谣曰："城上乌，尾毕逋。公为吏，子为徒。一徒死，百乘车。车班班，入河间。河间姹女工数钱，以钱为室金为堂。石上慊慊舂黄粱。梁下有悬鼓，我欲击之丞卿怒。"案此皆谓为政贪也。城上乌，尾毕逋者，处高利独食，不与下共，谓人主多聚敛也。公为吏，子为徒者，言蛮夷将畔逆，父既为军吏，其子又为卒徒往击之也。一徒死，百乘车者，言前一人往讨胡既死矣，后又遣百乘车往。车班班，入河间者，言上将崩，乘舆班班入河间迎灵帝也。河间姹女工数钱，以钱为室金为堂者，灵帝既立，其母永乐太后好聚金以为堂也。石上慊慊舂黄粱者，言永乐虽积金钱，慊慊常苦不足，使人舂黄

梁而食之也。梁下有悬鼓，我欲击之丞卿怒者，言永乐主教灵帝，使卖官受钱，所禄非其人，天下忠笃之士怨望，欲击悬鼓以求见，丞卿主鼓者，亦复谄顺，怒而止我也。

（4）梁沛间里为范史云歌："甑中生尘范史云，釜中生鱼范莱芜。"

《后汉书》卷八一《独行列传·范冉传》载：

范冉字史云，陈留外黄人也……桓帝时，以（范）冉为莱芜长，遭母忧，不到官……议者欲以为侍御史，因遁身逃命于梁沛之间，徒行敝服，卖卜于市。遭党人禁锢，遂推鹿车，载妻子，据拾自资。或寓息客庐，或依宿树荫。如此十余年，乃结草室而居焉。所止单陋，有时粮粒尽，穷居自若，言貌无改，间里歌之曰："甑中生尘范史云，釜中生鱼范莱芜。"

（5）顺阳吏民为刘陶歌："邑然不乐，思我刘君，何时复来，安此下民。"

《后汉书》卷五七《刘陶传》载：

刘陶字子奇，一名伟，颍川颍阴人……（桓帝时刘）陶举孝廉，除顺阳长。县多奸猾，（刘）陶到官，宣募吏民有气力勇猛，能以死易生者，不拘亡命奸臧，于是剽轻剑客之徒过晏等十余人，皆来应募，（刘）陶责其先过，要以后效，使各结所厚少年，得数百人，皆严兵待命。于是覆案奸轨，所发若神。以病免，吏民思而歌之曰："邑然不乐，思我刘君，何时复来，安此下民。"

（6）桓帝时京都童谣："游平卖印自有平，不辟豪贤及大姓。"

《后汉书》卷一〇三《五行志》载：

桓帝之初，京都童谣曰："游平卖印自有平，不辟豪贤及大姓。"案到延熹之末，邓皇后以谴自杀，乃以窦贵人代之，其父名（窦）武字游平，拜城门校尉。及太后摄政，为大将军，与太傅陈蕃合心戮力，惟德是建，印绶所加，咸得其人，豪贤大姓，皆绝望矣。

（7）汝南、南阳二郡谣："汝南太守范孟博，南阳宗资主画诺。南阳太守岑公孝，弘农成瑨但坐啸。"

《后汉书》卷六七《党锢列传》序载：

汝南太守宗资任功曹范滂，南阳太守成瑨亦委功曹岑晊，二郡又为谣曰："汝南太守范孟博，南阳宗资主画诺。南阳太守岑公孝，弘农成瑨但坐啸。"（按：范滂，字孟博；岑晊，字公孝。）

（8）京师为袁成谚："事不谐，问文开。"

《三国志》卷六《袁绍传》裴松之注引《英雄记》曰：

（袁绍父）成，字文开，壮健有部分，贵戚权豪自大将军梁冀以下皆与结好，言无不从。故京师为作谚曰："事不谐，问文开。"①

（9）崔寔引农谣："上火不落，下火滴沰。"

杨慎《古今谚》引崔寔《四民月令》曰：

上火不落，下火滴沰。②

① （晋）陈寿：《三国志》，中华书局 1959 年版，第 188 页。
② （明）杨慎编：《风雅逸篇　古今风谣　古今谚》，古典文学出版社 1958 年版，第 159 页。

（10）崔寔引俚语："州郡记，如霹雳。得诏书，但挂壁""一岁再赦，奴儿噫喑。"

《太平御览》卷四九六《人事部·谚下》引崔寔《政论》曰：

> 每诏书所欲禁绝，虽重恳恻，骂詈极笔，由覆废舍，终无悛意，故俚语曰："州郡记，如霹雳。得诏书，但挂壁。"又曰："一岁再赦，奴儿噫喑。"况不诡之民熟不肆意。①

（11）崔寔引语："小民发如韭，剪复生。头如鸡，割复鸣。吏不必可畏，从来必可轻，奈何欲望致州厝乎。"

《太平御览》卷九七六《菜茹部·韭》引崔寔《政论》曰：

> 小民发如韭，剪复生。头如鸡，割复鸣。吏不必可畏，从来必可轻，奈何欲望致州厝乎。②

（12）崔寔引农谚："三月昏参夕；杏花盛，桑椹赤"或"二月昏，参星夕。杏花盛，桑叶赤"或"三月昏，参星夕。杏花盛，桑叶白。"

贾思勰《齐民要术》卷二《大豆》引崔寔语曰：

> 三月昏参夕；杏花盛，桑椹赤。③ 而清人杜文澜《古谣谚》卷三七据《齐民要术》引崔寔《四民月令》中农谚，写为："二月昏。参星夕。杏花盛。桑叶赤。"并注曰："一作'桑叶

---

① （宋）李昉等：《太平御览》，中华书局 1960 年版，第 2268—2269 页。

② （宋）李昉等：《太平御览》，中华书局 1960 年版，第 4327 页。

③ 石声汉校释：《齐民要术今释》，科学出版社 1958 年版，第 81 页。另外，《四库全书》本《齐民要术》作："二月昏参夕，杏花盛，桑椹赤。"详见（清）永瑢、纪昀等《文渊阁四库全书》第 730 册，子部农家类，上海古籍出版社 2003 年版，第 21 页。

白'。学津讨原本《齐民要术》,'桑'作'葚'。"① 按:明人冯惟讷《古诗纪》卷十《古谚》作:"三月昏,参星夕。杏花盛,桑叶白。"②

(13)太学生"七言谣":

三君:"天下忠诚窦游平。天下义府陈仲举。天下德弘刘仲承。"一云:"不畏强御陈仲举,九卿直言有陈蕃。"

八俊:"天下模楷李元礼。天下英秀王叔茂。天下良辅杜周甫。天下冰凌朱季陵。天下忠贞魏少英。天下好交荀伯条。天下稽古刘伯祖。天下才英赵仲经。"

八顾:"天下和雍郭林宗。天下慕恃夏子治。天下英藩尹伯元。天下清苦羊嗣祖。天下琁金刘叔林。天下雅志蔡孟喜。天下卧虎巴恭祖。天下通儒宗孝初。"

八及:"海内贵珍陈子鳞。海内忠烈张元节。海内謇谔范孟博。海内通士檀文友。海内彬彬苑仲真。海内珍好岑公孝。海内所称刘景升。"

八厨:"海内贤智王伯义。海内修整蕃嘉景。海内贞良秦平王。海内珍奇胡母季皮。海内光光刘子相。海内依怙王文祖。海内严恪张孟卓。海内清明度博平。"

以上"七言谣"均见于《陶渊明集》卷九《集圣贤群辅录》李公焕注引袁山松《后汉书》:

> 桓帝时,朝廷日乱,李膺风格秀整,高自标尚。后进之士,升其堂者以为登龙门。太学生三万余人,榜天下士,上称三君,次八俊,次八顾,次八及,次八厨。犹古之八元、八凯

---

① (清)杜文澜辑:《古谣谚》,中华书局1958年版,第504页。

② (明)冯惟讷:《古诗纪》,(清)永瑢、纪昀等:《文渊阁四库全书》第1379册,集部总集类,上海古籍出版社2003年版,第17页。

也。因为七言谣曰：……①

（14）天下为贾彪语："贾氏三虎，伟节最怒。"
《后汉书》卷六七《党锢列传·贾彪传》载：

贾彪字伟节，颍川定陵人也初……（贾）彪兄弟三人，并有高名，而（贾）彪最优，故天下称曰"贾氏三虎，伟节最怒"。

（15）京师为光禄茂才谣："欲得不能，光禄茂才。"
《后汉书》卷六一《黄琼传》载：

旧制，光禄举三署郎，以高功久次才德尤异者为茂才四行。时权富子弟多以人事得举，而贫约守志者以穷退见遗，京师为之谣曰："欲得不能，光禄茂才。"

（16）时人为公沙六子号："公沙六龙，天下无双。"
《太平御览》卷四九五《人事部·谚上》引袁山松《后汉书》曰：

公沙穆有六子，时人号曰："公沙六龙，天下无双。"②

（17）天下为四侯语："左回天，具独坐，徐卧虎，唐两㙍。"
《后汉书》卷七八《宦者列传·单超传》载：

单超，河南人。徐璜，下邳良城人。具瑗，魏郡元城人。左悺，河南平阴人。唐衡，颍川郾人也……五人同日封，故世

---

① 参见（晋）陶潜著，杨勇校笺《陶渊明集校笺》，上海古籍出版社 2007 年版，第354—359 页。

② （宋）李昉等：《太平御览》，中华书局 1960 年版，第 2264 页。

谓之"五侯"。又封小黄门刘普、赵忠等八人为乡侯。自是权归宦官，朝廷日乱矣……其后四侯转横，天下为之语曰："左回天，具独坐，徐卧虎，唐两墯。"

（18）三府为朱震语："车如鸡栖马如狗，疾恶如风朱伯厚。"

《后汉书》卷六六《陈蕃传》载：

（朱）震字伯厚，初为州从事，奏济阴太守单匡臧罪，并连匡兄中常侍车骑将军超。桓帝收匡下廷尉，以谴超，超诣狱谢。三府谚曰："车如鸡栖马如狗，疾恶如风朱伯厚。"

（19）陈蕃引鄙谚："盗不过五女门。"

《后汉书》卷六六《陈蕃传》载：

时封赏逾制，内宠猥盛，（陈）蕃乃上疏谏曰："采女数千，食肉衣绮，脂油粉黛，不可赀计。鄙谚言'盗不过五女门'，以女贫家也。今后宫之女，岂不贫国乎……"

（20）赵岐引南阳旧语："前队大夫范仲公，盐豉蒜果共一箈。"

《太平御览》卷八五五《饮食部·豉》引《三辅决录》曰：

南阳旧语曰："前队大夫范仲公，盐豉蒜果共一箈。"言其廉俭也。①

（21）考城浦亭乡邑为仇览谚："父母何在在我庭，化我鸱枭哺所生。"

《后汉书》卷七六《循吏列传·仇览传》载：

---

① （宋）李昉等：《太平御览》，中华书局 1960 年版，第 3808 页。

仇览字季智，一名香，陈留考城人也……选为蒲亭长。劝
人生业……（仇）览初到亭，人有陈元者，独与母居，而母诣
览告（陈）元不孝……（仇）览乃亲到（陈）元家，与其母子
饮，因为陈人伦孝行，譬以祸福之言。（陈）元卒成孝子。乡邑
为之谚曰："父母何在在我庭，化我鸱枭哺所生。"

（22）桓帝末京都童谣："茅田一顷中有井，四方纤纤不可整。
嚼复嚼，今年尚可后年铙。"

《后汉书》卷一〇三《五行志》载：

桓帝之末，京都童谣曰："茅田一顷中有井，四方纤纤不可
整。嚼复嚼，今年尚可后年铙。"案《易》曰："拔茅茹以其
汇，征吉。"茅喻群贤也。井者，法也。于时中常侍管霸、苏康
憎疾海内英哲，与长乐少府刘器、太常许咏、尚书柳分、寻穆、
史佟、司隶唐珍等，代作唇齿。河内牢川诣阙上书："汝、颍、
南阳，上采虚誉，专作威福。甘陵有南北二部，三辅尤甚。"由
是传考黄门北寺，始见废阁。茅田一顷者，言群贤众多也。中
有井者，言虽阨穷，不失其法度也。四方纤纤不可整者，言奸
慝大炽，不可整理。嚼复嚼者，京都饮酒相强之辞也。言食肉
者鄙，不恤王政，徒耽宴饮歌呼而已也。今年尚可者，言但禁
锢也。后年铙者，陈、窦被诛，天下大坏。

（23）桓帝末京都童谣："白盖小车何延延。河间来合谐，河间
来合谐。"

《后汉书》卷一〇三《五行志》载：

桓帝之末，京都童谣曰："白盖小车何延延。河间来合谐，
河间来合谐。"案解犊亭属饶阳河间县也。居无几何而桓帝崩，

使者与解犊侯皆白盖车从河间来。延延，众貌也。是时御史刘
儵建议立灵帝，以儵为侍中，中常侍侯览畏其亲近，必当间己，
白拜儵泰山太守，因令司隶迫促杀之。朝廷少长，思其功效，
乃拔用其弟郃，致位司徒，此为合谐也。

（24）时人为（葛）龚作奏语："作奏虽工，宜去葛龚。"
《后汉书》卷八〇《文苑列传上·葛龚传》李贤注曰：

（葛）龚善为文奏。或有请（葛）龚奏以干人者，（葛）龚
为作之，其人写之，忘自载其名，因并写（葛）龚名以进之。
故时人为之语曰："作奏虽工，宜去葛龚。"

（25）武陵人为黄氏兄弟谚："天有冬夏，人有二黄。"
《太平御览》卷二二《时序部·夏中》引《襄阳耆旧传》曰：

黄穆，字伯开，博学，为山阳守，有德政。弟（黄）奂，字
仲开，为武陵太守，贪秽无行。武陵人谚曰："天有冬夏，人有
二黄。"①

（十一）灵帝时期（167—189 年）
（1）董逃歌："承乐世董逃，游四郭董逃，蒙天恩董逃，带金紫
董逃，行谢恩董逃，整车骑董逃，垂欲发董逃，与中辞董逃，出西
门董逃，瞻宫殿董逃，瞻京城董逃，日夜绝董逃，心摧伤董逃。"
（按：一作"灵帝中平中京都歌"。）
《后汉书》卷一〇三《五行志》载：

---

① （宋）李昉等：《太平御览》，中华书局 1960 年版，第 107 页。

灵帝中平中，京都歌曰："承乐世董逃，游四郭董逃，蒙天
恩董逃，带金紫董逃，行谢恩董逃，整车骑董逃，垂欲发董逃，
与中辞董逃，出西门董逃，瞻宫殿董逃，瞻京城董逃，日夜绝
董逃，心摧伤董逃。"案"董"谓董卓也，言虽跋扈，纵其残
暴，终归逃窜，至于灭族也。

（2）交阯兵民为贾琮歌："贾父来晚，使我先反。今见清平，吏
不敢饭。"

《后汉书》卷三一《贾琮传》载：

中平元年（按：184 年），交阯屯兵反，执刺史及合浦太
守，自称"柱天将军"。灵帝特赦三府精选能吏，有司举（贾）
琮为交阯刺史。（贾）琮到部，讯其反状，咸言赋敛过重，百姓
莫不空单，京师遥远，告冤无所，民不聊生，故聚为盗贼。
（贾）琮即移书告示，各使安其资业，招抚荒散，蠲复徭役，诛
斩渠帅为大害者，简选良吏试守诸县，岁间荡定，百姓以安。
巷路为之歌曰："贾父来晚，使我先反。今见清平，吏不敢饭。"

（3）百姓为皇甫嵩歌："天下大乱兮市为墟，母不保子兮妻失
夫，赖得皇甫兮复安居。"

《后汉书》卷七一《皇甫嵩传》载：

皇甫嵩字义真，安定朝那人……（灵帝时，黄巾作乱）以
（皇甫）嵩为左中郎将……（皇甫）嵩复与钜鹿太守冯翊郭典
攻（张）角弟（张）宝于下曲阳，又斩之……拜（皇甫）嵩为
左车骑将军，领冀州牧……黄巾既平，故改年为中平。（皇甫）
嵩奏请冀州一年田租，以赡饥民，帝从之。百姓歌曰："天下大
乱兮市为墟，母不保子兮妻失夫，赖得皇甫兮复安居。"

（4）京兆为李变谣："我府君，道教举。恩如春，威如虎。刚不吐，弱不茹。爱如母，训如父。"

《乐府诗集》卷八七《杂歌谣辞》引《续汉书》曰：

> 李变拜京兆，诏发西园钱。（李）变上封事，遂止不发。吏民爱敬，乃为此谣。"我府君，道教举。恩如春，威如虎。刚不吐，弱不茹。爱如母，训如父。"①

（5）京师为胡广谚："万事不理问伯始，天下中庸有胡公。"

《后汉书》卷四四《胡广传》载：

> 胡广字伯始，南郡华容人也……性温柔谨素，常逊言恭色。达练事体，明解朝章。虽无謇直之风，屡有补阙之益。故京师谚曰："万事不理问伯始，天下中庸有胡公。"

（6）应劭引俚语："狐欲渡河，无奈尾何。"

应劭《风俗通》卷二《正失·宋均令虎渡江》载：

> 谨案……虎山栖穴处，毛鬣岂能犯阳侯，凌涛濑而横厉哉！俚语："狐欲渡河，无奈尾何。"②

（7）应劭引俚语："妇死腹悲，唯身知之。"

应劭《风俗通》卷三《愆礼·山阳太守汝南薛恭祖》云：

> 山阳太守汝南薛恭祖，丧其妻不哭……谨案礼：为适妻杖，

---

① （宋）郭茂倩编：《乐府诗集》，中华书局 1979 年版，第 1224 页。
② 参见（东汉）应劭撰，吴树平校释《风俗通义校释》，天津人民出版社 1980 年版，第 92—93 页。

重于宗也……且鸟兽之微，尚有回翔之思，啁噍之痛，何有死丧之感，始终永绝，而曾无恻容……此为矫情，伪之至也。俚语："妇死腹悲，唯身知之。"①

（8）应劭引俚语："不救蚀者，出行遇雨。"

《太平御览》卷八四九《饮食部·食下》引应劭《风俗通》曰：

　　俗说临日月薄食而饮，令人蚀口。谨案：日，太阳之精，君之象也，日有蚀之，天子不举乐。里语："不救蚀者，出行遇雨。"恐有安坐饮食，重惧也。②

（9）应劭引俚语："越陌度阡，更为客主。"

《文选》卷二七《乐府上·短歌行》：

　　越陌度阡，枉用相存。

李善注引应劭《风俗通》曰："里语云：'越陌度阡，更为客主。'"③

（10）应劭引俚语："县官漫漫，冤死者半。"

《太平御览》卷二二六《职官部·持书御史》引应劭《风俗通》曰：

　　顷者，廷尉多墙面，而苟充兹位，持书侍御史不复平议，

---

① 参见（东汉）应劭撰，吴树平校释《风俗通义校释》，天津人民出版社 1980 年版，第 105 页。

② （宋）李昉等：《太平御览》，中华书局 1960 年版，第 3796 页。

③ （南朝梁）萧统编，（唐）李善注：《文选》，中华书局 1977 年版，第 390 页。

谳当纠纷，岂一事哉。里语曰："县官漫漫，冤死者半。"①

（11）应劭引俚语："仕宦不止车生耳。"

《太平御览》卷四九六《人事部·谚下》引应劭《汉官仪》曰：

里语云："仕宦不止车生耳。"②

（12）应劭引语："金不可作，世不可度。"

应劭《风俗通》卷二《正失·王阳能铸黄金》载：

谨按……物之变化固自有极，王阳何人？独能乎哉！语曰："金不可作，世不可度。"③

（13）时人为庞氏语："庐里庞公，凿井得铜，买奴得公。"

《太平御览》卷五〇〇《人事部·奴婢》引《风俗通》曰：

南阳庞俭少失其父，后居闾里，凿井得钱千余万，行求老苍头，使主牛马耕种，直钱二万，有宾婚大会，奴在灶下，窃言堂上母，我妇也，婢即具白母，母使验问，曰：是我翁也，因下堂，抱其颈啼泣，遂为夫妇，（庞）俭及子历二千石刺史七八人，时为之语曰："庐里庞公，凿井得铜，买奴得公。"④

（14）弘农民为二殽语："东殽、西殽，渑池所高。"

---

① （宋）李昉等：《太平御览》，中华书局1960年版，第1074页。
② （宋）李昉等：《太平御览》，中华书局1960年版，第2269页。
③ 参见（东汉）应劭撰，吴树平校释《风俗通义校释》，天津人民出版社1980年版，第90页。
④ （宋）李昉等：《太平御览》，中华书局1960年版，第2288页。

应劭《风俗通》卷十《山泽·陵》载:

> 谨按:觳在弘农渑池县,其语曰:"东觳、西觳,渑池所高。"①

(15)南阳为卫修、陈茂语:"卫修有事,陈茂活之;卫修无事,陈茂杀之。"

应劭《风俗通》卷四《过誉》篇载:

> 汝南陈茂君因为荆州刺史……不入宛城,引车到城东,为友人卫修母拜……(卫)修坐事系狱当死……(陈)茂弹绳不挠,(卫)修竟极罪……南阳疾(陈)茂杀(卫)修,为之语曰:"卫修有事,陈茂活之;卫修无事,陈茂杀之。"②

(16)时人为桓典语:"行行且止,避骢马御史。"

《后汉书》卷三七《桓荣传》载:

> (桓)典字公雅……(灵帝时)拜侍御史。是时宦官秉权,(桓)典执政无所回避。常乘骢马,京师畏惮,为之语曰:"行行且止,避骢马御史。"

(17)时人为贡举语:"举秀才,不知书;察孝廉,父别居。寒素清白浊如泥,高第良将怯如鸡。"又云:"古人欲达勤诵经,今民图官免治生。"

---

① 参见(东汉)应劭撰,吴树平校释《风俗通义校释》,天津人民出版社1980年版,第379页。

② 参见(东汉)应劭撰,吴树平校释《风俗通义校释》,天津人民出版社1980年版,第137页。

《抱朴子·外篇》卷一五《审举》载:

> 灵、献之世,阉宦用事……州郡轻贡举于下……贡举轻于下,则秀、孝不得贤矣。故时人语曰:"举秀才,不知书;察孝廉,父别居。寒素清白浊如泥,高第良将怯如鸡。"又云:"古人欲达勤诵经,今民图官免治生。"①

(18)郑玄引俚语:"隐疾难为医。"
《礼记》卷二《曲礼上》:

> 名子者,不以国,不以日月,不以隐疾,不以山川。郑玄注曰:"疾在外者,虽不得言,尚可指摘。此则无时可辟,俗语云:'隐疾难为医。'"②

(19)灵帝末京都童谣:"侯非侯,王非王,千乘万骑上北芒。"
《后汉书》卷一〇三《五行志》载:

> 灵帝之末,京都童谣曰:"侯非侯,王非王,千乘万骑上北芒。"案到中平六年,史侯登蹑至尊,献帝未有爵号,为中常侍段珪等数十人所执,公卿百官皆随其后,到河上,乃得来还。此为非侯非王上北芒者也。

(20)颍川为荀爽语:"荀氏八龙,慈明无双。"
《后汉书》卷六二《荀淑传》载:

---

① 参见杨明照《抱朴子外编校释》上册,中华书局1991年版,第393页。
② (清)阮元校刻:《十三经注疏·礼记正义》,中华书局1980年版,第1241页。

（荀）爽字慈明，一名谞。幼而好学，年十二，能通《春秋》《论语》。太尉杜乔见而称之，曰："可为人师。"（荀）爽遂耽思经书，庆吊不行，征命不应。颍川为之语曰："荀氏八龙，慈明无双。"

（21）敦煌乡人为曹全谚："重亲致欢曹景完。"
《郃阳令曹全碑》曰：

（君）收养季祖母，供事继母，先意承志，存亡之敬，礼无遗阙。是以乡人为之谚曰："重亲致欢曹景完。"①

（22）京师为李氏语："父不肯立帝，子不肯立王。"
《后汉书》卷六三《李固传》载：

（李燮）灵帝时拜安平相。先是安平王（刘）续为张角贼所略，国家赎王得还，朝廷议复其国。（李）燮上奏曰："（刘）续在国无政，为妖贼所虏，守藩不称，损辱圣朝，不宜复国。"时议者不同，而（刘）续竟归藩。（李）燮以谤毁宗室，输作左校。未满岁，王果坐不道诛，乃拜燮为议郎。京师语曰："父不肯立帝，子不肯立王。"

（十二）献帝时期（190—220 年）
（1）献帝初京都童谣："千里草，何青青。十日卜，不得生。"
《后汉书》卷一〇三《五行志》载：

献帝践祚之初，京都童谣曰："千里草，何青青。十日卜，

---

① 参见（清）严可均辑《全后汉文》卷一〇五，商务印书馆 1999 年版，第 1055 页。

不得生。"案千里草为董，十日卜为卓。凡别字之体，皆从上起，左右离合，无有从下发端者也。今二字如此者，天意若曰：卓自下摩上，以臣陵君也。青青者，暴盛之貌也。不得生者，亦旋破亡。

（2）献帝初幽州童谣："燕南垂，赵北际，中央不合大如砺，唯有此中可避世。"

《后汉书》卷七三《公孙瓒传》载：

（公孙）瓒破禽刘虞，尽有幽州之地，猛志益盛。前此有童谣曰："燕南垂，赵北际，中央不合大如砺，唯有此中可避世。"（公孙）瓒自以为易地当之，遂徙镇焉。乃盛修营垒，楼观数十……建安三年，袁绍复大攻（公孙）瓒……（公孙）瓒遂大败……复还保中小城。自计必无全，乃悉缢其姊妹妻子，然后引火自焚。（袁）绍兵趣登台斩之。

（3）初平中长安谣："头白皓然，食不充粮。裹衣褰裳，当还故乡。圣主愍念，悉用补郎。舍是布衣，被服玄黄。"

《后汉书》卷九《献帝纪》载：

（初平四年）九月甲午，试儒生四十余人，上第赐位郎中，次太子舍人，下第者罢之。诏曰："今者儒年逾六十，去离本土，营求粮资，不得专业。结童入学，白首空归……朕甚愍焉。其依科罢者，听为太子舍人。"李贤注引刘艾《献帝纪》曰："时长安中为之谣曰：'头白皓然，食不充粮。裹衣褰裳，当还故乡。圣主愍念，悉用补郎。舍是布衣，被服玄黄。'"

（4）兴平中吴中童谣："黄金车，班兰耳，闿昌门，出天子。"

《三国志》卷四七《吴主传》载:

> 初,兴平中,吴中童谣曰:"黄金车,班兰耳,闿昌门,出天子。"裴松之注曰:"昌门,吴西郭门,夫差所作。"[1]

(5)建安初荆州童谣:"八九年间始欲衰,至十三年无孑遗。"

《后汉书》卷一〇三《五行志》载:

> 建安初,荆州童谣曰:"八九年间始欲衰,至十三年无孑遗。"言自中兴以来,荆州无破乱,及刘表为牧,民又丰乐,至此逮八九年。当始衰者,谓刘表妻当死,诸将并零落也。十三年无孑遗者,言十三年表又当死,民当移诣冀州也。

(6)汉末江淮间童谣曰:"大兵如市,人死如林。持金易粟,粟贵于金";汉末洛中童谣:"虽有千黄金,无如我斗粟。斗粟自可饱,千金何所直";汉末冀州人语:"虎豹之口,不如饥人。"

《太平御览》卷八四〇《百谷部·粟》引任昉《述异记》曰:

> 光武兴洛阳,斗粟万钱,人死者相枕。汉末大饥,江淮间童谣曰:"大兵如市,人死如林。持金易粟,粟贵于金。"洛中谣云:"虽有千黄金,无如我斗粟。斗粟自可饱,千金何所直。"袁绍在冀州时,满市黄金而无斗粟,饿者相食,人为之语:"虎豹之口,不如饥人。"[2]

(7)阎君童谣:"阎尹赋政,既明且昶。去苛去辟,动以礼让。"

---

[1] (晋)陈寿:《三国志》,中华书局1959年版,第1134页。

[2] (宋)李昉等:《太平御览》,中华书局1960年版,第3756—3757页。

《华阳国志》卷十下《先贤士女总赞·汉中士女》云：

> 阎宪，字孟度，成固人也。名知人。为绵竹令，以礼让为化，民莫敢犯。男子杜成夜行，得遗物一囊，中有锦二十五匹，求其主还之，曰："县有明君，何负其化？"童谣歌曰："阎尹赋政，既明且昶。去苛去辟，动以礼让。"①

（8）民为五门语："苑中三公，钜下二卿。五门藿藿，但闻豚声。"

《太平御览》卷八二八《资产部·卖买》引《三辅决录》曰：

> 五门，今在河南西四十里，马氏兄弟五人共居此地，作五门客舍，因以为名。主养猪卖猪，故民为之语曰："苑中三公，钜下二卿。五门藿藿，但闻豚声。"②

（9）高诱引谚："欲人不知，莫如不为。"

《淮南子》卷一七《说林训》：

> 田中之潦，流入于海，附耳之言，闻于千里也。

高诱注曰："近耳之言，谓窃语。闻于千里，千里知之。语曰：'欲人不知，莫如不为'。"③

（10）时人为郭典语："郭君围堑，董将不许。几令狐狸，化为豺虎。赖我郭君，不畏强御。转机之间，敌为穷虏。猗猗惠君，保完疆土。"

《太平御览》卷四九六《人事部·谚下》引《江表传》曰：

---

① （晋）常璩著，刘琳校注：《华阳国志校注》，巴蜀书社1984年版，第805—806页。
② （宋）李昉等：《太平御览》，中华书局1960年版，第3693页。
③ 何宁：《淮南子集释》，中华书局1998年版，第1211页。

郭典，字君业，为钜鹿太守。与中郎将董卓攻黄巾贼张宝于曲阳，（郭）典作围堑，（董）卓不肯。（郭）典独于西当贼之冲，昼夜进攻。（张）宝由是城守不敢出。时人为语曰："郭君围堑，董将不许。几令狐狸，化为豺虎。赖我郭君，不畏强御。转机之间，敌为穷虏。猗猗惠君，保完疆土。"①

（11）时人为吕布语："人中有吕布，马中有赤兔。"

《三国志》卷七《吕布传》载：

（吕）布有良马曰赤兔。裴松之注引《曹瞒传》曰：时人语曰："人中有吕布，马中有赤兔。"②

（12）关中为游殷谚："生有知人之明，死有贵神之灵。"

《三国志》卷一五《张既传》载：

太祖从其策，乃自到汉中引出诸军，令（张）既之武都，徙氐五万余落出居扶风、天水界。裴注引《三辅决录注》曰：（张）既为儿童，郡功曹游殷察异之，引（张）既过家，（张）既敬诺……（游）殷先与司隶校尉胡轸有隙，（胡）轸诬构杀（游）殷。（游）殷死月余，（胡）轸得疾患，自说但言"伏罪，伏罪，游功曹将鬼来"。于是遂死。于时关中称曰："生有知人之明，死有贵神之灵。"③

（13）时人为缪文雅语："素车白马缪文雅。"

《太平御览》卷四九六《人事部·谚下》引皇甫谧《达士传》曰：

---

① （宋）李昉等：《太平御览》，中华书局1960年版，第2267页。
② （晋）陈寿：《三国志》，中华书局1959年版，第220页。
③ （晋）陈寿：《三国志》，中华书局1959年版，第472—473页。

缪斐,字文雅。代修儒学,继踵六博士,以经行修明,学士称之。故时人谓之语曰:"素车白马缪文雅。"①

(14)陈琳引谚:"掩目捕雀。"
《后汉书》卷六九《何进传》载:

(袁)绍等又为画策,多召四方猛将及诸豪杰,使并引兵向京城,以胁太后。(何)进然之。主簿陈琳入谏曰:"《易》称'即鹿无虞',谚有'掩目捕雀'。夫微物尚不可欺以得志,况国之大事,其可以诈立乎?……"

以上谣谚作品的辑录是按帝王执政的时期顺序进行的,"帝王执政时期"只是一个大体范围内的划分,并未严格地将每首谣谚作品按产生的时间去排序。因为有些谣谚产生的具体时间已经很难考证,尤其是谚语,后代典籍在引用时只是泛泛地说为汉代作品,并未说明产生于汉代何时,如任昉《述异记》曰:"汉世古谚云:'虽有神药,不如少年。虽有珠玉,不如金钱。'"(详见下文)即便是汉代典籍记载的作品,有的也很难推算其产生的精确时间,尤其是用谣谚品评人物时,被品评之人一生往往历经几代帝王,这个"评论"性谣谚从何时开始流传开来并不好确定,只能知道它产生的大体时间段。基于此,上文在辑录谣谚作品时只是遵循一个大体的时间范围,而对于那些连流传的大体时期也难以考证的作品,我们将在下文予以辑录。当然,限于笔者的阅历和能力,遗漏或疏漏之处在所难免,恳望专家学者或读者查漏补缺、批评指正。

二 时代不可确考的汉代谣谚及其出处

以下是文史资料中记载的流传于汉代,但不可确知为汉代具体

① (宋)李昉等:《太平御览》,中华书局1960年版,第2267页。

时期的谣谚作品，兹附列于下。

（1）三辅为张氏、何氏语："何氏箅，张氏钩。何氏肥，张氏瘦。"

《太平御览》卷三七八《人事部·瘦》引《三辅决录注》曰：

张氏得钩，何氏得箅。故三辅旧语曰："何氏箅，张氏钩。何氏肥，张氏瘦。"言何氏有肥人辄贵，瘦人辄贱。张氏瘦者辄贵，肥者辄贱。故二族以钩、箅知吉凶，以肥瘦知贵贱。①

（2）时人为张氏谚："相里张，多贤良。积善应，子孙昌。"

《太平御览》卷四九六《人事部·谚下》引《文士传》曰：

留侯七世孙张赞，字子卿，初居吴县相人里。时人谚曰："相里张，多贤良。积善应，子孙昌。"②

（3）父老为王世容歌："王世容，政无双。省徭役，盗贼空。"

《乐府诗集》卷八五《杂歌谣辞》引《吴录》曰：

王镡，字世容，为武城令。民服德化，宿恶奔迸，父老歌之："王世容，政无双。省徭役，盗贼空。"③

（4）六县吏人为爱珍歌："我有田畴，爱父殖置。我有子弟，爱父教诲。"

《太平御览》卷四六五《人事部·歌》引《陈留耆旧传》曰：

---

① （宋）李昉等：《太平御览》，中华书局 1960 年版，第 1748 页。
② （宋）李昉等：《太平御览》，中华书局 1960 年版，第 2267 页。
③ （宋）李昉等：《太平御览》，中华书局 1960 年版，第 1197 页。

爰琡除六令，吏人讼息，教诲其子弟。歌之曰："我有田畴，爰父殖置。我有子弟，爰父教诲。"①

（5）益都民为王忳谣："信哉少林世为遇，飞被走马与鬼语。"
《太平御览》卷四六五《人事部·谣》引《益部耆旧传》曰：

王忳，字少林，诣京师。于客见诸生病甚困，生谓（王）忳曰：腰下有金十斤，愿以相与，乞收藏尸骸。未问姓名，呼吸因绝。（王）忳卖金一斤，以给棺絮，九斤置生腰下。后署大度亭长到亭日，有马一匹至亭中，其日大风，有一绣被随风以来。后（王）忳骑马突入，金彦父见曰：真得盗矣。（王）忳说马状，又取被示之。（金）彦父怅然曰：被马俱止，卿有何阴德。（王）忳具说葬诸生事，（金）彦父曰：此吾子也，遣迎（金）彦丧，金俱存。民谣之曰："信哉少林世为遇，飞被走马与鬼语。"②

（6）恒农童谣："君不我忧，人何以休，不行界署，焉知人处。"
《太平御览》卷四六五《人事部·谣》引《陈留耆旧传》曰：

吴佑为恒农令，劝善惩奸，贪浊出境。甘露降，年谷丰。童谣曰："君不我忧，人何以休，不行界署，焉知人处。"③

（7）东门尖谣："东门尖，取吴半，吴不足，济阴续。"
《太平御览》卷四九二《人事部·贪》引《鲁国先贤志》曰：

东门尖，历吴郡、济阴太守，所在贪浊。谣曰："东门尖，

---

① （宋）李昉等：《太平御览》，中华书局 1960 年版，第 2139 页。

② （宋）李昉等：《太平御览》，中华书局 1960 年版，第 2140 页。

③ （宋）李昉等：《太平御览》，中华书局 1960 年版，第 2140 页。

取吴半，吴不足，济阴续。"①

（8）商子华谣："石里之勇殷子华，暴虎见之合爪牙"或"石里之勇商子华，暴虎见之藏爪牙。"

《太平御览》卷四三六《人事部·勇》引《殷氏世传》曰：

　　（殷）亮，字子华。少好学，年四十举孝廉，到阳城遇两虎争一羊，马不敢进。于是（殷）亮乃按剑直至虎所，斩羊腹，虎乃各得其半去。时人为之谣曰："石里之勇殷子华，暴虎见之合爪牙。"②

又，《太平御览》卷四六五《人事部·谣》引《商氏世传》曰：

　　商亮，字子华。举孝廉，到阳城，遇两虎争一羊，（商）亮按剑直前斩羊，虎乃各以其半去。时人为之谣曰："石里之勇商子华，暴虎见之藏爪牙。"③

（9）时人谣："五侯之斗"或"五侯之斗血成江。"

《春秋考异邮》曰：

　　龙门之下血如江。时人谣曰："五侯之斗。"④

另，逯钦立《先秦汉魏晋南北朝诗》卷八《杂歌谣辞》引《春

---

①　（宋）李昉等：《太平御览》，中华书局1960年版，第2250页。
②　（宋）李昉等：《太平御览》，中华书局1960年版，第2010页。
③　（宋）李昉等：《太平御览》，中华书局1960年版，第2140页。
④　参见［日］安居香山、中村璋八辑《纬书集成》，河北人民出版社1994年版，第796页。

秋考异邮》曰：

> 龙斗，下血如注。时人谣曰："五侯之斗血成江。"①

（10）摛洛谣："刿者配姬以放贤，山崩水溃纳小人，家伯罔主异哉震。"

《诗泛历枢》曰：

> 摛洛谣曰："刿者配姬以放贤，山崩水溃纳小人，家伯罔主异哉震。"②

（11）京师为唐约谣："治身无嫌唐仲谦。"

谢承《后汉书》卷八《唐约传》载：

> 唐约字仲谦，拜尚书令……数有直言美策，以称于上……处官不言货利之事，当法不阿所私，京师咏曰："治身无嫌唐仲谦。"③

（12）锡山古谣："有锡兵，无锡宁。"

逯钦立《先秦汉魏晋南北朝诗》卷八《杂歌谣辞》引《常州图经》曰：

> 惠山之侧有锡山，其山出锡。古谣云："有锡兵，无锡宁。"④

---

① 逯钦立辑校：《先秦汉魏晋南北朝诗》，中华书局 1988 年版，第 228 页。
② 参见［日］安居香山、中村璋八辑《纬书集成》，河北人民出版社 1994 年版，第482 页。
③ 参见周天游辑注《八家后汉书辑注》，上海古籍出版社 1986 年版，第 261 页。
④ 逯钦立辑校：《先秦汉魏晋南北朝诗》，中华书局 1988 年版，第 229 页。

（13）时人为三茅君谣："茅山连金陵，江湖据下流。三神乘白鹄，各治一山头。召雨灌旱稻，陆田苗亦柔。妻子咸保室，使我无百忧。白鹄翔青天，何时复来游？"

《云笈七签》卷一〇四《传·太元真人东岳上卿司命真君传》载：

> （茅盈）咸阳南关人也……至汉宣帝时，二弟俱贵，（茅）衷为五官大夫西河太守，（茅）固为执金吾……（茅）盈与家人及亲族辞决……欲以此道诱劝二弟之追慕也……遂归句曲。邦人因改句曲为茅君之山。时二弟在官，闻（茅）盈玄迹眇迈……始乃信仙化可学，神灵可致……各弃官还家……以汉元帝永光五年三月六日渡江，求兄于东山……仙道成矣。《紫素文》曰：太上有命……（茅）固治丹阳句曲山……（茅衷）治于良常之山……汉哀帝元寿二年……授（茅盈）位为太元真人，领东岳上卿司命神君……于是（茅）盈与二弟决别……内法既融，外教坦平。尔乃风雨以时，五禾成熟。疾疠不起，暴害不行。父老歌曰："茅山连金陵，江湖据下流。三神乘白鹄，各治一山头。召雨灌旱稻，陆田苗亦柔。妻子咸保室，使我无百忧。白鹄翔青天，何时复来游？"①

又，《太平御览》卷九一六《羽族部·鹤》引《李尊太元真人茅君内传》曰：

> 茅盈留句曲山告二弟曰："吾去有局任，不复得数相往来。"父老歌曰："茅山连金陵，江湖据下流，三神乘白鹤，各在一山头。佳雨灌旱稻，陆田亦复周，妻子保堂室，使我无百忧，白

---

①　参见（宋）张君房编《云笈七签》，中华书局2003年版，第2254—2262页。

鹤翔金穴，何时复来游。"①

（14）人为高慎语："嶷然不语，名高孝甫。"
《太平御览》卷二六五《职官部·从事》引《陈留耆旧传》曰：

　　高慎，字孝甫，敦质少华，口不能剧谈，嘿而好沉深之谋，为从事，号曰"卧虎"。故人谓之："嶷然不语，名高孝甫。"②

（15）时人为杨氏四子语："三苗止，四珍复起。"
《华阳国志》卷十下《先贤士女总赞·汉中士女》曰：

　　泰瑛，南郑杨矩妻，大鸿胪刘巨公女也。有四男二女。（杨）矩亡，教训六子，动有法矩……兄弟为名士。泰瑛之教，流于三世；四子才官，隆于先人。故时人为语曰："三苗止，四珍复起。"③

（16）汉世古谚云："虽有神药，不如少年。虽有珠玉，不如金钱。"
任昉《述异记》卷下载：

　　汉世古谚曰："虽有神药，不如少年。虽有珠玉，不如金钱。"太原神釜岗中，有神农尝药之鼎存焉。咸阳山中有神农辨药处，一名神农原药草山。山上紫阳观，世传神农于此辨百药。④

（17）益州乡里为柳宗语："得黄金一筍，不如为伯骞所识。"
《华阳国志》卷十上《先贤士女总赞·蜀郡士女》曰：

---

① （宋）李昉等：《太平御览》，中华书局 1960 年版，第 4061 页。
② （宋）李昉等：《太平御览》，中华书局 1960 年版，第 1241 页。
③ （晋）常璩著，刘琳校注：《华阳国志校注》，巴蜀书社 1984 年版，第 810—811 页。
④ （南朝梁）任昉：《述异记》，中华书局 1931 年版，第 20 页。

柳宗，字伯骞，成都人也……为州郡右职，务在进贤……州里为谚曰：“得黄金一笥，不如为伯骞所识。”①

（18）宣城为封使君语：“无作封使君，生不治民死食民。”

《太平御览》卷八九二《兽部·虎下》引任昉《述异记》曰：

汉中有虎生角，道家云，虎千岁则牙蜕而角生。汉宣城郡守封邵，一日忽化为虎，食郡民。民呼曰“封使君”，因去，不复来。故时人语曰：“无作封使君，生不治民死食民。”②

（19）京师为张盘语：“闻清白，张子石。”

《北堂书钞》卷三八《政术部·廉洁》引谢承《后汉书·张盘传》云：

丹阳张盘，字子石，以操行云云为庐江太守。京师谚曰：“闻清白，张子石。”③

（20）人为徐闻县谚：“欲拔贫，诣徐闻。”

《舆地纪胜》卷一一八《雷州》载：

汉置左右侯官，在徐闻县南七里，积货物于此，备其所求，与交易有利。故谚曰：“欲拔贫，诣徐闻。”④

---

① （晋）常璩著，刘琳校注：《华阳国志校注》，巴蜀书社 1984 年版，第 721 页。
② （宋）李昉等：《太平御览》，中华书局 1960 年版，第 3960 页。
③ （唐）虞世南撰，（清）孔广陶校注：《北堂书钞》，中国书店 1989 年版，第 100 页。
④ （宋）王象之：《舆地纪胜》，中华书局 1992 年版，第 3451 页。

（21）时人为孔氏兄弟语："鲁孔氏好读经，兄弟讲诵可不听。学士来者有声名，不过孔氏郍得成。"

《太平御览》卷三八五《人事部·幼智下》引《孔丛子》曰：

> 子和为临晋令，寝疾不瘳，乃命其二子留葬焉。二子，长曰长彦，年十有二。次曰季彦，年十岁。父友西洛人姚进先有道，征不就，养志于家。长彦、季彦常受教焉，既除丧，有先人遗书，兄弟相勉，讽诵不倦……于是甘贫，研精坟典。十余年间，会徒数百。故时人为之语曰："鲁孔氏好读经，兄弟讲诵可不听。学士来者有声名，不过孔氏郍得成。"①

（22）阚骃引语："仕宦不偶值冀部。""幽、冀之人钝如椎。"

《太平寰宇记》卷六三《河北道·冀州》引阚骃《十三州志》云：

> 冀州之地，盖古京也，人患剽悍。故语曰："仕宦不偶值冀部。"其人刚狠，浅于恩义，无宾序之礼，怀居悭啬。古语云："幽、冀之人钝如椎。"亦履山之险，为逋逃之薮。②

（23）时人为陈嚣语："关东说诗陈君期。"

《北堂书钞》卷一〇〇《艺文部·叹赏》引《会稽典录》云：

> 陈嚣字君期，京师谚语曰："关东说诗陈君期。"③

（24）人为许晏谚："殿上成群许伟君。"

---

① （宋）李昉等：《太平御览》，中华书局 1960 年版，第 1778—1779 页。

② （宋）乐史撰，王文楚等点校：《太平寰宇记》，中华书局 2007 年版，第 1284 页。

③ （唐）虞世南撰，（清）孔广陶校注：《北堂书钞》，中国书店 1989 年版，第 381 页。

《太平御览》卷四九六《人事部·谚下》引《陈留风俗传》曰：

> 许晏，字伟君，授《鲁诗》于琅邪王政学，曰《许氏章句》，列在儒林。故谚曰："殿上成群许伟君。"①

三　汉代谣谚的时代分布特点

从以上作品的辑录中可以看出，汉代每个时期都有谣谚得以流传下来，可见整个汉代谣谚文化都很兴盛，尤其是西汉末期元帝、成帝时期始至整个东汉，谣谚文化最为兴盛，有大量类型各异的谣谚作品得以记录。

从两汉谣谚文化的整体来看，各个时代的谣谚主要有两个应用主题：一是民众间作谣谚反映时俗，表达态度情感；二是文人引用谣谚进行说理。民间的谣谚作品有着鲜明的情感表达，尤其是汉代动乱社会环境中产生的那些反映时事政治的歌谣，描述生动、风格质朴，从中可观览民风民俗。文人引用谣谚进行说理在两汉更为兴盛，这可看作春秋战国时期风气的延续。此外，春秋战国时期已经产生的政治"童谣"，在汉代有了继续生存的土壤，因为"童谣"多是对政治事件的预言，所以多会产生于政局混乱时期，如西汉末年元帝、成帝时期；东汉中期始政局不稳定，从顺帝、桓帝时期一直到东汉末年产生了很多"童谣"。汉代社会新生的标榜性、品评人物类的谣谚，从西汉昭帝、宣帝时期渐趋抬头，到东汉时期达到繁盛，尤其是桓帝、灵帝时期，因为特殊的政治格局和政治斗争的需要，文人士子利用这种传播性极强的谣谚作为舆论来结成党派、标榜同类，从而使品评性谣谚的创作达到鼎盛。

以上这些是对汉代谣谚在分期整理的过程中，从文献考察中直

---

① （宋）李昉等：《太平御览》，中华书局 1960 年版，第 2267 页。

接得出的结论，比较笼统。具体到实际中，两汉谣谚文化的发展、应用与传播定是一个复杂的过程，谣谚作品的数量恐怕也远不止这些，时代久远、历史变迁，能够流传下来的作品毕竟是少数。中国几千年的文明史，古人今人的著作浩如烟海，但并没有为我们留下对谣谚文化进行直接论述或详细考证的文字，我们很难得知汉代谣谚文化发展的细节，只能从文人的引录或偶然记载中窥视一斑，故包括两汉时期在内的谣谚文化有进一步深入研究的必要。

第三章　两汉谣谚的地域分布及特点

　　继短暂的秦朝灭亡后，汉代是中国历史上建立的第一个真正的大一统的专制帝国。随着经济的发展、民众的富足、国力的强盛，汉代开辟了极为广袤的疆域。在汉代四百多年的发展史中，对外展现的是赫赫声威，对内则孕育出多样的民风民俗及异彩纷呈的人类文化。谣谚文化作为汉代社会文化中的一支，其繁盛不是一时的，也不是一地的，而是风靡整个时代并流行于全国的文化艺术。根据上一章节的辑录和统计可知，只是从《史记》《汉书》《后汉书》等史料及文人著作的随意引录中，即可辑得汉代谣谚二百多首。从考察谣谚作品本事或出处的过程中又可以看到，大部分谣谚在典籍中标注了产生的地域或流传的范围，这为我们了解汉代某个地方的谣谚文化特色提供了可能。为方便大家对汉代各个地区的谣谚艺术有所认识，本章将在第二章所辑录的谣谚作品的基础之上，专门从地域分布上对汉代谣谚文化的发展及其特征做出考察。

　　一　汉代谣谚流传地域考察

　　据《汉书·地理志》载，汉武帝时考迹《尚书·禹贡》《周礼·职方》等典籍中有关"九州"的记载，将国土划分为冀、兖、青、徐、扬、荆、豫、幽、并、凉、益、朔方、交趾十三个州，另设司隶校尉部管理京畿及其附近地区，称"十三部"或"十三州"。至东汉时期，朔方并入并州，交趾改称交州。本章对汉代谣谚的地域考察即以"州"为区域划分单位，把各类典籍中所载流传区域大致相同的作品进行归类，另分出京畿地区独立考察（考察时尽可能地标注每首谣谚产生或流传的精确时间，并对部分谣谚中的疑难用语和所涉人物以"按语"形式进行简注）。而典籍中没有明确标识产生或流传地域的谣谚作品，则不在考察范围之内。

（一）西汉京兆地区（今陕西西安及其附近地区）

1. 长安（西汉—更始）

（1）汉昭帝时期，长安为王吉语："东家有树，王阳妇去。东家枣完，去妇复还。"（出自《汉书·王吉传》。按：王吉，字子阳。）

（2）约汉宣帝时期，长安为萧、朱、王、贡语："萧、朱结绶，王、贡弹冠。"（出自《汉书·萧望之传》。按："萧、朱、王、贡"分别指萧育、朱博、王吉、贡禹。）

（3）汉元帝时期，京师为诸葛丰语："间何阔，逢诸葛。"（出自《汉书·诸葛丰传》。按：诸葛丰，字少季，琅邪人。）

（4）汉成帝初年，长安谣："伊徙雁，鹿徙菀，去牢与陈实无贾。"（出自《汉书·佞幸传》。按："伊"指御史中丞伊嘉，"鹿"指少府五鹿充宗，"牢"指石显同党牢梁，"陈"指石显同党陈顺。）

（5）汉成帝河平二年（前27年），长安百姓为王氏五侯歌："五侯初起，曲阳最怒，坏决高都，连竟外杜，土山渐台西白虎。"（出自《汉书·元后传》。按："五侯"指汉成帝母舅王谭、王根、王立、王商、王逢；"曲阳"指曲阳侯王根。）

（6）汉成帝永始、元延间（前16—前9年），长安为尹赏歌："安所求子死，桓东少年场。生时谅不谨，枯骨后何葬？"（出自《汉书·酷吏传》。按：尹赏，字子心，任职长安令。）

（7）汉成帝时期，京师为赵、张、三王语："前有赵、张，后有三王。"（出自《汉书·王吉传》。按："赵、张"指赵广汉、张敞；"三王"指王尊、王章、王骏。）

（8）汉成帝时期，长安为谷永、楼护号："谷子云笔札，楼君卿唇舌。"（出自《汉书·游侠传》。按：谷永，字子云；楼护，字君卿。）

（9）王莽时期，长安为张竦语："欲求封，过张伯松。力战斗，不如巧为奏。"（出自《汉书·王莽传》。按：张竦，字伯松。）

（10）王莽时期，京师为扬雄语："惟寂寞，自投阁。爰清净，作符命。"（出自《汉书·扬雄传》。按：此谣影射的是扬雄投阁事件。）

（11）更始帝时期，长安中语："灶下养，中郎将。烂羊胃，骑都尉。烂羊头，关内侯。"（出自《后汉书·刘玄传》。按：此谣暗指更始帝所授官爵之人皆群小贾竖。）

2. 长安（东汉）

（1）汉明帝时期，永平三年（60年）明德皇后既立之后，马廖引长安语："城中好高髻，四方高一尺。城中好广眉，四方且半额。城中好大袖，四方全匹帛。"（出自《后汉书·马援传》。按：马廖，字敬平，伏波将军马援之子，明德皇后长兄。）

（2）汉献帝初平四年（193年），长安谣："头白皓然，食不充粮。裹衣褰裳，当还故乡。圣主愍念，悉用补郎。舍是布衣，被服玄黄。"（出自《后汉书·献帝纪》李贤注引刘艾《献帝纪》。按：此谣讴颂了汉献帝敕令六十岁以上耆儒为太子舍人之事。）

3. 渭中（谷口，栎阳）

汉武帝太始二年（前95年），郑白渠歌："田于何所？池阳、谷口。郑国在前，白渠起后。举臿为云，决渠为雨。泾水一石，其泥数斗。且溉且粪，长我禾黍。衣食京师，亿万之口。"（出自《汉书·沟洫志》。按："郑白渠"指郑国渠、白渠。）

4. 关中

汉献帝初平三年（192年），关中为游殷谚："生有知人之明，死有贵神之灵。"（出自《三国志·张既传》裴松之注引《三辅决录注》。按：游殷，人名，字幼齐，左冯翊频阳县人，职位为司隶左冯翊功曹。）

5. 杜陵（县）

约汉章帝时期，京兆乡里为冯豹语："道德彬彬，冯仲文。"（出自《后汉书·冯衍传》。按：冯豹，字仲文，京兆杜陵人，冯衍之子。）

6. 上郡

汉成帝时期，上郡吏民为冯氏兄弟歌："大冯君、小冯君，兄弟继踵相因循，聪明贤知惠吏民，政如鲁、卫德化钧，周公、康叔犹二君。"（出自《汉书·冯奉世传》。按："冯氏兄弟"指冯野王和冯立。）

（二）东汉京兆地区（相当于今陕西中部，山西西南部及河南西部）

1. 洛阳

（1）光武帝时期，时人为郭况语："郭氏之室，不雨而雷。""洛阳多钱郭氏室，夜日昼星富无匹。""洛阳多钱，郭氏万千。"（出自《拾遗记》。按：郭况为光武皇后之弟。）

（2）光武帝时期，京师为董少平歌："枹鼓不鸣董少平。"（出自《后汉书·酷吏传》。按：董宣，字少平。）

（3）光武帝时期，京师为戴凭语："解经不穷戴侍中。"（出自《后汉书·儒林传》。按：戴凭曾任职虎贲中郎将，兼领侍中，故称"戴侍中"。）

（4）光武帝时期，京师为井丹语："《五经》纷纶井大春。"（出自《后汉书·逸民传》。按：井丹，字大春，扶风郿人。）

（5）光武帝时期，京师为杨政语："说经铿铿杨子行。"（出自《后汉书·儒林传》。按：杨政，字子行，京兆人。）

（6）光武帝时期，京师为祁圣元号："论难僠僠祁圣元。"（出自《东观汉记》。按：祁圣元与杨政为同时代人。）

（7）光武帝中后期，百姓为郭乔卿歌："厥德仁明郭乔卿，忠正朝廷上下平。"（出自《后汉书·蔡茂传》。按：郭贺，字乔卿，洛人。）

（8）光武帝末年，京师人为鲍司隶歌："鲍氏骢，三人司隶再入公。马虽瘦，行步工。"（出自《列异传》。按："鲍氏三司隶"指鲍宣、鲍宣子鲍永、鲍永子鲍昱。）

（9）汉章帝时期，京师为黄香号："天下无双，江夏黄童。"（出自《后汉书·文苑传》。按：黄香，字文强，江夏安陆人。）

（10）约汉安帝时期，京师为周举语："《五经》从横，周宣光。"（出自《后汉书·周举传》。按：周举，字宣光，汝南汝阳人，陈留太守防之子。）

（11）汉顺帝时期，洛阳人为祝良歌："天久不雨，蒸人失所。天王自出，祝令特苦。精符感应，滂沱下雨。"（出自《长沙耆旧传》。按：祝良，字石卿，为洛阳令。）

（12）汉顺帝末年，京都童谣："直如弦，死道边。曲如钩，反封侯。"（出自《后汉书·五行志》。按："直如弦，死道边"指太尉李固；"曲如钩，反封侯"指太尉胡广、司徒赵戒、司空袁汤。）

（13）汉桓帝初，城上乌童谣："城上乌，尾毕逋。公为吏，子为徒。一徒死，百乘车。车班班，入河间。河间姹女工数钱，以钱为室金为堂。石上慊慊春黄粱。粱下有悬鼓，我欲击之丞卿怒。"（出自《后汉书·五行志》。按："车班班，入河间"指迎立灵帝；"河间姹女"指灵帝母永乐太后。）

（14）汉桓帝时期，京都童谣："游平卖印自有平，不辟豪贤及大姓。"（出自《后汉书·五行志》。按：窦武，字游平，窦太后之父，官至大将军。）

（15）约汉桓帝时期，京师为袁成谚："事不谐，问文开。"（出自王粲《英雄记》。按：袁成为袁绍养父，字文开。）

（16）汉桓帝延熹年间，京师为光禄茂才谣："欲得不能，光禄茂才。"（出自《后汉书·黄琼传》。按：此谣是对选官腐败现象的讽刺。）

（17）汉桓帝末年，太学生"七言谣"："天下忠诚窦游平。天下义府陈仲举。天下德弘刘仲承"（按：窦武，字游平；陈蕃，字仲举；刘淑，字仲承）；"不畏强御陈仲举，九卿直言有陈蕃"；"天下模楷李元礼，天下英秀王叔茂。天下良辅杜周甫，天下冰凌朱季陵。天下忠贞魏少英，天下好交荀伯条。天下稽古刘伯祖，天下才英赵仲经"（按：李膺，字元礼；王畅，字叔茂；杜密，字周甫；朱寓，字季陵；魏朗，字少英；荀翌，字伯条；刘祐，字伯祖；赵典，字仲经）；"天下和雍郭林宗。天下慕恃夏子治。天下英藩尹伯元。天下清苦羊嗣祖。天下珤金刘叔林。天下雅志蔡孟喜。天下卧虎巴恭祖。天下通儒宗孝初"（按：郭泰，字林宗；夏馥，字子治；尹勋，字伯元；羊陟，字嗣祖；刘儒，字叔林；蔡衍，字孟喜；巴肃，字恭祖；宗慈，字孝初）；"海内贵珍陈子鳞。海内忠烈张元节。海内謇谔范孟博。海内通士檀文友。海内彬彬苑仲真。海内珍好岑公孝。海内所称刘景升"（按：陈翔，字子鳞；张俭，字元节；范滂，字孟博；檀敷，字文友；苑康，字仲真；岑晊，字公孝；刘表，字景升）；"海内贤智王伯义。海内修整蕃嘉景。海内贞良秦平王。海内珍奇胡母季皮。海内光光刘子相。海内依怙王文祖。海内严恪张孟卓。海内清明度博平"（按：王商，字伯义，《后汉书》作王章；蕃向，字嘉景；秦周，字平王；胡母班，字季皮；刘翊，字子相；王考，字文祖；张邈，字孟卓；度尚，字博平）（出自袁山松《后汉书》）。

（18）汉灵帝初年，京师为胡广谚："万事不理问伯始，天下中庸有胡公。"（出自《后汉书·胡广传》。按：胡广，字伯始，南郡华容人，历事六朝，为官三十年，做过司空、司徒、太尉、太傅。）

（19）汉灵帝时期，京师语："父不肯立帝，子不肯立王。"（出自《后汉书·李固传》。按：此谣中的"父"与"子"指李固、李燮父子；产生背景是：李固曾反对立桓帝，李燮反对复立安平国王。）

（20）汉灵帝末，京都童谣："侯非侯，王非王，千乘万骑上北芒。"（出自《后汉书·五行志》。此谣反映的是汉末外戚与宦官争权的宫廷政变，宦官挟持少帝刘辩、陈留王刘协至河上。北芒，又名邙山，在洛阳北。）

（21）汉献帝初，京都童谣："千里草，何青青。十日卜，不得生。"（出自《后汉书·五行志》。按：此谣是对董卓的诅咒。"千里草"暗指"董"字；"十日卜"暗指"卓"字。）

（22）京师为唐约谣："治身无嫌唐仲谦。"（出自谢承《后汉书》。按：唐约，字仲谦，官为尚书令。）

（23）京师为张盘语："闻清白，张子石。"（出自谢承《后汉书》。按：张盘，字子石。）

（24）汉末洛中童谣："虽有千黄金，无如我斗粟。斗粟自可饱，千金何所直。"（出自任昉《述异记》。按：此谣产生的社会背景是汉末饥荒。）

2. 京兆

京兆为李变谣："我府君，道教举。恩如春，威如虎。刚不吐，弱不茹。爱如母，训如父。"（出自《续汉书》。按：此谣产生的背景是李变上封事谏止灵帝西园卖官之事；李变时为河南尹。）

3. 关东（西汉）

（1）汉武帝时期，关东为宁成号："宁见乳虎，无值宁成之怒。"（出自《史记·酷吏传》。按：宁成，南阳穰人，时任关都尉。）

（2）王莽时期，时人为戴遵语："关东大豪戴子高。"（出自《后汉书·逸民传》。按：戴遵，字子高，平帝时为侍御史，王莽篡位后称病归乡里。）

（3）光武帝时期，桓谭引关东鄙语："人闻长安乐，则出门西向而笑。知肉味美，则对屠门而大嚼。"（出自桓谭《新论》。按：此谚暗喻追慕他人的心理。）

4. 汲县（属河内郡）

汉顺帝时期，汲县长老为崔瑗歌："天降神明，君锡我慈仁父。

临民布德泽，恩惠施以序。穿沟广溉灌，决渠作甘雨。"（出自《崔氏家传》。按：崔瑗，字子玉，时为汲县令。）

5. 温县（属河内郡）

汉和帝时期，河内民为王涣歌："王稚子，世未有，平徭役，百姓喜。"（出自《华阳国志·广汉士女》。按：王涣，字稚子，时任温县令。）

6. 恒农郡（汉名为弘农郡）

恒农童谣："君不我忧，人何以休，不行界署，焉知人处。"（出自《陈留耆旧传》。按：此谣是对恒农县令吴佑清正廉明的讴赞；此谣未知流传的具体时间，概为东汉安帝、顺帝时期。）

7. 五门①

约汉献帝时期，民为五门语："苑中三公，钜下二卿。五门藿藿，但闻豚声。"（出自《三辅决录》。按：此谣反映的是明德皇后马氏五位兄弟经营养猪业。）

（三）豫州地区（相当于今河南东南部、安徽北部、江苏西北及山东西南地区）

1. 颍川（郡）

（1）汉武帝时期，颍川儿歌："颍水清，灌氏宁。颍水浊，灌氏族。"（出自《史记·魏其武安侯列传》。按：灌氏指灌夫家族。）

（2）汉桓帝时期，颍川为荀爽语："荀氏八龙，慈明无双。"（出自《后汉书·荀淑传》。按：荀爽，字慈明；"荀氏八龙"指荀淑的八个儿子：荀俭、荀绲、荀靖、荀焘、荀汪、荀爽、荀肃、荀旉。）

2. 汝南（郡）

（1）王莽时期，汝南鸿隙陂童谣："坏陂谁？翟子威。饭我豆食

---

① 《先秦汉魏晋南北朝诗》引《三辅决录》曰："五门，今在河南西四十里涧、谷、洛三水之交。"参见逯钦立辑校《先秦汉魏晋南北朝诗》，中华书局 1988 年版，第 238 页。

羹芋魁。反乎覆，陂当复。谁云者？两黄鹄。"（出自《汉书·翟方进传》）。按：童谣中的"陂"指汝南鸿隙陂；翟方进，字子威，汝南郡上蔡人。）

（2）汉桓帝时期，汝南、南阳二郡谣："汝南太守范孟博，南阳宗资主画诺。南阳太守岑公孝，弘农成瑨但坐啸。"（出自《后汉书·党锢列传》序。按：范滂，字孟博，汝南征羌人；宗资，字叔都，南阳安众人；岑晊，字公孝，南阳棘阳人；成瑨，字幼平，弘农人。）

3. 江淮间

汉末献帝时期，江淮间童谣："大兵如市，人死如林。持金易粟，粟贵于金。"（出自任昉《述异记》。按：此谣反映的是汉末饥荒。）

4. 梁沛间

汉桓帝时期，梁沛间里为范史云歌："甑中生尘范史云，釜中生鱼范莱芜。"（出自《后汉书·独行传·范冉传》。按：范冉，字史云，曾任莱芜长；此谣反映了范冉遭党人禁锢后的贫苦生活。）

（四）荆州地区（相当于今湖北省、湖南省大部，及河南省、贵州省、广东省、广西壮族自治区的一小部分）

1. 长沙（国）

汉高祖时期，长沙人石虎谣："石虎头截，仓廪不阙。"（出自《太平寰宇记》。按：石虎，在长沙县东，吴芮为王时以生肉祭之，以除民害。）

2. 南阳（郡）

（1）更始帝时期，南阳童谣："谐不谐，在赤眉。得不得，在河北。"（出自《后汉书·五行志》。按：此谣暗示更始帝为赤眉所杀，刘秀自河北而兴。）

（2）光武帝时期，南阳为杜诗语："前有召父，后有杜母。"（出自《后汉书·杜诗传》。按："召父"指西汉元帝时期南阳太守召信臣；"杜母"指光武帝时期南阳太守杜诗。）

（3）汉桓帝时期，汝南、南阳二郡谣："汝南太守范孟博，南阳宗资主画诺。南阳太守岑公孝，弘农成瑨但坐啸。"（按：此谣已见上文。）

（4）汉桓帝时期，赵岐引南阳旧语："前队大夫范仲公，盐豉蒜果共一箪。"（出自《三辅决录》。按：王莽改"南阳郡"曰"前队"，"前队大夫"即南阳太守。）

（5）汉灵帝时期，南阳为卫修、陈茂语："卫修有事，陈茂活之；卫修无事，陈茂杀之。"（出自应劭《风俗通义》。按：陈茂时任荆州刺史，卫修是其友人。）

3. 宛县（属南阳郡）

乡里为茨充号："一马两车茨子河。"（出自《东观汉记》。按：茨充，字子河，宛人也。）

4. 梁、楚间

汉文帝时期，曹丘生引楚人谚："得黄金百，不如得季布一诺。"（出自《史记·季布传》。按：楚人曹丘生为辩士；季布亦楚人，为秦汉之际项羽部将，后投汉。）

5. 顺阳县（属南阳郡）

汉桓帝时期，顺阳吏民为刘陶歌："邑然不乐，思我刘君，何时复来，安此下民。"（出自《后汉书·刘陶传》。按：刘陶，字子奇，一名伟，颍川颍阴人，时任顺阳长。）

6. 荆州

汉献帝建安初年，荆州童谣："八九年间始欲衰，至十三年无孑遗。"（出自《后汉书·五行志》。按：此谣暗指刘表荆州渐趋衰落的过程。）

7. 武陵（郡）

汉桓帝时期，武陵人为黄氏兄弟谚："天有冬夏，人有二黄。"（出自《襄阳耆旧传》。按："黄氏兄弟"具体指：黄穆，字伯开，曾任山阳守；黄奂，字仲开，曾任武陵太守。）

（五）凉州地区（相当于今甘肃、宁夏和青海湟水流域，及陕西西部）

1. 天水郡（汉明帝时改为"汉阳"）

王莽末年，天水童谣："出吴门，望缇群。见一蹇人，言欲上天。令天可上，地上安得民。"（出自《后汉书·五行志》。按："缇群"为山名；"蹇人"指隗嚣；此谣暗指隗嚣割据陇右欲自立之事。）

2. 凉州

光武帝时期，凉州民为樊晔歌："游子常苦贫，力子天所富。宁见乳虎穴，不入冀府寺。大笑期必死，忿怒或见置。嗟我樊府君，安可再遭值。"（出自《后汉书·酷吏列传》。按：樊晔，字仲华，南阳新野人，时任天水太守，为政苛猛。）

3. 敦煌（郡）

汉灵帝时期，敦煌乡人为曹全谚："重亲致欢曹景完。"（出自《郃阳令曹全碑》。按：曹全，字景完，敦煌效谷人。）

（六）兖州地区（相当于今山东西南部，河南东部和江苏西北地区）

1. 淮阳（国）

汉高祖初年，时人为应曜语："南山四皓，不如淮阳一老。"（出自《广韵》。按：应曜，隐于淮阳山。）

2. 邹鲁

汉元帝时期，邹鲁谚："遗子黄金满籝，不如一经。"（出自《汉书·韦贤传》。按：此谚指邹鲁大儒韦贤以经书教授其子韦玄成，后官至丞相。）

3. 济阴（郡）

东门奂谣："东门奂，取吴半，吴不足，济阴续。"（出自《鲁国先贤志》。按：东门奂，曾任吴郡、济阴太守；此谣讽其贪浊。）

4. 浦亭乡（属陈留郡考城县）

汉桓帝时期，考城浦亭乡邑为仇览谚："父母何在在我庭，化我鸩枭哺所生。"（出自《后汉书·循吏列传》。按：仇览，字季智，一名香，陈留考城人，时任蒲亭长。）

（七）青州地区（相当于今山东临南以东的北部地区）

益都（青州别名，非汉名）。益都民为王忳谣："信哉少林世为遇，飞被走马与鬼语。"（出自《益都耆旧传》。按：王忳，字少林。）

（八）幽州地区（相当于今北京、河北北部、辽宁南部及朝鲜西北部）

1. 涿郡

汉宣帝时期，涿郡人为两高氏谚："宁负二千石，无负豪大家。"（出自《汉书·酷吏列传》。按：两高氏分别指当地大姓西高氏和东高氏。）

2. 渔阳（郡）

光武帝时期，渔阳民为张堪歌："桑无附枝，麦穗两岐。张君为政，乐不可支。"（出自《后汉书·张堪传》。按：张堪，字君游，南阳宛人，时任渔阳太守。）

3. 幽州

汉献帝初年，幽州童谣："燕南垂，赵北际，中央不合大如砺，唯有此中可避世。"（出自《后汉书·公孙瓒传》。按：此谣描述的避世之地指公孙瓒攻占的幽州。）

（九）扬州地区（相当于今江苏南部、安徽中南部，浙江、福建、江西三省）

1. 临淮（郡）

汉明帝时期，临淮吏人为宋晖歌："强直自遂，南阳朱季。吏畏其威，人怀其惠。"（出自《后汉书·朱晖传》。按：朱晖，字文季，南阳宛人，时任临淮太守。）

2. 吴县（属吴郡）

汉顺帝时期，彭子阳歌："时岁仓卒，盗贼纵横。大戟强弩不可当，赖遇贤令彭子阳。"（出自谢承《后汉书》。按：彭循，字子阳，时任守吴令。)

3. 会稽（郡）

汉和帝时期，会稽童谣："弃我戟，捐我矛，盗贼尽，吏皆休。"（出自《后汉书·张霸传》。按：此谣是对会稽太守张霸的褒颂；张霸，字伯饶，蜀郡成都人。）

4. 吴中

汉献帝时期兴平年间，吴中童谣："黄金车，班兰耳，闿昌门，出天子。"（出自《三国志·吴主传》。按：此谣预言孙权称帝。）

5. 锡山

锡山古谣："有锡兵，无锡宁。"（出自《常州图经》。按：锡山在惠山之侧，其山出锡。）

6. 寿春县（属九江郡）

约光武帝时期，寿春乡里为召驯语："德行恂恂召伯春。"（出自《后汉书·儒林传》。按：召驯，字伯春，九江寿春人。）

7. 宜春县（属豫章郡）

汉顺帝时期，豫章乡里为雷义、陈重语："胶漆自谓坚，不如雷与陈。"（出自《后汉书·独行列传》。按：雷义，字仲公，豫章鄱阳人；陈重，字景公，豫章宜春人。）

（十）益州地区（相当于今四川、云南、贵州大部及陕西、甘肃、湖北的一小部分）

1. 蜀中

（1）光武帝时期，蜀中为费贻歌："节义至仁费奉君，不仕乱世（不）避恶君。"（出自《华阳国志·犍为士女》。按：费贻，字奉君，南安人。）

（2）光武帝时期，蜀中童谣："黄牛白腹，五铢当复。"（出自《后汉书·五行志》。按：此谣预言王莽、公孙述政权定当毁灭，而汉家天下定当复兴。）

2. 哀牢、博南县（属永昌郡）

汉明帝时期，通博南歌："汉德广，开不宾。度博南，越兰津。度兰仓，为它人。"〔出自《后汉书·西南夷传》。按：明帝永平十二年（69年），哀牢王内属后，显宗以其地置哀牢、博南二县，割益州六县合为永昌郡。〕

3. 蜀郡

（1）汉章帝时期，蜀郡民为廉范歌："廉叔度，来何暮？不禁火，民安作。平生无襦今五绔。"（出自《后汉书·廉范传》。按：廉范，字叔度，京兆杜陵人，时任蜀郡太守。）

（2）汉顺帝时期，蜀郡童为黄昌谣："两日出，天兵戢。"（出自谢承《后汉书》。按：黄昌，字圣真，会稽余姚人，时迁蜀郡太守。）

4. 巴郡

（1）汉安帝时期，巴人歌陈纪山："筑室载直梁，国人以贞真。邪娱不扬目，枉行不动身。奸轨辟乎远，理义协乎民。"（出自《华阳国志·巴志》。按：陈禅，字纪山，巴郡安汉人，官至司隶校尉。）

（2）汉顺帝时期，巴郡人为吴资歌："习习晨风动，澍雨润乎苗。我后恤时务，我民以优饶。""望远忽不见，惆怅尝徘徊。恩泽实难忘，悠悠心永怀。"（出自《华阳国志·巴志》。按：吴资，字玄约，太山人，时任巴郡太守。）

5. 绵竹县（属广汉郡）

汉献帝时期，阎君童谣："阎尹赋政，既明且昶。去苛去辟，动以礼让。"（出自《华阳国志·汉中士女》。按："阎君"指阎宪，字孟度，成固人，时为绵竹令。）

6. 益州

（1）公孙述时，益部为任文公语："任文公，智无双。"（出自《后汉书·方术传》。按：任文公，巴郡阆中人。）

（2）汉安帝永初年间，益州为尹就谚："虏来尚可，尹来杀我。"（出自《后汉书·南蛮传》。按：此谚创作的背景是尹就讨伐益州叛羌。）

（3）益州乡里为柳宗语："得黄金一笥，不如为伯骞所识。"（出自《华阳国志·蜀郡士女》。按：柳宗，字伯骞，成都人。）

（十一）交州地区（相当于今广东、广西大部分及越南的一部分地区）

1. 苍梧（郡）

汉顺帝时期，苍梧人为陈临歌："苍梧陈君恩广大，令死罪囚有后代，德参古贤天报施。"（出自谢承《后汉书》。按：陈临，字子然，时任苍梧太守。）

2. 交阯①

汉灵帝时期，交阯兵民为贾琮歌："贾父来晚，使我先反。今见清平，吏不敢饭。"（出自《后汉书·贾琮传》。按：贾琮，字孟坚，东郡聊城人，时任交阯刺史。）

3. 徐闻县（属合浦郡）

人为徐闻县谚："欲拔贫，诣徐闻。"（出自《舆地纪胜》。按：此谚创作背景是朝廷在徐闻县南设置左右侯官，积累财货以备交易。）

（十二）冀州地区（相当于今河北中部和南部、山东西部、河南北部）

1. 魏郡

约汉安帝时期，魏郡舆人歌："我有枳棘，岑君伐之。我有蟊贼，岑君遏之。狗吠不惊，足下生氂。含哺鼓腹，焉知凶灾？我喜我生，独丁斯时。美矣岑君，於戏休兹。"（出自《后汉书·岑彭传》。按：岑熙，南阳棘阳人，征南大将军岑彭玄孙，时任魏郡太守。）

2. 甘陵国

汉桓帝初年，甘陵乡人谣："天下规矩房伯武，因师获印周仲

---

① 据《汉书·地理志》载，西汉武帝时置交阯之州；东汉后交阯（按：《汉志》原文作"交阯"）又为郡，隶属于交州。

进。"（出自《后汉书·党锢列传》序。按：房植，字伯武，时为河南尹；周福，字仲进，原为桓帝老师。）

3. 冀州

（1）汉章帝时期，关东为鲁丕语："《五经》复兴鲁叔陵。"（出自《后汉书·鲁丕传》。按：鲁丕为鲁恭之弟，字叔陵，扶风平陵人，时为赵相。）

（2）汉灵帝时期，百姓为皇甫嵩歌："天下大乱兮市为墟，母不保子兮妻失夫，赖得皇甫兮复安居。"（出自《后汉书·皇甫嵩传》。按：皇甫嵩，字义真，安定朝那人，时为左车骑将军兼领冀州牧，平黄巾之乱。）

（3）袁绍在冀州时，冀州人语："虎豹之口，不如饥人。"（出自任昉《述异记》。按：此谣反映的是汉末冀州饥荒。）

4. 武城县（属清河国）

父老为王世容歌："王世容，政无双。省徭役，盗贼空。"（出自《吴录》。按：王镡，字世容，时任武城令。）

二 汉代谣谚的地域分布特点

从以上两汉谣谚的地域分布考察中可以看出，除并州（西汉为并州、朔方二州）和徐州没有为我们留下可考的作品外，其余各州均有。整体来看，谣谚的分布范围为：东起沿海，西至甘肃，北起辽宁，南至南海，有蔓延全国之势。

从全国范围来看，京兆地区的谣谚文化最为发达，流传的作品数量众多，且文人间那些标榜性、品评类的短小谣谚（一般称为"语"）几乎全部集中在这里。据此，我们有理由把汉代谣谚的创作群体分为京师和地方两大类。

京师地区的谣谚文化之所以发达，与人口的繁庶、商业经济的繁荣及社会风俗等因素有着不可分割的联系。社会太平时期，京师谣谚流露出的是轻松自然的生活气息；社会动乱时期，京师谣谚所流露出的是愤懑与怨刺之气。京师民众接近天子脚下，对时政的了解更具优势，所以会有很多针对时政而发的谣谚得以创作和传播。京师地区又是众多文人官吏聚集的场所，所以那些相互标榜、品评性的谣谚就有了较为适宜的生长土壤。

而地方谣谚则多是针对某一地区时政事迹或生活现象的描述，地域色彩浓厚，是考察各地风俗的重要参考。有的地方谣谚尚包含着一定的民族性因素，如《史记·樗里子传》载秦人谚："力则任鄙，智则樗里。"《史记·季布传》载楚人谚："得黄金百，不如得季布一诺。"这里的秦人、楚人都是前代的遗民，他们对本族名士的自豪感蕴含心中。从地域考察中还可以看出，各个地方的谣谚除"州""郡""县"外，又可往更小的区域划分，如《汉书·王吉传》载王吉语："东家有树，王阳妇去。东家枣完，去妇复还。"《汉书·楼户传》载闾里歌之曰："五侯治丧楼君卿。"这些是邑里、闾里更小区域内流传的谣谚。

按地域分布来考察谣谚，还能使我们知晓一首作品传播范围的大小。查看典籍所载并结合上文的考察来看，汉代谣谚的传播范围从小到大可依次排列为：闾里、县、郡、州。而流传范围更广的则是"天下"传播的作品，如《汉书·外戚传》载天下为卫子夫歌："生男无喜，生女无怒，独不见卫子夫霸天下。"《后汉书·五行志》载桓帝初天下童谣："小麦青青大麦枯，谁当获者妇与姑。丈人何在西击胡，吏买马，君具车，请为诸君鼓咙胡。"《后汉书·贾彪传》载天下为贾彪语："贾氏三虎，伟节最怒。"《后汉书·单超传》载天下为四侯语："左回天，具独坐，徐卧虎，唐两堕。"如此等等，可看作全国范围内传播的作品。

由上可见，汉代民众在广袤的土地上创作了灿烂而悠久的谣谚文化，但全国各地谣谚艺术的发展并不平衡，其中京师地区最为发达，文人化的谣谚较为常见，而各地民众间产生的谣谚则各有其特色所在，传播范围或大或小，形式灵活多样。

第四章 两汉谣谚的类别与艺术特征

前文我们搜集到两汉谣谚作品二百三十余首，它们创作于汉代不同的时期，分布于汉代不同的地域中，每首均有其产生的时代背景可考，多数谣谚有其艺术特色和流传的魅力所在。虽然其中一些谣谚有同一的模式或相似的内容表达，但整体上来看，汉代谣谚的创作比较自由，在保持谣谚艺术特质的前提下，谣谚作品之中并没有固定统一的内在规范，因产生背景或情感抒发的不同，各类谣谚本身在诸多方面亦存在差异。本章将从谣谚作品的具体内容出发，对汉代谣谚的类别做出考察，并对各类谣谚的艺术特征进行分析。

一 汉代谣谚的类别考察

审视汉代谣谚的内容，概可将其分为四个类别：一是时政类谣谚；二是经济类谣谚；三是哲理性谣谚；四是风俗风情类的谣谚。

（一）时政类谣谚

各类典籍保存、引用的汉代谣谚中，有相当一部分是对时世、政治、社会现象的反映，从中可以看出汉代民众对国政大事、官场官风、时政措施等有着较强的关注意识。

（1）讥讽贪暴的怨谣。怨谣在汉代的数量非常多，涉及面亦很广泛，试举例如下。

"宁见乳虎，无值宁成之怒。"（《史记·酷吏列传》）这是汉武帝时期关东民众对酷吏宁成（时任关都尉）残酷统治的评价。

"颖水清，灌氏宁。颖水浊，灌氏族。"（《史记·魏其武安侯列传》）汉武帝时期，横行乡里的灌氏家族，强取豪夺，食客众多，家累数万，人民对此痛恨，这首儿谣是颖川民众对灌氏家族的诅咒。

"何以孝弟为？财多而光荣。何以礼义为？史书而仕宦。何以谨慎为？勇猛而临官。"（《汉书·贡禹传》）这是汉武帝时期民众对社会风习渐趋恶化的讥讽。

"牢邪石邪，五鹿客邪。印何累累，绶若若邪。"（《汉书·佞幸传·石显传》）汉元帝时期，中书令石显与仆射牢梁、少府五鹿充宗结为党友，诸附依者皆得宠位，这首歌谣是民众对他们的讽刺。

"伊徙雁，鹿徙菀，去牢与陈实无贾。"（《汉书·佞幸传·石显传》）。这是汉成帝时期石显及其党羽失势后，长安民众所作的一首歌谣，称心快意之情溢于辞中。

"五侯初起，曲阳最怒，坏决高都，连竟外杜，土山渐台西白虎。"（《汉书·元后传》）汉成帝时期，成帝母舅五人同时封侯，他们奢侈无度，肆意妄为，为害甚多。这首歌谣即是对他们恶行的写照和讽刺。

"宁逢赤眉，不逢太师。太师尚可，更始杀我。"（《汉书·王莽传》）这首谣谚反映了民众对赤眉起义军和王莽官军的态度与爱憎。

"灶下养，中郎将。烂羊胃，骑都尉。烂羊头，关内侯。"（《后汉书·刘玄传》）西汉、东汉之交的更始时期，外戚专权、任人唯亲，以至群小、膳夫皆被授予官爵，这首谣谚即是长安民众对这种现象的讽刺之语。

"直如弦，死道边。曲如钩，反封侯。"（《后汉书·五行志》）汉顺帝末年，因皇权更迭引发宫廷争斗，正直之士李固、杜乔皆幽闭于狱、暴尸街头，而曲谗之人胡广、赵戒、袁汤却被赏官封侯。这首京都童谣反映了当时民众对这一政治冤案的不满和抗议。

"小麦青青大麦枯，谁当获者妇与姑。丈人何在西击胡，吏买马，君具车，请为诸君鼓咙胡。"（《后汉书·五行志》）汉桓帝元嘉年间（151—153 年），凉州羌族部落反叛，汉将抵挡不住，导致兵役繁重、田地荒芜，这首童谣真切地反映出当时百姓的愤怒和抗议心理。

"举秀才，不知书；察孝廉，父别居。寒素清白浊如泥，高第良将怯如鸡。"（《抱朴子·审举》）东汉末年的灵帝、献帝时期，外戚宦官专权、政治黑暗，察举制度弊端百出、颠倒黑白，举荐的秀才不识字，推举的孝廉与父亲分居，"寒素清白"的实际上污浊如泥，所谓的"高第良将"其实胆子小得像鸡一样。这首谣谚即是东汉末年时人对察举制度失去意义的讽刺。

（2）称赞人或事迹的颂谣。汉代还有一些对人物或官吏政绩进行称颂的谣谚，这是民众对时人品德或官员政绩的充分肯定，是民众心声的流露。举例如下。

"大冯君、小冯君，兄弟继踵相因循，聪明贤知惠吏民，政如鲁、卫德化钧，周公、康叔犹二君。"（《汉书·冯奉世传》）汉成帝时期，冯野王为上郡太守，后其弟冯立亦为上郡太守，兄弟二人皆能公廉治行，上郡吏民为表嘉美，便作此歌来颂赞。

"桑无附枝，麦穗两岐。张君为政，乐不可支。"（《后汉书·张堪传》）光武帝时期，张堪为渔阳太守，捕击奸猾、赏罚必信，并开稻田八千余顷劝民耕种，以致殷富。故渔阳百姓作此歌谣对其颂扬。

"弃我戟，捐我矛，盗贼尽，吏皆休。"（《后汉书·张霸传》）汉和帝时期，会稽太守张霸采取开明的政策使郡界得到治理，不烦士卒劳力，所以会稽会有这首肯定其政绩的童谣流传。

"君不我忧，人何以休，不行界署，焉知人处。"（《太平御览》卷四六五《人事部·谣》引《陈留耆旧传》）东汉时期吴祐为弘农令，劝善惩奸，贪浊出境，且年谷丰收，故弘农民众间有此童谣对其称赞。

"游平卖印自有平，不辟豪贤及大姓。"（《后汉书·五行志》）汉桓帝时期，大将军窦武（字游平）与太傅陈蕃合心戮力，重视德行，所授官爵皆得其人，旧臣豪族为此感到绝望，这是此童谣在京都民众间流传的背景。

"我府君，道教举。恩如春，威如虎。刚不吐，弱不茹。爱如母，训如父。"（《乐府诗集》卷八七引《续汉书》）汉灵帝时期，时任河南尹的李变上书谏止了灵帝西园卖官敛财之事，为此减轻了民众负担，故京兆民众作此谣对其讴颂。

（3）其他一些描述时政事迹或现象的谣谚。除以上介绍的怨谣和颂谣这些褒贬分明的时政谣谚外，在汉代还有一些时政谣谚无关褒贬，只是对时政事迹或时政现象的客观描述，民众借此表达观点或抒发一时的情感。试列举如下。

《史记·淮南衡山列传》载有民众歌淮南厉王的歌谣："一尺布，尚可缝。一斗粟，尚可舂。兄弟二人不能相容。"汉文帝时，淮南厉王（高帝少子，文帝异母弟）常废法不轨且意图谋反，文帝念及亲情不忍依法处置，后用辎车囚载将其谪徙蜀郡严道县邛崃山邮亭，遣送路上淮南王绝食而死。当时民众为此作的这首歌谣，代表了时人对这一事件的看法。

《汉书·韦贤传》载邹鲁谚："遗子黄金满籝，不如一经。"韦贤号称邹鲁大儒，以经书教授四个儿子，都很有成就。韦贤官至丞相，后其子韦玄成也因明经历位至丞相。所以邹鲁之地会有这首谚语流传，其中含有激励向学之意。

《汉书·五行志》记载汉成帝时的童谣："燕燕尾涎涎，张公子，时相见。木门仓琅根，燕飞来，啄皇孙，皇孙死，燕啄矢。"汉成帝刘骜喜欢游乐，经常与富平候张放（童谣中的"张公子"）外出作乐，于阳阿公主家遇赵飞燕而幸之，召入宫后立为皇后，其妹合德亦被立为昭仪，两姐妹受到专宠，显赫一时。"燕燕尾涎涎"形容赵飞燕的美貌，"木门仓琅根"喻赵飞燕将为皇后。后合德贼害后宫皇子（童谣中的"啄皇孙"），两姊妹具伏罪。这首童谣的内容即是这段历史事迹的缩影和评判。

　　《后汉书·五行志》载桓帝末年京都童谣："白盖小车何延延。河间来合谐，河间来合谐。"桓帝崩后无子，窦太后与其父大将军窦武接受侍御史刘儵的建议，迎立河间王刘开的曾孙刘宏为帝。刘宏即位，是为灵帝，命刘儵为侍中。中常侍侯览担心刘儵受宠对宦官集团不利，于是奏请刘儵为泰山太守，并暗令司隶将其杀害。后朝廷思刘儵的迎立之功，于是擢拔其弟刘郃做了司徒，暂时缓解了朝中矛盾。这首京都童谣即是对这一政治事件的反映。

　　《后汉书·五行志》又载有灵帝末年的童谣："侯非侯，王非王，千乘万骑上北芒。"汉灵帝薨后，外戚与宦官争权引发宫廷政变，宦官挟持少帝刘辩（昔日称"史侯"，当时已登基为帝，故曰"侯非侯"）、陈留王刘协（暗示其为后来的皇帝，故曰"王非王"）逃至河上，公卿百官亦护持少帝来到黄河岸边的邙山。这首童谣即是对这一宫廷事变的描述。

　　除以上所举的例子外，在汉代关于时政事件描述和评价的谣谚还有很多，这里不再一一列举。汉代，时政是当时民众街谈巷议的主题，相关谣谚的创作使这些时政要闻在社会间得以迅速传播，并传达着广大民众的情感与心声。

　　从上面列举的谣谚作品中可以看出，汉代民众不仅关注关乎切身利益的时政事件与行为，而且对与自身利益无甚大关联的政治事件也颇为关心；不仅关注地方的官吏政治，而且关注京都、宫廷的政事。可见，汉代社会上弥漫着浓厚的文艺创作风气，汉代民众有着至深的艺术修养和品质，借用谣谚这一艺术形式发表一番评论或牢骚，从中展现的是民众个体知性的高扬。两汉之交和东汉末年是政治复杂混乱的时期，在这样的社会形势下，往往会出现大量相关的谣谚创作，以怨谣居多。由此也可以看出，汉代吏民有着强烈的时势观、历史观及参政意识。

　　（二）经济类谣谚

　　严格意义上来说，谣谚最初是来自民间的，并在民间自发传播。

我国古代农业社会的主体是最大多数的下层民众，他们在日常劳动过程中创作了一些与自身具有直接利害关系的农业经济类谣谚。这些谣谚有的是劳动经验的总结，有的是对当时社会经济面貌的反映。

从事农耕的劳动者，在长期的耕种生活中形成了许多与生产有关的农谚，这能够使农业生产经验、技能或生活知识以简便、快捷的方式在民众中传播，代代相承。如西汉晚期的农学著作《氾胜之书》载有农谚："子欲富，黄金覆！"① 这是一首关于小麦种植的农谚，"黄金覆"者，谓曳柴壅麦根，即保护小麦的根系发育。又有农谚："土长冒橛，陈根可拔，耕者急发。"② 意思是孟春时节到来后，耕者开发耕地时可拔去朽烂陈根，急速开发其地。东汉时期崔寔所著的《四民月令》引农谚曰："三月昏，参星夕。杏花盛，桑叶白。"这是一首气象农谚，意思是：三月的黄昏，参星出现在天空西方时，这个季节杏花盛开，桑树也长出了有光泽的嫩芽。可以看出，这类农谚是劳动者在生产过程中逐渐形成的，具有长期的应用性和指导性的特点。

政府的经济措施会给地方的农业经济带来一定的影响。如《汉书·沟洫志》记载民谣曰："田于何所？池阳、谷口。郑国在前，白渠起后。举臿为云，决渠为雨。泾水一石，其泥数斗。且溉且粪，长我禾黍。衣食京师，亿万之口。"这是民众对兴修水利带来生产增益的歌颂。汉武帝时期，白公建议在原来郑国渠的基础上扩建渠道，使得灌田范围扩大，生产收益增多。不过从这首歌谣的风格、语气上来看具有文人化气息，从形式上看为整齐的四言句，似是文人的改化之作。与之相似的还有《崔氏家传》中载的汲县长老为崔瑗歌："天降神明，君锡我慈仁父。临民布德泽，恩惠施以序。穿沟广溉

---

① 参见石声汉校释《齐民要术今释》，科学出版社 1958 年版，第 102 页。

② 此谚见于《礼记正义》郑玄注引《农书》，孔颖达正义曰："郑所引农书，先师以为《氾胜之书》也。"详见（清）阮元校刻《十三经注疏·礼记正义》，中华书局 1980年版，第 1356—1357 页。

灌，决渠作甘雨。"① 在汉代，关于水利建设给民众带来收益的谣谚还有："前有召父，后有杜母。"（《后汉书·杜诗传》）光武帝时期，杜诗任职南阳太守时，造水排、铸农器、修治陂池、拓广田地，当地民众把他和前任太守召信臣比作父母，所以会有此谣流传。而对于破坏农业生产设施的行为，民众也会用谣谚的形式对其进行辛辣的讽刺，如《汉书·翟方进传》载有童谣曰："坏陂谁？翟子威。饭我豆食羹芋魁。反乎覆，陂当复。谁云者？两黄鹄。"在汉代汝南曾有鸿隙水泽，翟方进为相时因水患严重而决去陂水，后来天又变旱，本来富饶的地方也变得贫瘠不堪，这首童谣即是当地民众对此事的追怨，同时也表现出他们对往日繁盛的向往。

以上这类农业经济谣谚和政治政策是分不开的，经济是基础，政治是保障。在反映农业经济的同时，也展现了当时的施政措施，尤其在古代农业经济为主体的时代，农业政策的正确与否与最广大民众的利益息息相关，更是民众关注的对象。农业经济与政治政策的密切关系，在其他一些谣谚中有着更为直观的体现，如"桑无附枝，麦穗两岐。张君为政，乐不可支"（《后汉书·张堪传》）、"习习晨风动，澍雨润乎苗。我后恤时务，我民以优饶"（《华阳国志·巴志》）等，这类谣谚往往兼具时代性和地域性的特点。

随着社会的发展和生产力的提高，汉代的商品经济也得到了一定的发展，这在一些谣谚中也有所反映。《史记·货殖列传》司马迁引谚曰："百里不贩樵，千里不贩籴。"这明显是农民在日常劳动交易中得出的经验，因为百里贩樵、千里贩籴是无利可图的，所以这一关乎农民切身利益的经验性谚语得以广泛流传，后逐渐成为文人说理的工具。又，《后汉书·廉范传》载有汉章帝时期歌谣："廉叔度，来何暮？不禁火，民安作。平生无襦今五绔。"这是蜀郡百姓称

<hr>

① 参见（宋）李昉等《太平御览》卷二六八《职官部》引《崔氏家传》，中华书局1960年版，第1255页。

颂太守廉范的歌谣。成都民物丰盛，旧制为防止火灾禁止民众夜作，但这一政策对百姓生计造成很大的影响，以致百姓偷偷夜作，反而火灾发生更为频繁。廉范到职后废除旧令，允许夜作，但要求民众储水以防火。从这首歌谣的创作背景可以窥测出汉代农业经济之余地区手工业得以迅速发展，且给人民带来很大的收益，同时也反映了汉代民众生产观念的转变。而生产观念更大的转变又体现在另一则谚语中："以贫求富，农不如工，工不如商，刺绣文不如倚市门。"这条谚语出自《汉书·货殖传》，说的是：要想快速致富，男人务农不如做工，做工不如经商；女人靠做针线过活，不如依豪门卖伎。这是对传统农业经济观念的转变，从中可观览汉代一定时期社会经济发展的特点。

（三）哲理性谣谚

汉代民众在长期的日常生活中，对一些普遍性的社会现象、事迹或风俗风貌背后潜藏的内在规律进行总结概括，从而形成具有一定哲理性的谣谚在社会上流传，常常被人加以引用说理，并给人以规劝、警示或借鉴。如："前事之不忘，后事之师也"（贾谊《过秦论》），"尺有所短，寸有所长"（《史记·白起王翦列传》司马迁引）。这类谣谚在汉代还有很多，试举例如下。

"利令智昏。"（《史记·平原君虞卿列传》司马迁引），意思是过分贪图私利，会失去理智，使头脑发昏。

"桃李不言，下自成蹊。"（《史记·李将军传》司马迁引），意思是：桃树、李树虽不能言，但因有甘甜的果实，从而受到很多人的青睐。以此比喻一个人只要有高尚的品德或奉献精神，不用特意夸耀，自会受到他人的尊敬。

"家累千金，坐不垂堂。"（司马相如《上谏猎书》引）意思是家财丰厚的人要特别注意自身安全，甚至不能坐在屋堂边缘，以免失足坠落。此谚意在规劝有一定身份地位的人要自尊自爱，不要随便做冒险之事。

"人貌荣名，岂有既乎。"（《史记·游侠列传》司马迁引）意思是：人靠德行与声誉而受到的称道永无止境、没有尽头。

"相马失之瘦，相士失之穷。"（《史记·滑稽列传》褚先生引）意思是挑选良马时常因马的体形瘦削而错判，选取贤士时常因士人穷困而失察。这则谚语告诫人们，看事物要认识其本质，不要被表面现象迷惑。

"欲投鼠而忌器。"（贾谊《治安策》引）意思是想打老鼠，又怕误伤了其他器皿，以此形容做事有所顾忌，犹豫不定。

"腐木不可以为柱，卑人不可以为主。"（《汉书·刘辅传》刘辅引）这则谣谚代表了当时人的世俗观念，意思是腐烂的木头不能做支柱，地位卑微的人不能做人主。

"苛政不亲，烦苦伤恩。"（《汉书·薛宣传》薛宣引）意思是政令过于苛刻，百姓就会与执政者疏远；人民的烦苦过多，就感觉不到来自君王的恩惠。意在说明，为政不要过于残暴、苛刻，以免失去民心。

"千人所指，无病而死。"（《汉书·王嘉传》王嘉引）意思是受到众人指责的人即使没得重病也会死去，此条指代众怒难犯。

"伏习象神，巧者不过习者之门。"（桓谭《新论》引）意思是勤习努力便会精妙入神，即使天性灵巧的人也不敢到勤加练习的人门前卖弄，此谚说明了熟能生巧的道理。

"作舍道边，三年不成。"（《后汉书·曹褒传》汉章帝引）意思是在大道旁边盖房子，因过往的人多、众口纷纭，使主人拿不定主意，所以很长时间也盖不成。以此说明，办理事情一定要有一个果断的决策者，人多口杂反而使事情进展缓慢。

"盗不过五女门。"（《后汉书·陈蕃传》陈蕃引）意思是一家之中女子过多，讲究吃穿打扮，会使生活变得贫困，这样小偷都不会光顾。意在说明，不要因女子而误事。

"掩目捕雀。"（《后汉书·何进传》陈琳引）意思是蒙上眼睛捕捉麻雀，比喻自己骗自己，盲目行事。

分析上面的例子可以看出，汉代这些具有哲理性的谚语多是从文士口里传录下来的，用其说理简洁明了、形象生动。这类谚语往往具有普遍的应用性和长久的适用性，所以它们在汉代虽然应用很多，但并非都创作于汉代，有些可能是先秦之世传承下来的。司马迁、班固等汉人在史书中记载、征引前代谣谚，也说明了这一继承关系。故广泛性、长久性、适用性可以看作这类谣谚的特点。

（四）风俗风情类谣谚

除了以上介绍的时政类谣谚、经济类谣谚、哲理性谣谚外，汉代还流传着其他一些性质的谣谚，同样在当时或后世社会生活中具有很大的反响。

反映家庭关系、孝悌行为的谣谚。如："父母何在在我庭，化我鸤枭哺所生"（《后汉书·仇览传》）；"孤犊触乳，骄子骂母"（谢承《后汉书》）；"虽有亲父，安知其不为虎？虽有亲兄，安知其不为狼？"（《史记·韩长孺列传》）从这些谣谚之中可以看出汉代亲族之间家庭关系、人伦关系的变化。

反映男女观或男女地位的谣谚。如："生男无喜，生女无怒，独不见卫子夫霸天下"（《史记·外戚世家》）；"儿妇人口不可用"（《史记·陈丞相世家》）；"生男如狼，犹恐其尪。生女如鼠，犹恐其虎。"（班昭《女诫·敬慎》）

描述社会心理或社会风气的谣谚。如："城中好高髻，四方高一尺。城中好广眉，四方且半额。城中好大袖，四方全匹帛"（《后汉书·马援传》），这表现了当时上行下效、追求时髦的社会风气；"一犬吠形，百犬吠声"（王符《潜夫论·贤难》），原意为一只狗看到自己影子而叫，其他很多狗亦跟随乱叫起来，意在讥讽不明事实真相而随声附和的心理；"痛不著身言忍之，钱不出家言与之"（王符《潜夫论·救边》），这是一种只重自我、妄论是非，不管他人他事，即"旁观者不关痛痒"的心理。

对生活中一些普遍现象进行认识的谣谚。如:"美女入室,恶女之仇"(《史记·外戚世家》褚先生引);"骄子不孝"(《史记·梁孝王世家》褚先生引);"有白头如新,倾盖如故"(邹阳《狱中上梁王书》);"何知仁义,已飨其利者为有德"(《史记·游侠列传》司马迁引);"鬻棺者欲岁之疫"(《汉书·刑法志》班固引);"徒见二千石,不如一缝掖"(《后汉书·王符传》);"关西出将,关东出相"(《后汉书·虞诩传》);等等。这些都是民众在日常生活中对常见的或突出的事件、现象、行为进行的客观认识。

品评人物或事迹的谣谚。如:"得黄金百,不如得季布一诺"(《史记·季布传》);"五鹿岳岳,朱云折其角"(《汉书·朱云传》);"间何阔,逢诸葛"(《汉书·诸葛丰传》);"欲为《论》,念张文"(《汉书·张禹传》);"谷子云笔札,楼君卿唇舌"(《汉书·楼护传》);"夜半客,甄长伯"(《后汉书·彭宠列传》);"《五经》复兴鲁叔陵"(《后汉书·鲁恭传》);"道德彬彬冯仲文"(《后汉书·冯衍传》);"前有管鲍,后有庆廉"(《后汉书·廉范传》);"殿中无双丁孝公"(《后汉书·丁鸿传》);"关西孔子杨伯起"(《后汉书·杨震传》);"《五经》从横周宣光"(《后汉书·周举传》);"荀氏八龙,慈明无双"(《后汉书·荀淑传》);"天下规矩房伯武,因师获印周仲进"(《后汉书·党锢列传》序);"贾氏三虎,伟节最怒"(《后汉书·党锢列传》);"说经铿铿杨子行"(《后汉书·杨政传》);"《五经》无双许叔重"(《后汉书·许慎传》);等等。这类谣谚在汉代尤其是东汉非常多,以文人、官吏间传播为主,有些具有固定或相似的句式,由此可观广大文士间逐渐形成的品评风气。

描述一些日常生活片段的谣谚。如:"东家有树,王阳妇去。东家枣完,去妇复还"(《汉书·王吉传》);"五侯治丧楼君卿"(《汉书·游侠传》);"生世不谐,作太常妻,一岁三百六十日,三百五十九日斋"(《后汉书·儒林列传》)。这是民众对一些生活异事、趣事的主观描绘,从中可窥视汉代一地一时的民俗风情。

反映时代观念变化的谣谚。如："何以孝弟为？财多而光荣。何以礼义为？史书而仕宦。何以谨慎为？勇猛而临官。"（《汉书·贡禹传》）

以上是从作品内容方面对汉代谣谚做出的考察，通过举例分析可以看出，在汉代有着十分丰富的谣谚资料，其涉及内容和领域亦非常广泛，完全可作为史料来看待。谣谚在丰富各类典籍的同时，还可以弥补史书之不足，让人们看到了更多有血有肉的东西，可使我们更直接、更深刻地了解汉代历史发展的细节和社会面貌。从中也可以观览汉代民众深邃的群体创作智慧和丰厚的文化素养，这直接影响着后世民俗心理的成长和相应文化样式的创作。所以，汉代谣谚在中国文化史上具有非常重要的地位。

二　汉代谣谚的艺术特征分析

（一）汉代谣谚的整体风貌

从称谓上来看，汉代谣谚艺术由两大类构成，即"谣"和"谚"，关于二者的异同在绪论部分已有所介绍，这里不再赘述。除此两大类外，"谣"和"谚"在各自的规定性上又有不同的叫法。"谣"主要分为两类，一是通常叫法的"谣"，另一个则是"童谣"。"谚"除了通常的叫法外，还有"语""号"的称谓。这些称谓的同时出现，预示着时人对谣谚作品从某方面做出了归类或区别，为人们的利用提供了可选的角度，同时这也在客观上反映出汉代谣谚文化的多样与成熟。

从艺术对象上来看，人们的创作动机不同，也会产生不同的作品类型。汉代谣谚的创作主要产生于三类对象：针对某人而作；针对某事某现象而作；为总结经验而作。为某人而作的谣谚，主要是那些标榜性、品评性的谣谚；为某事某现象而作的谣谚，主要是对时政事迹或时政现象的描述；为总结经验而作的谣谚，主要体现在那些具有生活指导作用的格言性、哲理性的谣谚作品上。当然，创作主体对这三类艺术对象的选取没有严格的界限区分，有的作品在创作过程中既是对人的论述，又反映出一定的社会现象；有的作品在描述某事件或现象时，也不免会涉及某人，只是侧重点不同而已。

从谣谚所体现的客观作用上来看，其作为人类早期文化中的一支，从根本上来说是伴随着人类精神的需求而产生的，这种文化艺术风格质朴、创作自由、形式不拘，能适合绝大多数民众的口味，所以谣谚有着广泛的群众基础和应用性。从汉代谣谚作品所体现的社会应用性上来看，主要有两个方面：一是适应民众情感的需要；二是适应民众日常生活需要。前类作品的特点是社会即创性，即人们在日常生活中随时对谣谚艺术加以运用，从中体现的是普通民众的喜怒哀乐之情，或乐观、或忧郁，或赞扬、或批评，或抒发感慨，或表达一种态度，汉代社会大部分谣谚作品属于这种即事感怀性的类型。后一类谣谚的特点是具有精雕细琢性，即一件作品在生活实践中经历了长时间的流传和反复的验证后，依然具有生活指导性的谣谚。汉代社会中那些哲理性、格言性的谣谚和反映农业种植的谣谚作品多数属于这一类。这类作品是历史生活经验的积累，可使人避免走弯路，亦可使人明智。

以上从称谓、艺术对象和客观作用三个方面分析了汉代谣谚的创作类别与风貌，从中既可以看出汉代谣谚文化的多样与成熟，又可以看出汉代民众对现实生活中各类现象的敏感，以及汉代民众对真理与经验的渴求。这些又在无意识中继续激发着汉人的创作灵感，培育着汉人的艺术思维，同时也体现出汉人审美意识的逐步提高。

（二）汉代谣谚的形式与结构

汉代谣谚作品形式多样，这一方面是由于谣谚从一开始就产生于不同的群体、不同的地域中，无统一标准；另一方面是因为松散、杂样的体式能使创作思维自由、不受限制，更适合民众的主观创作要求，从而使汉代谣谚的创作异常丰富。综观两汉谣谚创作，有的是简洁的一句话，有的为两句一首、三句一首直至六句一首，乃至多句一首都有。

一句一首的，如"利令智昏""欲投鼠而忌器""盗不过五女门""鬻棺者欲岁之疫""隐疾难为医""儿妇人口不可用""五侯治丧楼君卿""道德彬彬冯仲文"等。此类谣谚虽然只是简单的一句话，但意味深长，能够深刻地揭示事件的本质，或对人物与时俗做出合理的评判，这也是其能称为谣谚并传世久远的原因。

两句一首的，如"宁见乳虎，无值宁成之怒""宁逢赤眉，不逢太师""游平卖印自有平，不辟豪贤及大姓""遗子黄金满籯，不如一经""子欲富，黄金覆""前有召父，后有杜母""力田不如逢年，善仕不如遇合""相马失之瘦，相士失之穷""腐木不可以为柱，卑人不可以为主""万事不理问伯始，天下中庸有胡公"等。从这些例子中可以看出，虽然它们都是两句，但三字句到七字句，甚至杂言句都有，大多数为押韵之作，并且讲究对仗、对偶。

三句一首的，如"伊徙雁，鹿徙菀，去牢与陈实无贾""侯非侯，王非王，千乘万骑上北芒""生男无喜，生女无怒，独不见卫子夫霸天下""白盖小车何延延。河间来合谐，河间来合谐""土长冒橛，陈根可拔，耕者急发"。这些谣谚虽也多为杂言句式，但整体上较为工整，"三三七"句式的运用是一大特色。

四句一首的，如"千里草，何青青。十日卜，不得生""直如弦，死道边。曲如钩，反封侯""桑无附枝，麦穗两岐。张君为政，乐不可支""君不我忧，人何以休，不行界署，焉知人处""安所求子死？桓东少年场。生时谅不谨，枯骨后何葬""以贫求富，农不如工，工不如商，刺绣文不如倚市门"。三言、四言、五言乃至杂言句式都有，而且结构工整、句法整齐。即便是杂言体也并非无章可循，像"欲求封，过张伯松。力战斗，不如巧为奏"是对仗句式，"燕南垂，赵北际。中央不合大如砺。唯有此中可避世"是"三三七七"句式，形式工整。

五句一首的，如"一尺布，尚可缝。一斗粟，尚可春。兄弟二人不能相容""廉叔度，来何暮？不禁火，民安作。平生无襦今五绔"。五句一首的谣谚在汉代不多见，以此二例来看，前为整齐的三言四句体，后加一句杂言，形式较为特殊。

六句一首的，如"何以孝弟为？财多而光荣。何以礼义为？史书而仕宦。何以谨慎为？勇猛而临官""天降神明，君锡我慈仁父。临民布德泽，恩惠施以序。穿沟广溉灌，决渠作甘雨""城中好高髻，四方高一尺。城中好广眉，四方且半额。城中好大袖，四方全匹帛""举秀才，不知书；察孝廉，父别居。寒素清白浊如泥，高第良将怯如鸡"等。六句一首的谣谚在汉代不算少数，三言、四言、五言体都有，而且同样结构工整、句式整齐。语句的增加、容量的增大，使得这类谣谚所反映的事件更为具体、全面。六句一首的杂言体，如"小麦青青大麦枯，谁当获者妇与姑。丈人何在西击胡，吏买马，君具车，请为诸君鼓咙胡""大冯君、小冯君，兄弟继踵相因循，聪明贤知惠吏民，政如鲁、卫德化钧，周公、康叔犹二君"。其中多用七言句，风格上与文人诗歌比较接近。总之，这些六句一首的谣谚透露出更多的文人化的气息，有些可能为文人所作或经过文人的改编。

七句及七句以上的杂言多句体谣谚在汉代也有，但数量不多。如"坏陂谁？翟子威。饭我豆食羹芋魁。反乎覆，陂当复。谁云者？两黄鹄"为七句体，"我府君，道教举。恩如春，威如虎。刚不吐，弱不茹。爱如母，训如父"为八句体，二例以三言句为主。杂言多句体的如"燕燕尾涎涎，张公子，时相见。木门仓琅根，燕飞来，啄皇孙，皇孙死，燕啄矢""城上乌，尾毕逋。公为吏，子为徒。一徒死，百乘车。车班班，入河间。河间姹女工数钱，以钱为室金为堂。石上慊慊春黄粱。梁下有悬鼓，我欲击之丞卿怒"，这二首也以三言句居多，三言句可能更符合当时人的口语习惯。有的多句体结构、句式也很整齐，如："田于何所？池阳、谷口。郑国在前，白渠起后。举臿为云，决渠为雨。泾水一石，其泥数斗。且溉且粪，长我禾黍。衣食京师，亿万之口。"杂言多句体同六句体一样，流露着很多的文人化气息，从语气风格、用词用语及所描写的内容上看，都不似下层民众所知、所写。

经上分析可知，汉代谣谚以二句体、四句体居多，可视为汉代谣谚的主体。汉代谣谚的创作形式多样，基本上包含了后代诗歌创作的一般体式，对文人诗歌创作的影响是显而易见的。形式与结构的多样性，使谣谚的创作愈加显得灵活有趣。汉代民众在创作谣谚的过程中，往往会刻意追求作品的形式美、韵律美，以使作品更具感染力。从上面的举例分析中也可以看出，对偶、对仗、押韵等艺术手法的应用非常普遍。人们在刻意追求着这些相似的东西，所以谣谚的创作在保持着语言简洁、短小精悍、指意明确这些总体性特征的同时，随着创作的持续发展，逐渐表现出趋同的创作模式。除前面提到的多用对称、对偶的创作结构外，像"前有召父，后有杜母""前有管鲍，后有庆廉""前有赵、张，后有三王"，"宁见乳虎，无值宁成之怒""宁负二千石，无负豪大家""宁逢赤眉，不逢太师"，等等，这种"前有……，后有……""宁……，无（不）……"的创作结构，以及"道德彬彬冯仲文""问事不休贾长头""关西孔子杨伯起""《五经》从横周宣光"等表现出的语言惯性传承等，逐渐在人们心中形成共同的语体模式，这种创作风气的发展使汉代谣谚表现出大众化、通俗化的特征，更能为他人所理解、接受和仿作。

（三）汉代谣谚的风格特点

汉代社会流传着大量不同内容、不同形式的谣谚作品，而且这些谣谚分属于不同地域和不同阶层的创作群体，从而使汉代谣谚文化变得丰富多彩，亦使汉代谣谚艺术呈现出多样的风格特征。

依循谣谚的特质，多数谣谚的创作是脱口而出、直取主题，未经雕饰，保留着口语化的色彩，甚至粗鄙之语运用其中，相对于文人诗而言，显得通俗易懂、质朴自然、活泼直露，汉代多数谣谚具有这种风格。这主要是因为谣谚是大众化的文化，力求在大多数人中传播并为多数人所理解，单章短小的结构有利于普通民众记诵、传播。另外，一些谣谚在汉代社会中还起着舆论宣传的作用，也有一些起着传递某些信息的作用，所以平实直率、质朴自然、活泼直露的风格显得尤为重要，能为绝大多数人所理解，亦能适合绝大多数人的口味。当然这种风格的形成也与作者的文化素养、社会上的创作风气分不开。

仔细分析汉代的谣谚艺术，某些作品又体现出异样的风格特征，显得趣味横生、耐人寻味。有些谣谚显得诙谐幽默，如"五鹿岳岳，朱云折其角""灶下养，中郎将。烂羊胃，骑都尉。烂羊头，关内侯""车如鸡栖马如狗，疾恶如风朱伯厚""举秀才，不知书；察孝廉，父别居。寒素清白浊如泥，高第良将怯如鸡""人闻长安乐，则出门西向而笑。知肉味美，则对屠门而大嚼"。

有些谣谚隐晦风趣，如"千里草，何青青。十日卜，不得生"，这是东汉末年民众诅咒董卓的童谣，"千里草"为"董"字，"十日卜"为"卓"字，这种猜谜式的谣谚在群众中悄然传播，而快意一时；"谐不谐，在赤眉。得不得，在河北"，这则童谣说的是更始帝刘玄为赤眉军所杀，刘秀起兵河北的那段历史；"出吴门，望缇群。见一塞人，言欲上天。令天可上，地上安得民"，王莽末年，隗嚣（从小跛足，故称"塞人"）起兵天水，后欲为天子，这则童谣是对其野心必然失败的预言。这类隐晦性的谣谚多是针对政治人物而作的，所以一般不会直接披露，隐晦中透露着风趣，天真烂漫之情蕴含其中。

还有一些谣谚则显示出端庄稳重的特点，以谚语居多，尤其是哲理性的谚语，这与其自身的性质相关。如"前事之不忘，后事之师也""桃李不言，下自成蹊""苛政不亲，烦苦伤恩"等。

而一些生活谣谚，如"东家有树，王阳妇去。东家枣完，去妇复还"，则显示出潇洒自然的风格，与"田于何所？池阳、谷口。郑国在前，白渠起后。举臿为云，决渠为雨""桑无附枝，麦穗两岐"

"小麦青青大麦枯，谁当获者妇与姑"相似，又透露出些许田园化的风格气息。

多种风格的汉代谣谚使人读后回味无穷，它们不仅给汉代社会文化带来了蓬勃的生机，同时也是中国文化史上的一朵奇葩。

综上可见，汉代成熟的谣谚文化丰富多彩，全面展现了时人的喜怒哀乐之情与是非爱憎观念；此外，它们在体式和风格上亦呈现出多姿多彩之势，这为后世谣谚文化及相关艺术的成长，无疑提供了多样的艺术借鉴和丰厚的文化土壤。

第五章 两汉谣谚的创作群体与应用方式

一种文化类型在成长的过程中，也是人们对其应用与反思的过程，当某种文化得到人们的普遍认识并逐渐为人们所广泛应用之时，这种文化才算真正走向了成熟。谣谚文化在汉代经过了长时期的发展，并经汉人的多方经营已变得高度成熟，不同类别的谣谚在社会各个阶层之间产生和传播，从而使汉代谣谚的文化职能变得异常复杂。从根本上来说，谣谚文化是为广大群众服务的，各类含义不同的谣谚作品在汉代有着相对固定的流传范围和适用群体，不同身份或阶层的人士对谣谚艺术会表现出不同的欲求，而在不同的场合之中，人们对同一谣谚作品可能也会有着不同的应用方式。

一 汉代谣谚的创作群体分析

谣谚多被认为是民间的口头文化，创作与流传具有群体性、地域性的特点，没有具体的创作者可言，古代典籍中记载的也多是范围性或群体性的作者。我们知道，汉代谣谚文化异常丰富，不管是京师抑或地方，其创作和流传都很活跃。通过一些史料的记载可发现，汉代谣谚的创作有着不同的阶级群体，并表现为不同的创作动机。鉴于此，我们可从阶级层面和创作动机上来分析汉代谣谚的创作群体。

（一）汉代谣谚作者的阶级构成

谣谚之所以被称为民间口头文化，是因为谣谚作品多流传于下层民众间，表现了民间丰富多彩的生活内容，体现了民众的普遍心声，并保留着通俗易懂的表达方式。这在无意识中使人们认为谣谚都是来自下层民间的创作。

从史籍的记载中我们大概可推知，汉代多数谣谚作品确实来自下层民众。像汉代关于谣谚称谓的记载，有"野谚"，如贾谊《过秦论》引野谚："前事之不忘，后事之师也"；有"鄙谚"，如司马相如《上谏猎书》引鄙谚："家累千金，坐不垂堂"；有"鄙语"，如《史记·陈丞相世家》载吕太后引鄙语："儿妇人口不可用"，《史记·梁孝王世家》载褚先生引鄙语："骄子不孝"；有"号"，如《史记·酷吏列传》载关东吏为宁成号："宁见乳虎，无值宁成之怒"，《汉书·游侠传·楼护传》载长安号："谷子云笔札，楼君卿唇舌"；有"俗语"，如路温舒《尚德缓刑书》引俗语"画地为狱，议不入。刻木为吏，期不对"；等等。这些明明都是现实中存在的谣谚作品，却被文人在典籍记载或口头引用时冠以"野谚""鄙谚""鄙语""俗语""号"等贬义性的称谓，这从反面说明了这些谣谚是流传并创作于下层民众之中的，文人在意识心态中对其有所鄙视。但这些谣谚既然能为文人所载、所引，也说明了谣谚作品中蕴含有"集体性力量"或"群众性经验"，文人也不得不承认，故以此来说明道理。从典籍中所记载的"民为××歌""百姓为××歌"，以及"乡里为之谣""闾里为之语"等叫法上更能直接看出这些谣谚作品于民间创作、流传的特点。另外，从汉代谣谚的内容上来看，大量反映下层民众淳朴生活和农民农耕生活的谣谚，往往具有天真烂漫的特点，并保留着更多的口语化色彩，甚至粗俗鄙语运用其中，这些当然是来自下层农民和一般市民的创作，如："百里不贩樵，千里不贩籴"（《史记·货殖列传》）；"桑无附枝，麦穗两岐。张君为政，乐不可支"（《后汉书·张堪传》）；"东家有树，王阳妇去。东家枣完，去妇复还"（《汉书·王吉传》）；等等。这类谣谚作品代表了谣谚文化创作的主流，是真正的民间文学，有着非常强的艺术感染力。

汉代谣谚创作之风浓厚、谣谚文化发达，且谣谚在社会生活中发挥着各样的作用，这就使谣谚的创作者不仅仅局限于下层民众，社会各个阶层都有参与。其中，知识分子阶层也是汉代谣谚的重要创作者，这在一些典籍中有明确的记载。如《汉书·朱云传》载诸儒为朱云语："五鹿岳岳，朱云折其角"，《汉书·张禹传》载诸儒为张禹语："欲为《论》，念张文"，《后汉书·贾逵列传》载诸儒语："问事不休贾长头"，等等。这里提到的"诸儒"，显然是文人学士，他们也参与了谣谚的创作，其所作谣谚的内容多与文化现象或人物品评相关。

此外，朝廷官员也参与了汉代谣谚的创作。《后汉书·陈蕃传》载三府为朱震谚："车如鸡栖马如狗，疾恶如风朱伯厚。"所谓"三府"，即太尉府、司徒府、司空府。"太尉、司空、司徒"三公并列，以太尉为首，各置掾属数十人，职责权限极大，几乎参与国家所有重大事务的决策，这是东汉吏治实行的三公制。"三府"官吏作谚史载不多，但自有其创作背景（与"举谣言"政策相关，下文有述），这首"三府"为朱震所作的谚，对当时的吏治风貌和人物品藻之风均有所反映。

汉代太学生也参与了谣谚的创作。《后汉书·党锢列传》序载汉桓帝时期太学诸生语："天下模楷李元礼，不畏强御陈仲举，天下俊秀王叔茂。"这是宦官专权之时，太学生们对那些敢于与宦官做斗争的正直官员进行赞颂的时语。此外，袁山松《后汉书》中还载有多首这一时期太学生称赞"三君""八俊""八顾""八及""八厨"（即三十五位名士）的七言谣。[①] 由此可看出，东汉社会谣谚创作风

---

① 参见（晋）陶潜著，杨勇校笺《陶渊明集校笺》，上海古籍出版社 2007 年版，第354—359 页。

气相当浓厚。太学生代表汉代社会最活跃的群体，谣谚创作之风在他们之间迅速传播，又为文人的继续创作打下了基础。因太学生是汉代官员的后备军，一旦他们走上仕途、分散各地，便会形成文人、官吏创作谣谚的阵营，从而把谣谚创作之风带到全国各地，这无疑会在一定程度上促进汉代谣谚文化的繁荣。

（二）汉代谣谚的创作动机

创作动机一般是基于人的审美需要和心理需要而产生的，创作者将内心的情感、想象、意象、言语等引向特定的艺术对象，从而产生某件艺术作品。汉代绝大多数的谣谚是对特定对象的客观描述，或反映生活观念，或体现思想情感，或描述时政事迹，或表达心理趋向，在社会各阶层之间创作，在民众生活中自发传播。这些谣谚可以直接视为史料，能再现汉代社会生活的一角，并能使我们更加直接、更加深刻地了解到汉代社会的发展概况和民俗民情。

但是，汉代也有一些谣谚作品出自某些人的比附或伪作。这主要表现在那些具有预言性的谶谣（又多称"童谣"）和一些称赞官吏政绩的颂谣上，它们的创作传播具有明显的个人目的性，下面我们举例来说明。

先来看谶谣，《汉书·五行志》载元帝时童谣："井水溢，灭灶烟，灌玉堂，流金门。"这则童谣的意思是："井水溢出，浇灭了灶里的烟火，灌进了殿堂，流进了金门。"汉成帝继位后，果然有童谣里的现象出现，北宫中井泉向上溢出南流。于是便有人揭示它的预兆：井水象征着阴，灶烟象征着阳，玉堂、金门象征着皇帝的至尊之居，井水灌进玉堂也就是阴盛而灭阳，意味着有臣下要篡位、占据宫室。并以此比附王莽篡位。又如《汉书·五行志》记载成帝时的童谣："邪径败良田，谗口乱善人。桂树华不实，黄爵巢其颠。故为人所羡，今为人所怜。"从字面上看，这则童谣是对进谗言的邪佞之人的诅咒，以及对怀才不遇的仁人志士的同情，但也被人解释为预言："桂，赤色，汉家象。华不实，无继嗣也。王莽自谓黄象，黄爵巢其头也。"① 可见，此谣同样被认为是汉室衰落、王莽篡权的征兆。与这两首谶谣相似的谣谚还有很多，如汉成帝时另一首童谣："燕燕尾涎涎，张公子，时相见。木门仓琅根，燕飞来，啄皇孙，皇孙死，燕啄矢"（《汉书·五行志》），以此预言汉成帝宠幸赵飞燕姊妹的后果；灵帝末年童谣："侯非侯，王非王，千乘万骑上北芒"（《后汉书·五行志》），用来预测东汉末年朝廷动乱；更始时期童谣："谐不谐，在赤眉。得不得，在河北"（《后汉书·五行志》），用来预测更始政权覆灭、刘秀政权将建立；光武帝即位前夕谶谣："刘秀发兵捕不道，卯金修德为天子"（《后汉书·光武帝纪》），用来预言刘秀将得天子之位；公孙述割据称帝时期蜀中童谣："黄牛白腹，五铢当复"（《后汉书·公孙述传》），用来预兆汉朝的复兴。

这些预言性的谣谚，在今天看来多被认为是谶纬迷信，不符合辩证唯物主义的思维方式。谶谣预言的内容能得到"验证"，多是经过某些人的附会或伪作。这些谶谣多被称为"童谣"，但这些童谣根本不具"儿童性"，从语言习惯、思维方式、情感表达等方面来看，明显为成人化的作品，这是谶谣人为比附或伪作的内证。再来看谶谣的内容，它们多与政治动乱尤其是政权更迭相关，这些谶谣往往能预测到政权将落谁手。其实，分析典籍中对这些谶谣的解释可以看出，比附这类谣谚的人多有丰富的哲学、史学方面的知识，他们为这些谣谚涂上了神秘色彩。这些人就是汉代社会的阴阳五行学家、谶纬学家，他们按照自己的思维方式和知识结构对谣谚进行解释，并力求为政治服务。同时，一些政治家、阴谋家又与这些人相勾结，伪作一些谶谣为自己的政治活动制造舆论，目的是利用谣谚这种口头文化形式比附或编造有利于自己的内容，并投放到民众间去传播，从而起到极好的舆论宣传效果，以此达到争取民心的目的。

政治家、阴谋家、谶纬学家要比附、伪造谣谚，又要使这些谣

---

① 参见（汉）班固《汉书》，中华书局 1964 年版，第 1396 页。

谚达到很好的效果，就要找到一个引人耳目的称谓。"童谣"的称谓比较亲切随和，而且雅观，没有"野谚""鄙语""俗语"之类的贬义，又看似出于民间之作，且流传广泛、老幼皆知，故更利于产生传播效应。当然，并非所有的汉代童谣都是政治家、谶纬学家作为政治工具用的谶谣，比如《汉书·翟方进传》载及的汝南鸿陂童谣："坏陂谁？翟子威。饭我豆食羹芋魁。反乎覆，陂当复。谁云者？两黄鹄"；《后汉书·张霸传》载及的会稽童谣："弃我戟，捐我矛，盗贼尽，吏皆休"；等等，这些具有地域性色彩的童谣不与政权相关、不具预示性，只是客观描述社会事迹、表达思想情感。它们之所以也称"童谣"，原因或许有二：一是这个称谓为大家所共同缔造并相互传播，一开始便这样叫，没有特定含义，只是一个叫法而已；二是史学家在记载或引录这些谣谚之时随意加上了这个称谓。当然也要注意到，既然汉代有"童谣"的称谓，那么当时一定存在着真正意义上的童谣，主要供孩童游戏或娱乐，它们往往是成人用符合孩子口吻的词语、符合孩子心理趣味的形式创作的，只是这些真正的童谣不为文人所重视，故得不到保存记录，渐渐亡佚了。

除了谶谣外，汉代歌颂功德或品评人物类的谣谚，也有一些是出于文人或政治家的伪作。如《汉书》卷九九《王莽传上》记载：

> 风俗使者八人还，言天下风俗齐同，诈为郡国造歌谣，颂功德，凡三万言。莽奏定著令。又奏为市无二贾，官无狱讼，邑无盗贼，野无饥民，道不拾遗，男女异路之制，犯者象刑。①

这是王莽篡位前，为制造民意根据，派"风俗使者"到各地考察民情民俗，并伪作民间歌谣颂扬他的功德。以此看来，一些典籍中记载的歌颂德政的谣谚中，也不乏粉饰太平之作。但是，这类歌

---

① （汉）班固：《汉书》，中华书局 1964 年版，第 4076 页。

颂功德和称颂人物的谣谚众多，哪些是不符合事实的伪作，我们不好确定。不过，一些颂谣中透露着较强的文人化气息和阿谀奉承的味道，一些品评人物的谣谚透露着浓厚的官方气息和夸张语气，这些都是值得我们怀疑的。当然，绝大多数颂谣的评判还是比较客观的，有利于了解汉代的社会风貌。比附或伪作，我们不能当作信史，只能以此微观其中透露的社会风习及人文风貌。它们作为汉代谣谚文化的组成部分，是汉代一个特殊群体的创作，也需要我们客观地对待。比附、伪作及各阶层同时创作谣谚的繁盛局面在汉代出现，还有赖于谣谚本身能发挥较大作用的性能。谣谚能在汉代社会发挥较大的作用，除其能迅速传递某些信息外，还与汉代"采谣谚、观风俗"及官吏选拔运用的察举制度有关。

经上所述可以看出，汉代谣谚创作之风弥漫于整个社会，创作者遍及各个阶层，既有下层民众（包括农民和一般市民），又有文人学士、朝廷官员、太学生以及谶纬学家、政治活动家，那些片面地认为谣谚只是下层民众创作的观点是不正确的。谣谚在汉代京师、地方甚至乡里传播，既有多数的客观描述之作，又有一些带有主观目的性的伪作或比附。这种复杂局面的出现，共同促成了谣谚文化在汉代大众文艺创作方式中的主流地位。

二 汉代谣谚运用的场合与方式

汉代民众创造了异常丰富的谣谚文化，大量不同类型的谣谚在社会各界间流传。这些谣谚作品分属于不同的创作群体，既有下层民众清纯质朴的言唱，又包含文人化气息较浓的仿作。汉代之所以出现谣谚文化的盛世，除谣谚艺术本身的魅力外，还与汉代社会对谣谚文化职能多方面的挖掘与运用分不开。在汉代，不管是民众的日常生活，还是文人官吏的日常交往，甚至士人官宦的政治活动，谣谚艺术都运用其中。此外，又加上一些"别有用心的人"的创作与宣传，使谣谚文化的应用逐渐复杂。下面将从运用场合与方式上对汉代不同群体间谣谚艺术的运用情况做出详细分析。

（一）谣谚用于传达民众的爱憎与经验

谣谚这种质朴的文化艺术，最适用的群体当然是下层广大民众。文人、官吏虽也对谣谚艺术有所涉猎，但并不以此作为艺术创作或艺术欣赏的主流，他们能从更高级的歌舞艺术中获得精神的愉悦。而对于下层民众来说，最直接、最简洁获得精神满足的艺术载体便是谣谚。

前文已经述及，在汉代既有讥讽贪暴的怨谣，又有称赞人与事的颂谣，还有以旁观者的角度单纯描述时政现象的谣谚，是非爱憎之情表现不明显。除时政歌谣外，汉代还流传着很多生活经验性的谣谚，包括农谚和哲理性谚语。农谚是底层劳动者在长期的生产劳作中形成的，它能使农业生产经验、技能以简便、快捷的方式在广大民众中传播，并代代相承，具有长期的应用性和指导性特点；哲理性谚语是民众在长期的社会生活中对一些普遍性的现象、生活事迹、风俗风貌背后所潜藏的内在规律进行的总结概括，能给人以规劝、警示或借鉴意义，所以常常被人引用来说理。此外汉代民众间还流传着其他一些风俗风情谣谚，如反映家庭关系、孝悌行为的谣谚，表现男女观的谣谚，体现社会心理的谣谚，描述一些生活片段的谣谚，等等。

由以上各类谣谚介绍可以看出，汉代的谣谚资料十分丰富，内容的涉及面非常广泛，能使我们更直接、更深刻地了解汉代的社会风貌。从中亦可以体察到汉代民众深邃的群体智慧和文化素养，他们能够用谣谚艺术表达对某一政治事件的态度，能够用谣谚艺术传播农业种植技术上的经验，能够用谣谚艺术总结现实生活中的规律和经验，能够用谣谚艺术对某一社会现象或观念做出评价，等等。这些在无形中充实着汉代民众的日常生活内容，丰富着广大民众的精神风貌。

谣谚在民众间自娱性、随意性的应用是汉代谣谚艺术运用的主要方式。这也是我们一提到谣谚，就立即想到此为民间文化的原因。

关于民众间运用谣谚的具体情景，因缺乏史料的记载，我们不能了解得很清楚，但可以想象其运用的场合与方式比较自由，或是街谈巷议的主题，或是茶余饭后的牢骚，或是家庭间谆谆有理的说教，或是相互劳作间的轻松一愒，取法自然、方式不拘，这也是谣谚文化在民间比较发达的原因之一。

当然也要看到，下层民众间应用的谣谚作品并非都是民间的创作。统治阶层为政治目的所作的那些童谣在民间也有其流传的场所，因为这些作品所传达的神秘性及作品本身的音乐性等，对广大民众来说也颇具"娱乐性"。

（二）谣谚用于文人官吏间的应对或说理

文人引用谣谚的情形早已有之，其表现方式主要为引用谣谚进行应对或说理。汉代文人官吏对谣谚艺术的应用主要有三种场合：一是用于日常交往活动中；二是用于著作或著述中；三是用于上书言事中。下面我们举例来说明。

（1）文人日常交往活动中对谣谚艺术的应用。《史记》卷一〇〇《季布传》载有汉初名将季布与楚地辩士曹丘生之间发生的一件事情：

> 楚人曹丘生，辩士，数招权顾金钱。事贵人赵同等，与窦长君善。季布闻之，寄书谏窦长君曰："吾闻曹丘生非长者，勿与通。"及曹丘生归，欲得书请季布。窦长君曰："季将军不说足下，足下无往。"固请书，遂行。使人先发书，季布果大怒，待曹丘。曹丘至，即揖季布曰："楚人谚曰：'得黄金百，不如得季布一诺'，足下何以得此声于梁楚间哉？且仆楚人，足下亦楚人也。仆游扬足下之名于天下，顾不重邪？何足下距仆之深也！"季布乃大说，引入，留数月，为上客，厚送之。季布名所以益闻者，曹丘扬之也。①

---

① （汉）司马迁：《史记》，中华书局 1963 年版，第 2731—2732 页。

季布对楚地辩士曹丘生本是十分憎恶的，但两人见面后只因曹丘生一番言语应对，使得季布态度大变，曹丘生也成了季布的座上客。由引文可以看出，在曹丘生与季布的言语应对中，谚语"得黄金百，不如得季布一诺"发挥了极其重要的作用，不仅使曹丘生道出自己为同乡人季布所作的扬名工作，也使季布感受到了浓郁的乡情和充沛的自豪感。《后汉书》卷二六《宋弘传》载有光武帝为其姐湖阳公主做媒之事：

> 时帝姊湖阳公主新寡，帝与共论朝臣，微观其意。主曰："宋公威容德器，群臣莫及。"帝曰："方且图之。"后（宋）弘被引见，帝令主坐屏风后，因谓（宋）弘曰："谚言：贵易交，富易妻，人情乎？"（宋）弘曰："臣闻贫贱之知不可忘，糟糠之妻不下堂。"帝顾谓主曰："事不谐矣。"①

湖阳公主新寡，对宋弘有好感，但宋弘有家室，故光武帝欲牵合二人时并没有直接对宋弘表明其意，而是先问其对谚"贵易交，富易妻"的理解，以此进行试探。对此宋弘也用谚语"贫贱之知不可忘，糟糠之妻不下堂"②表明自己不能忘本，以此委婉地拒绝了光武帝为湖阳公主做的媒。

以上二例是文人运用谣谚进行应对的事例，至于文人在日常交往活动中引用谣谚进行说理的情形，自春秋战国时期就已经出现了。春秋战国时期正值礼崩乐坏，人们也在逐渐摆脱"雅"的思想束缚，所以在士人的社会交往中出现引用谣谚说理与"赋诗言志"传统并存的局面也在情理之中。到了汉代，"赋诗言志"的传统渐行渐远，

---

① （南朝宋）范晔撰，（唐）李贤等注：《后汉书》，中华书局1965年版，第905页。

② 《后汉书》文本中虽然没有明确标示此语句为"谣谚"，但从其形式、风格、寓意等方面来看，与当时的谣谚作品无异，况且宋弘在引用时是与光武帝引谚的情形相对来说的，所以这句也应该是汉代社会中流传的谣谚作品之一。

人们的思想相对来说已较为自由，引用谣谚进行说理的现象也逐渐频繁。试举例如下。

《史记》卷一〇八《韩长孺列传》载有韩安国奏见梁孝王时引用谚语说理的情形：

> 公孙诡、羊胜说孝王求为帝太子及益地事，恐汉大臣不听，乃阴使人刺汉用事谋臣。及杀故吴相袁盎，景帝遂闻诡、胜等计画，乃遣使捕诡、胜，必得。汉使十辈至梁，相以下举国大索，月余不得。内史安国闻诡、胜匿孝王所，安国入见王而泣曰："主辱臣死。大王无良臣，故事纷纷至此。今诡、胜不得，请辞赐死。"王曰："何至此？"安国泣数行下，曰："大王自度于皇帝，孰与太上皇之与高皇帝及皇帝之与临江王亲？"孝王曰："弗如也。"安国曰："夫太上、临江亲父子之间，然而高帝曰'提三尺剑取天下者朕也'，故太上皇终不得制事，居于栎阳。临江王，适长太子也，以一言过，废王临江。用宫垣事，卒自杀中尉府。何者？治天下终不以私乱公。语曰：'虽有亲父，安知其不为虎？虽有亲兄，安知其不为狼？'今大王列在诸侯，悦一邪臣浮说，犯上禁，桡明法。天子以太后故，不忍致法于王。太后日夜涕泣，幸大王自改，而大王终不觉寤。有如太后宫车即晏驾，大王尚谁攀乎？"语未卒，孝王泣数行下，谢安国曰："吾今出诡、胜。"诡、胜自杀。汉使还报，梁事皆得释，安国之力也。①

梁孝王作为汉景帝的胞弟，藏匿谋划刺杀汉朝的重臣公孙诡、羊胜，韩安国奏见梁孝王时引用谚语"虽有亲父，安知其不为虎？虽有亲兄，安知其不为狼"来说明人伦关系与君臣关系的矛盾，及

---

① （汉）司马迁：《史记》，中华书局 1963 年版，第 2859—2860 页。

"治天下终不以私乱公"的道理，以此感化梁孝王，终使梁孝王决定交出公孙诡和羊胜，化解了梁国与朝廷间的矛盾。

桓宽《盐铁论》卷三《园池》载有"文学派"引用谣谚与"大夫派"争论国家园池归属权的问题：

> 文学曰：古者，制地足以养民，民足以承其上。千乘之国，百里之地，公侯伯子男，各充其求赡其欲。秦兼万国之地，有四海之富，而意不赡，非宇小而用菲，嗜欲多而下不堪其求也。语曰："厨有腐肉，国有饥民，厩有肥马，路有餧人。"今狗马之养，虫兽之食，岂特腐肉肥马之费哉……公田转假，桑榆菜果不殖，地力不尽。愚以为非。先帝之开苑囿、池御，可赋归之于民，县官租税而已。假税殊名，其实一也。夫如是，匹夫之力，尽于南亩，匹妇之力，尽力麻枲。田野辟，麻枲治，则上下俱衍，何困乏之有矣？大夫默然，视其丞相、御史。①

"文学派"引用的谚语"厨有腐肉，国有饥民，厩有肥马，路有餧人"，很形象地描绘了国家贪得无厌与下层民众极度痛苦的对比，以此说明"把国家的园林池塘下放给百姓，国家收取财税"这样一举两得的治国方略的合理性，终使大夫"默然，视其丞相、御史"。与此相似的还有《盐铁论》卷七《备胡》中"大夫派"引用谚语"贤者容不辱"来说明加强军事训练讨伐匈奴的策略。

又，《后汉书》卷五八《虞诩传》载有虞诩游说李脩时引谚说理的情形：

> 永初四年，羌胡反乱，残破并、凉，大将军邓骘以军役方费，事不相赡，欲弃凉州，并力北边，乃会公卿集议。（邓）骘

---

① 王利器校注：《盐铁论校注》，中华书局1992年版，第171—172页。

曰:"譬若衣败,坏一以相补,犹有所完。若不如此,将两无所保。"议者咸同。(虞)诩闻之,乃说李脩曰:"窃闻公卿定策当弃凉州,求之愚心,未见其便。先帝开拓土宇,劬劳后定,而今惮小费,举而弃之。凉州既奔,即以三辅为塞。三辅为塞,则园陵单外。此不可之甚者也。嗟曰:'关西出将,关东出相。'观其习兵壮勇,实过余州。今羌胡所以不敢入据三辅,为心腹之害者,以凉州在后故也……"(李)脩善其言,更集四府,皆从(虞)诩议。①

虞诩引用谣谚"关西出将,关东出相"来说明凉州地区不仅有优良的军事人才资源,而且有着突出的军事地位,以此欲使李脩力保凉州,维护边地的稳定,起到了一定的鼓舞作用:"(李)脩善其言,更集四府,皆从诩议。"

由以上举例可以看出,引用谣谚进行说理往往通俗易懂、感染力强,能更加形象、生动地说明问题,容易使人接受。这也是谣谚常被汉代文人官吏广泛征用的关键所在。先秦时期的"赋诗言志"传统除了有"礼"的规定外,还有就是对赋诗者与观诗者的文化素养有很高的要求,他们必须懂得诗的内容和用诗之法,这在无形中增加了难度,所以只是一部分文化修养较高的人的"专利"。而谣谚这种通俗易懂的艺术方式,能为各类人所理解并应用,这也许是春秋战国时期部分士人开始转向引用谣谚进行说理的原因之一。② 到了汉代,随着人们思想的进一步解放和谣谚艺术本身的发展,谣谚的应用也变得更加频繁。

---

① (南朝宋)范晔撰,(唐)李贤等注:《后汉书》,中华书局1965年版,第1866页。
② 《左传》中载有许多引谚说理的情形,如"羽父引周谚""虞叔引周谚""土芴引谚""宫之奇引谚""孔叔引谚""乐豫引谚""子文引谚""伯宗引谚""羊舌职引谚""刘定公引谚""晏子引谚""子产引谚""子服惠伯引谚""魏子引谚""戏阳速引谚"等。从这些人的身份上来看,都属于士子、官宦阶层。

（2）文人著述中对谣谚艺术的应用。汉代引用谣谚进行说理的情形，并非仅表现在人们的日常交往活动中，此外文人又把这一艺术运用于著述或著作中，从而达到一定的修辞效果。从《左传》等先秦典籍中看到的更多的是文人、官吏于社会交往中引用谣谚进行说理的现象，并非作者因行文需要而特意引用谣谚来为文章增彩润色。当然，也不能完全否认没有这种情况，如《韩非子·六反》中的谚语"为政犹沐也，虽有弃发必为之""不踬于山，而踬于垤"及《五蠹》中的"长袖善舞，多钱善贾"等，就是韩非为使自己的思想观点更具说服力，而特意把谣谚引用其中作为辅助说明。

而到了汉代，文人为行文需要在著述中引用谣谚说理的情形比比皆是。翻阅与汉代相关的典籍很容易看到这种现象。举例来看，如司马迁在《史记·李将军列传》中论及李广为人时，认为其虽"口不能道辞"，但"及死之日，天下知与不知，皆为尽哀"，用谚语"桃李不言，下自成蹊"形容其忠实心诚以及人们对他的尊敬；在《史记·佞幸列传》中引谚"力田不如逢年，善仕不如遇合"来说明仕宦机遇和逢迎的作用及风习。此外，《白起王翦列传》《平原君虞卿列传》《游侠列传》等篇都有引用谣谚说理的情形。除了司马迁外，又如班固在《汉书·艺文志》中引用谚语"有病不治，常得中医"来说明要正确对待经方的道理；在《汉书·刑法志》中引用谚语"鬻棺者欲岁之疫"来说明治狱之吏对社会的危害；等等。除史籍著作外，其他的文人之作，如班昭《女诫·敬慎》用谚语"生男如狼，犹恐其尪。生女如鼠，犹恐其虎"来说明"男以强为贵，女以弱为美"的时俗；王符《潜夫论·贤难》用谚语"一犬吠形，百犬吠声"来说明不明真相、随声附和的社会心理；《潜夫论·考绩》又用谚语"曲木恶直绳，重罚恶明证"来揭露群臣怠政经不起考核的情形；等等。此外，桓谭的《新论》、应劭的《风俗通》等个人著作中也有很多引用谚语进行说理的现象。

以上所举都是文学大家在其主要著作中引用谣谚的例子。汉代其他文人在个人的著述中引用谣谚说理的情形还有很多，这里不再一一列举。但只是从上面的例子中已足以观览到，汉代文人在文学创作中引用谣谚说理的风气是多么盛行。不仅涉及的文人众多，而且引用的谣谚作品多样，并且论述的事项方方面面，无所不包。这些谣谚在行文之中起到了一定的修辞效果，从而使文字有了很强的表现力和感染力，这与文人在日常交往活动中引用谣谚说理所达到的效果相似：往往能使论述变得形象生动，说理显得圆满透彻，能引起人们广泛的共鸣，起到很好的渲染作用。从这里也可以看出，虽然文人在引用谣谚时有"鄙语""鄙谚""俚语""野谚"等不同的称谓，但并未真的把谣谚看作"鄙陋不堪"的东西。所以不管他们有着怎样的称谓，多是个人习惯或风习遗留的叫法而已，其实内心对谣谚艺术是敬畏的、看重的，正如他们在行文中所言："此言虽小，可以喻大也。"①

（3）文人官吏上书言事中对谣谚艺术的应用。"上书言事"是一种笼统的说法，具体来说包括"上书""上疏""上封事"，都是向皇帝进言的方式。"上书"是臣民向皇帝进言时采用的最常见的形式，对上书者没有严格的身份限制，文本形式相对自由；"上疏"是在朝的官员专门上奏皇帝的一种文书形式，一般有固定的文本规定，比较正规；"上封事"则是向皇帝奏呈的带有封口的机密性文书。在汉代这三种方式的"上书言事"中，我们都能找到对谣谚艺术加以利用的情形，下面试举几例来看。

《史记》卷一一七《司马相如列传》载有司马相如的《上谏猎书》，其中有司马相如引用谚语劝诫汉武帝注意自身安全之事：

> 常从上至长杨猎，是时天子方好自击熊彘，驰逐野兽，相

---

① 类似之语可参见（汉）司马迁《史记》卷一○九《李将军列传赞》、司马相如《上谏猎书》。

如上疏谏之。其辞曰：盖明者远见于未萌而智者避危于无形，祸固多藏于隐微而发于人之所忽者也。故鄙谚曰"家累千金，坐不垂堂"。此言虽小，可以喻大。臣愿陛下之留意幸察。上善之。①

司马相如在上疏中引用谚语"家累千金，坐不垂堂"来劝诫汉武帝，意思是说家中比较富有的人，不要坐在屋檐，以免屋瓦坠落而危害身体，使自己的努力前功尽弃。以此为喻，劝诫汉武帝不要再做"自击熊彘，驰逐野兽"这样冒险的事情。

《汉书》卷五一《路温舒传》中载有路温舒的《尚德缓刑书》，其中有路温舒引用谣谚论治狱之吏不宜苛刻之事：

> 会昭帝崩，昌邑王贺废，宣帝初即位，温舒上书，言宜尚德缓刑。其辞曰："臣闻秦有十失，其一尚存，治狱之吏是也……是以狱吏专为深刻，残贼而亡极，偷为一切，不顾国患，此世之大贼也。故俗语曰：'画地为狱，议不入。刻木为吏，期不对。'此皆疾吏之风，悲痛之辞也。故天下之患，莫深于狱。败法乱止，离亲塞道，莫甚乎治狱之吏。此所谓一尚存者也……"上善其言，迁广阳私府长。②

路温舒在上书中引用了俗语"画地为狱，议不入。刻木为吏，期不对"，也就是说："即使是在地上画的牢狱也不进入；即使是木头雕刻的狱吏也不会与它面对"，以此深刻地揭示出民众对狱吏的畏惧和厌恶，并向汉宣帝表明了狱吏的残暴是社会不得安定的隐患。

《汉书》卷七七《刘辅传》载有刘辅上书时引用谣谚规劝汉成

① （汉）司马迁：《史记》，中华书局1963年版，第3053—3054页。
② （汉）班固：《汉书》，中华书局1964年版，第2368—2371页。

帝慎重考虑立皇后的事情：

> 会成帝欲立赵婕妤为皇后，先下诏封婕妤父临为列侯。（刘）辅上书言："妙选有德之世，考卜窈窕之女，以承宗庙，顺神祇心，塞天下望，子孙之详犹恐晚暮，今乃触情纵欲，倾于卑贱之女，欲以母天下，不畏于天，不愧于人，惑莫大焉。里语曰：'腐木不可以为柱，卑人不可以为主。'天人之所不予，必有祸而无福，市道皆共知之，朝廷莫肯一言，臣窃伤心……"①

　　刘辅引用当时社会间流传的俚语"腐木不可以为柱，卑人不可以为主"来反对汉成帝立身份卑微的赵婕妤为皇后。在今天看来，这则谣谚所表达的观点不免有些偏颇，但在当时自有其成长的土壤。

　　由上面的举例可以看出，谣谚在上书言事中起到了一定的积极作用。当然，文人官吏在上书言事时还是以逻辑说理为主要方式的，但在说理过程中引用谣谚作为辅助说明增添了不可多得的艺术感染力，与周代的"献诗言志"或"赋诗言志"有异曲同工之妙。周代盛行的是礼乐文化，对君主陈言要遵守"礼"的规范，献诗、陈诗的方式既显得含蓄隐讳，又显得端庄郑重，在此过程中表现的是君臣间彬彬有礼的行为方式，又是献诗、陈诗者道德素养的象征。而汉代没有严格的"礼"的规定性，民间质朴的谣谚艺术亦可用来说理，文人官吏间的交往如此，对皇帝上书言事时同样如此，说理的方式相对来说较为自由。

　　虽然汉代文人官吏在上书言事时比较频繁地应用谣谚艺术，但我们也要看到，他们并没有放弃先秦时期"赋诗言志"的传统。如《汉书》卷八六《王嘉传》载王嘉对皇上和太后上奏封事，意在向皇上和太后表明：爵禄、土地封赏"不得其宜"或"散公赋以施私

---

① （汉）班固：《汉书》，中华书局 1964 年版，第 3251—3252 页。

惠"则会"众庶不服"。此间，王嘉不仅引用谣谚"千人所指，无病而死"辅助说明"众怒难犯"的道理，而且还引用了《尚书》和《孝经》中的句子来增强说服力：

> 会祖母傅太后薨，上因托傅太后遗诏，令成帝母王太后下丞相御史，益封贤二千户，及赐孔乡侯、汝昌侯、阳新侯国。（王）嘉封还诏书，因奏封事谏上及太后曰："臣闻爵禄土地，天之有也。《书》云：'天命有德，五服五章哉。'王者代天爵人，尤宜慎之……高安侯贤，佞幸之臣，陛下倾爵位以贵之，单货财以富之，损至尊以宠之，主威已黜，府臧已竭，唯恐不足。财皆民力所为，孝文皇帝欲起露台，重百金之费，克己不作。今（董）贤散公赋以施私惠，一家至受千金，往古以来贵臣未尝有此，流闻四方，皆同怨之。里谚曰：'千人所指，无病而死。'臣常为之寒心。今太皇太后以永信太后遗诏，诏丞相御史益贤户，赐三侯国，臣（王）嘉窃惑……陛下寝疾久不平，继嗣未立，宜思正万事，顺天人之心，以求福佑……《孝经》曰：'天子有争臣七人，虽无道，不失其天下。'……唯陛下省察。"①

又如《后汉书》卷二四《马援传》载马廖对明德皇后的上疏：

> 明德皇后既立……躬履节俭，事从简约，（马）廖虑美业难终，上疏长乐宫以劝成德政，曰："臣案前世诏令，以百姓不足，起于世尚奢靡，故元帝罢服官，成帝御浣衣，哀帝去乐府。然而侈费不息，至于衰乱者，百姓从行不从言也。夫改政移风，必有其本。传曰：'吴王好剑客，百姓多创瘢。楚王好细腰，宫

---

① （汉）班固：《汉书》，中华书局1964年版，第3498页。

中多饿死。'长安语曰：'城中好高髻，四方高一尺。城中好广眉，四方且半额。城中好大袖，四方全匹帛。'斯言如戏，有切事实……今陛下躬服厚缯，斥去华饰，素简所安，发自圣性……陛下既已得之自然，犹宜加以勉勖……《易》曰：'不恒其德，或承之羞。'……"太后深纳之。①

马廖在上疏中引用长安语"城中好高髻，四方高一尺。城中好广眉，四方且半额。城中好大袖，四方全匹帛"说明了"上有所好，下必甚之"的道理，以此指出某些社会风习多源自京师，故京师要做出好的表率，并引用《周易》中的句子希望皇太后"躬履节俭，事从简约"的美德一直延续下去，以此促成整个社会都形成注重节俭的美德。

更有趣的是，在汉代的上书言事中还出现了引用《诗》句与谣谚并存说明同一问题的情形。如《汉书》卷八三《薛宣传》载薛宣上疏：

> 成帝初即位，（薛）宣为中丞，执法殿中，外总部刺史，上疏曰："陛下至德仁厚……然而嘉气尚凝，阴阳不和，是臣下未称……殆吏多苛政，政教烦碎，大率咎在部刺史，或不循守条职，举错各以其意，多与郡县事，至开私门，听谗佞，以求吏民过失，谴呵及细微，责义不量力。郡县相迫促，亦内相刻，流至众庶……夫人道不通，则阴阳否隔，和气不兴，未必不由此也。《诗》云：'民之失德，乾糇以愆。'鄙语曰：'苛政不亲，烦苦伤恩。'方刺史奏事时，宜明申敕，使昭然知本朝之要务。臣愚不知治道，唯明主察焉。"上嘉纳之。②

---

① （南朝宋）范晔撰，（唐）李贤等注：《后汉书》，中华书局 1965 年版，第 853—854 页。

② （汉）班固：《汉书》，中华书局 1964 年版，第 3386 页。

薛宣在上疏中斥责了当时"吏多苛政，政教烦碎"的现象，并同时引用了《诗》句"民之失德，乾糇以愆"和鄙语"苛政不亲，烦苦伤恩"来说理。所谓"苛政不亲，烦苦伤恩"，意思是说政令过于苛刻，人们就不会与执政者亲近，人们经历的烦苦的事情太多，就感觉不到来自君王的恩惠。薛宣借用《诗》句和此谚劝诫汉成帝缓解吏民矛盾，以让各级执政者从本朝大局出发来治理政事。

汉代士人的"赋诗言志"之例在典籍中还有多处记载，以此可以看出，在汉人的心目中，谣谚艺术的说理性与传统的"赋诗言志"有着相同的效果，不分主次。

（三）谣谚充当政治活动中的舆论工具

谣谚的特点之一就是具有极强的流传性，这能使谣谚作品所反映的内容以较快的速度在民众间传播，在这个过程中谣谚扮演着信息传递载体的角色。一些文人官吏、政治活动家正是看到了谣谚艺术的这一特点，便为了某些政治目的开始对其加以利用，特意创作一些谣谚作品投放到群众间去传播，从而达到一定的舆论宣传效果。

越是社会动乱时期，人们承受的压力也越大，亟须得到心理安慰。此时正面舆论的宣传显得格外重要，能为稳定民心起到一定的导向作用。所以，谣谚充当舆论宣传的载体也多是在社会动乱时期。在汉代，谣谚作为政治活动中的舆论工具，主要表现在两个方面。

其一，用谣谚相互标榜，结成党派。两汉之际出现了一种新的谣谚形式，或者说是谣谚的一种新的应用方式，即文人官吏用谣谚进行标榜、品评或调侃，这在东汉时期尤为盛行。社会相对太平时期，这种谣谚多侧重于一种文字游戏，传递着某方面的信息，客观上起到了一定的宣扬作用。如：

　　诸儒为朱云语："五鹿岳岳，朱云折其角。"（《汉书·朱云传》）

　　京师为戴凭语："解经不穷戴侍中。"（《后汉书·儒林列传》）

> 京师为井丹语："《五经》纷纶井大春。"（《后汉书·逸民列传》）
>
> 诸儒为贾逵语："问事不休贾长头。"（《后汉书·贾逵传》）
>
> 京师为杨政语："说经铿铿杨子行。"（《后汉书·儒林列传》）
>
> 京师为唐约谣："治身无嫌唐仲谦。"（谢承《后汉书·唐约传》）

可以看出，这类谣谚多是针对某个具体人物而作的，能为这个人的名誉起到一定的社会宣传作用。仔细品味这类谣谚作品，我们能够嗅到随意品评或随意调侃的味道，其中透露着文人官吏日常交往间的风趣与幽默，以及他们积极乐观的精神风貌。也就是说，在相对平静的社会生活中，这类谣谚在文人官吏间多是自娱性的应用。

而在社会环境不稳定的时期，这类谣谚作品又有了另外一种应用方式，即以此作为政治活动中结盟的口号，来壮大集体的声势。这种现象在东汉时期尤为明显，尤其是在东汉后期的桓帝、灵帝时期，外戚与宦官交替专权，不仅造成政治腐败、经济凋敝、阶级矛盾深化，而且他们任人唯亲、垄断仕途，使察举制、征辟制沦为形式，阻断了大批士人正常入仕的机会。在这种形势下，当时的儒生、士人与朝廷官员联合起来，结成朋党，猛烈地抨击宦官的擅权行为，以此为导火线引发了中国历史上著名的"党锢之祸"。所以说，东汉中期以后的历史是一部外戚与宦官交替专权的历史，也是一部士大夫官员、儒生与宦官集团公开对抗的不屈不挠的血泪史。

在这一不屈的斗争中，谣谚作为宣传党派结盟的口号起到了很大的作用。《后汉书·党锢列传》序载：

> 初，桓帝为蠡吾侯，受学于甘陵周福，及即帝位，擢福为尚书。时同郡河南尹房植有名当朝，乡人为之谣曰："天下规矩房伯武，因师获印周仲进。"二家宾客，互相讥揣，遂各树朋

徒，渐成尤隙，由是甘陵有南北部，党人之议，自此始矣。后
汝南太守宗资任功曹范滂，南阳太守成瑨亦委功曹岑晊，二郡
又为谣曰："汝南太守范孟博，南阳宗资主画诺。南阳太守岑公
孝，弘农成瑨但坐啸。"因此流言转入太学，诸生三万余人，郭
林宗、贾伟节为其冠，并与李膺、陈蕃、王畅更相褒重。学中
语曰："天下模楷李元礼，不畏强御陈仲举，天下俊秀王叔茂。"
又渤海公族进阶、扶风魏齐卿，并危言深论，不隐豪强。自公
卿以下，莫不畏其贬议，屣履到门。①

从这段材料中可以看出，"朋党"的兴起一开始便与谣谚有着难
以分割的关系。由甘陵"乡人谣"——"天下规矩房伯武，因师获
印周仲进"对同郡人房植与周福仕途之路的评价开始，"党人之议"
便开始走上了一条以谣谚为舆论宣传工具的道路。进而，经历"汝
南、南阳二郡谣"对太守与功曹评议的影响，这一艺术形式终于得
到了太学们更多的"赏识"，他们也利用谣谚这一艺术形式作为舆
论工具，与以李膺、陈蕃、王畅为首的朝廷官员结成党派来对抗宦
官的专政，并以谣谚"天下模楷李元礼（李膺），不畏强御陈仲举
（陈蕃），天下俊秀王叔茂（王畅）"作为舆论宣传，以此收到了
"自公卿以下，莫不畏其贬议，屣履到门"的效果。

在宦官诬告李膺等"养太学游士，交结诸郡生徒，更相驱驰，
共为部党，诽讪朝廷，疑乱风俗"（《后汉书·党锢列传》序）的罪
名后，终引发了对士人牵连甚广的第一次党锢之祸。但党锢之祸的
发生并没有使正直的官员和儒生退却，他们继续以谣谚为舆论宣传
工具，结成了更加广阔的同盟。《后汉书·党锢列传》序又载：

---

① （南朝宋）范晔撰，（唐）李贤等注：《后汉书》，中华书局1965年版，第2185—
2186页。

自是正直废放，邪枉炽结，海内希风之流，遂共相标榜，指天下名士，为之称号。上曰"三君"，次曰"八俊"，次曰"八顾"，次曰"八及"，次曰"八厨"，犹古之"八元"、"八凯"也。窦武、刘淑、陈蕃为"三君"。君者，言一世之所宗也。李膺、荀翌、杜密、王畅、刘祐、魏朗、赵典、朱寓为"八俊"。俊者，言人之英也。郭林宗、宗慈、巴肃、夏馥、范滂、尹勋、蔡衍、羊陟为"八顾"。顾者，言能以德行引人者也。张俭、岑晊、刘表、陈翔、孔昱、苑康、檀敷、翟超为"八及"。及者，言其能导人追宗者也。度尚、张邈、王考、刘儒、胡母班、秦周、蕃向、王章为"八厨"。厨者，言能以财救人者也。

又张俭乡人朱并，承望中常侍侯览意旨，上书告俭与同乡二十四人别相署号，共为部党，图危社稷。以俭及檀彬、褚凤、张肃、薛兰、冯禧、魏玄、徐乾为"八俊"，田林、张隐、刘表、薛郁、王访、刘祇、宣靖、公绪恭为"八顾"，朱楷、田槃、疏耽、薛敦、宋布、唐龙、嬴咨、宣襃为"八及"，刻石立墠，共为部党，而俭为之魁。灵帝诏刊章捕俭等。①

《陶渊明集》卷九《集圣贤群辅录》李公焕注引袁山松《后汉书》亦载：桓帝时，朝廷日乱。李膺风格秀整，高自标尚。后进之士，升其堂者以为登龙门。太学生三万余人，榜天下士。上称三君，次八俊，次八顾，次八及，次八厨。犹古之八元、八凯也。因为七言谣曰：

天下忠诚窦游平。天下义府陈仲举。天下德弘刘仲承。

（三君）

① （南朝宋）范晔撰，（唐）李贤等注：《后汉书》，中华书局 1965 年版，第 2187—2188 页。

天下模楷李元礼。天下英秀王叔茂。天下良辅杜周甫。天下冰凌朱季陵。天下忠贞魏少英。天下好交荀伯条。天下稽古刘伯祖。天下才英赵仲经。（八俊）

天下和雍郭林宗。天下慕恃夏子治。天下英藩尹伯元。天下清苦羊嗣祖。天下琭金刘叔林。天下雅志蔡孟喜。天下卧虎巴恭祖。天下通儒宗孝初。（八顾）

海内贵珍陈子鳞。海内忠烈张元节。海内睿谔范孟博。海内通士檀文友。海内彬彬范仲真。海内珍好岑公孝。海内所称刘景升。（八及）

海内贤智王伯义。海内修整蕃嘉景。海内贞良秦平王。海内珍奇胡母季皮。海内光光刘子相。海内依怙王文祖。海内严恪张孟卓。海内清明度博平。（八厨）①

由上可见，以太学生为主的创作团体，充分利用谣谚这一舆论载体，把敢于与宦官集团作斗争的人士全部"集合"在了一起，以此壮大儒生与正直官员的声势。最后不管这场政治斗争的结局如何，总之在这段血腥的历史情景下，谣谚作为舆论工具的职能得到了充分的发挥，并在客观上促进了文人谣的发展，也使谣谚艺术在汉代社会得到了一次全新的弘扬。

其二，造谶谣宣传某个政治目的。关于谶谣前文已经有所述及，它还有一个更为雅观的名字："童谣"。这些能"预言未来"的谶谣，往往是政治家、阴谋家、谶纬学家出于某种政治目的的比附或伪造。比如王莽末年谶谣："刘秀发兵捕不道，卯金修德为天子"（《后汉书·光武帝纪》），此谣用来预言刘秀将做天子；更始时期童谣："谐不谐，在赤眉。得不得，在河北"（《后汉书·五行志》），

---

① 参见（晋）陶潜著，杨勇校笺《陶渊明集校笺》，上海古籍出版社2007年版，第354—359页。

此谣用来预测更始政权覆灭，刘秀政权将建立；公孙述割据称帝时期蜀中童谣："黄牛白腹，五铢当复"（《后汉书·五行志》），此谣用来预兆汉朝的复兴；灵帝末年童谣："侯非侯，王非王，千乘万骑上北芒"（《后汉书·五行志》），用来预测东汉末年的社会动乱，等等。这些预言性的谣谚，往往显得神秘玄妙，似有灵验。它们之所以被冠以"童谣"的称谓，就是因为比附或伪造者希望能通过儿童之口传播，产生舆论效应。在人们心目中，儿童往往天真无邪，通过他们之口扩散，会使人觉得出自天意，而非儿童自作。正如《晋书》卷一二《天文志》所载："凡五星盈缩失位，其精降于地为人……荧惑将为童儿，歌谣嬉戏……"① 正是这种思想的体现。但在今天用辩证唯物主义思维方式，很容易看出这些谶谣的比附性或伪造性。它们真正产生的时间不一定是典籍中所记载的，预言能够得到"验证"，也多与解谶者的附会水平有很大关系。

这些具有神秘性色彩的谶谣在汉代之所以有着广阔的流传市场，与此时盛行的社会思潮有很大的关系，即宗教鬼神、神仙方术、阴阳五行等社会观念。尤其是董仲舒的天人感应学说确立后，谶纬之学在汉代流行一时，并对当时的社会政治、民众生活、学术思想等产生了非常大的影响，在此过程中神秘性氛围也渐趋笼罩人心。一些人正是利用这种社会思潮形成的社会心理，结合谣谚易于流传的特点，伪作谶谣作为政治活动中隐性的舆论工具。

谶谣作为政治宣传的舆论工具，更直接地表现在农民起义活动中。我国历史上第一次大规模的农民起义，即秦末陈胜、吴广起义，就是伪作谶谣来做舆论宣传的。《史记》卷四八《陈涉世家》载：

> 乃行卜。卜者知其指意，曰："足下事皆成，有功。然足下卜之鬼乎。"陈胜、吴广喜，念鬼，曰："此教我先威众耳。"乃

---

① （唐）房玄龄等：《晋书》，中华书局1974年版，第320页。

丹书帛曰"陈胜王",置人所罾鱼腹中。卒买鱼烹食,得鱼腹中书,固以怪之矣。又间令吴广之次所旁丛祠中,夜篝火,狐鸣呼曰:"大楚兴,陈胜王"。卒皆夜惊恐。旦日,卒中往往语,皆指目陈胜。①

这则材料详细地揭露了陈胜、吴广伪作谶谣的过程,以谶谣"大楚兴,陈胜王"来笼络人心,从而收到了"卒中往往语,皆指目陈胜"的宣传效果。与之相似,东汉末年的黄巾军起义也利用了谶谣这一舆论工具。《后汉书》卷七一《皇甫嵩传》载:

初,钜鹿张角自称"大贤良师",奉事黄老道,畜养弟子,跪拜首过,符水咒说以疗病,病者颇愈,百姓信向之。(张)角因遣弟子八人使于四方,以善道教化天下,转相诳惑。十余年间,众徒数十万,连结郡国,自青、徐、幽、冀、荆、杨、兖、豫八州之人,莫不毕应。遂置三十六方。方犹将军号也。大方万余人,小方六七千,各立渠帅。讹言"苍天已死,黄天当立,岁在甲子,天下大吉"。以白土书京城寺门及州郡官府,皆作"甲子"字。②

从"符水咒说以疗病,病者颇愈,百姓信向之"一句可以看出,张角也是利用当时民众间信奉的阴阳咒惑、鬼神方术等观念来取得人心的。在部署起义的过程中,又将谶谣"苍天已死,黄天当立,岁在甲子,天下大吉"③ 作为起义宣传的口号,并以谶谣内容暗示起

---

① (汉)司马迁:《史记》,中华书局1963年版,第1950页。

② (南朝宋)范晔撰,(唐)李贤等注:《后汉书》,中华书局1965年版,第2299页。

③ 虽然典籍中没有直接述及这首"讹言"为谶谣,但联系其产生的历史背景,并从其形式、内容及所要传达的目的上来看,与当时的谣谚艺术相当吻合,从另一方面看它并没有表现出"诗"所特有的属性,所以我们只能把其归属于谣谚文化的范畴之内。

义的时间，于京城寺门及官府门前皆作"甲子"字样，作为起义攻击的标识。可见，这首谶谣起到了很好的舆论宣传效果。史料记载，因有人告发，张角不得不提前发动起义。由此来看，这则谶谣的预示意义也完全作废，充分暴露了谶谣的伪造属性。

上面我们从民众间的精神需求、文人官吏间的应对或说理、政治活动中的舆论工具三个方面，分析了汉代谣谚在不同社会群体之间的应用情况。由此可知，谣谚除了在民众间自娱性、随意性的应用之外，还被广大文人儒士用作说理的方式，或在日常的交往活动中，或在平时的文章创作中，或在文人官吏的上书言事之中，我们都能看到这种现象存在。除此之外，又有人把谣谚作为政治活动中的舆论工具，或以此作为结盟的口号，或以此来宣传某个政治目的。可见，汉代谣谚文化是一幅多功能的艺术画面，内容丰富多彩，且对时人有着很强的吸引力。

第六章　两汉谣谚的社会传播与变异

　　谣谚是我国民间兴起的最古老的文化之一，它不仅在时间的传承上非常长，而且在空间的传播上特别广。一种文化艺术自从创作出来的时刻起也就具有了传播性，传播的过程也是其本身不断发展与完善的过程。历史上很少有哪种文化像谣谚这样历经久远而不衰，且每个时代都有其新的应用方式与特点所在，这些都彰显着谣谚艺术善于传播的特质。

　　汉代谣谚文化是承前世而来并已走向高度成熟的艺术。汉代几百年的风雨历程，也是各个阶层、各个机构在政治、经济、文化、教育等事业中共同努力、共同探索的一部人类文明生产史。随着人们交往的不断扩大，各类文化艺术也在相互借鉴中得到了十足的发展。在汉代，谣谚不仅有涉及各个阶层广泛的创作群体，而且整个社会对谣谚艺术的运用也是一个复杂的过程。而在这个复杂的社会关系和人们对艺术文化多方面的欲求下兴盛起来的谣谚文化，其背后展现给我们的则是一个复杂的文化传播过程。

一　汉代谣谚传播的方式与途径

　　谈到古代谣谚文化传播，我们首先想到的也许是不同的阶级之分，因为在我们的意识之中，阶级社会的文化好像有着明确的二重性，即统治阶层间流传的往往是雅文化，下层民众间流传的往往是俗文化，二者看似都固守在自己的传承范围之内。其实，在我国古代雅文化和俗文化并没有严格的界限，在一定程度上它们之间有着很大的互通性，这在汉代谣谚文化的传播中尤能看出。从阶级关系上来看汉代谣谚的传播情况，我们大概能梳理出以下几个方面的传播途径。

（一）下层民众间的相互传播

严格意义上来说，谣谚创作的主体是广大的下层民众。因为，我国古代农业社会的主体即是最大多数的下层民众，在民众的日常生产劳动和社会交往活动中，谣谚艺术不自觉中为每个人所领悟、所掌握。多数的谣谚作品也是在民众间得到初步的创作并在民众间广泛地流传开来的。最为直观者，莫过于农业劳动者在长期的农耕生活中创作的与生产有关的农谚，比如上文我们提到的那些农谚："子欲富，黄金覆""土长冒橛，陈根可拔，耕者急发"，气象谚："三月昏，参星夕。杏花盛，桑叶白"，以及与农业经济相关的一些谣谚："前有召父，后有杜母""坏陂谁？翟子威。饭我豆食羹芋魁。反乎覆，陂当复。谁云者？两黄鹄""桑无附枝，麦穗两岐。张君为政，乐不可支"，又如反映汉代商品经济发展的谣谚："百里不贩樵，千里不贩籴""廉叔度，来何暮？不禁火，民安作。平生无襦今五绔"，反映汉代民众生产观念转变的谣谚："以贫求富，农不如工，工不如商，刺绣文不如倚市门"，等等。它们基本是下层民众在长期的生产劳作中形成的，能使农业生产经验、技能在广大民众中传播，或反映一时一地农业经济发展与时政措施的关系，以及一时一地的民俗风情特点。

这些绝大多数靠口耳相传的谣谚作品构成了我国古代谣谚文化的主流。从前文我们对汉代谣谚文化的地域考察中可知，汉代每首谣谚在下层民众间的口耳相传也有范围的大小，按传播内容的影响力及民众反应的程度来看，可从小到大按闾里—乡—县—郡—州—天下（全国）观其传播范围。下层民众间创作的谣谚多数具有地域性的特点，传播范围相对较小，只反映一时一地的人文风貌。但这些谣谚在传播的过程中丰富了广大民众的日常生活内容，民众以此传承了生产经验或生活知识，抒发了内心的情感，满足了某方面的精神需求；此外，从每个阶段的谣谚文化中还能体察一个时期的民俗民情，从中感受到的是民众间不同的精神风貌。这些均是谣谚在下层民众间传播的意义所在。

（二）文人官吏间的相互传播

在汉代，除了承前世而来的谣谚样式外，汉代的文人官吏间又开创了一种新形式、新风格的谣谚，那就是互相标榜、品评或调侃的谣谚，对此前文已经有所述及。这类谣谚在东汉尤为盛行，如"夜半客，甄长伯"（《后汉书·彭宠传》）；"道德彬彬冯仲文"（《后汉书·冯衍传》）；"《五经》复兴鲁叔陵"（《后汉书·鲁恭传》）；"前有管鲍，后有庆廉"（《后汉书·廉范传》）；"关西孔子杨伯起"（《后汉书·杨震传》）；"殿中无双丁孝公"（《后汉书·丁鸿传》）；"《五经》从横周宣光"（《后汉书·周举传》）；"天下规矩房伯武，因师获印周仲进"（《后汉书·党锢列传》序）；"荀氏八龙，慈明无双"（《后汉书·荀淑传》）；"说经铿铿杨子行"（《后汉书·杨政传》）；"《五经》无双许叔重"（《后汉书·许慎传》）；等等。

从此类谣谚的内容上来看，都是针对某个人物而作的，而且这些人物都是文人或官吏，创作和传播也基本上是在文人圈的范围之内。如《汉书》卷六七《朱云传》载："少府五鹿充宗贵幸，为《梁丘易》。自宣帝时善梁丘氏说，元帝好之，欲考其异同，令充宗与诸《易》家论。充宗承贵辩口，诸儒莫能与抗，皆称疾不敢会。有荐（朱）云者，召入，摄齐登堂，抗首而请，音动左右。既论难，连拄五鹿君，故诸儒为之语曰：'五鹿岳岳，朱云折其角'，繇是为博士。"① 又如《汉书》卷八一《张禹传》载："初，（张）禹为师，以上难数对己问经，为《论语章句》献之。始鲁扶

---

① （汉）班固：《汉书》，中华书局 1964 年版，第 2913—2914 页。

卿及夏侯胜、王阳、萧望之、韦玄成皆说《论语》，篇第或异。（张）禹先事王阳，后从庸生，采获所安，最后出而尊贵。诸儒为之语曰：'欲为《论》，念张文。'由是学者多从张氏，余家浸微。"① 这样的事例在典籍中还有多处记载，从中可以看出此类谣谚在文人圈中从兴起到传播的过程，这类谣谚一般展现的是文人官吏日常交往的风趣与幽默。

此外，一些用于应对或说理的谚语也多是在文人间相互传播；而在社会动乱时期，那些品评人物类的谣谚又被文人官吏充当了政治活动中的舆论工具，以结成党派。

（三）民间向统治阶层的传播

谣谚从民间向统治阶层的传播，在汉代是一种非常重要的传播方式，也是统治者特意追寻的一种传播方式。因为下层民众间所流传的谣谚，往往是风俗民情的体现，其中不免涉及普通大众对地方官吏或朝廷官员的态度、评价或看法，以及民众内心情感或愿望的表露。统治者为了更多地了解民生疾苦与世俗风情，建立更好的统治秩序，都很重视对民间谣谚的采集和利用，这就为民间谣谚向统治阶层的传播提供了条件。

与周代的"循狩"制度相似，汉代也实行有"巡行"制度。《汉书》卷六《武帝纪》载："（元封）五年冬，行南巡狩，至于盛唐，望祀虞舜于九嶷。"②《汉书》卷八《宣帝纪》亦载："武帝巡狩所幸之郡国，皆立庙。"③ 除皇帝亲自巡行外，更多的是"遣使巡行"，并设有"循吏"一职。这种制度也不仅仅是在中央实行，地方郡国的守相也可亲自或派专员出行，这在《汉书》中多有记载。王莽执政时期，又专门设立了"风俗使者""风俗大夫"的职位。如《汉书》卷九九《王莽传》载："风俗使者八人还，言天下风俗齐

---

① （汉）班固：《汉书》，中华书局 1964 年版，第 3352 页。
② （汉）班固：《汉书》，中华书局 1964 年版，第 196 页。
③ （汉）班固：《汉书》，中华书局 1964 年版，第 243 页。

同，诈为郡国造歌谣，颂功德。"又载："（莽）议遣风俗大夫司国宪等分行天下，除井田奴婢山泽六筦之禁，即位以来诏令不便于民者皆收还之。"① 实行这种制度的主要目的在于察风俗、体民情、宣教化或者举贤良。这一风气的形成促使统治阶层的人对民俗风情多有重视，其表现之一就是对民间谣谚文化的看重。如汉昭帝时期韩延寿治理颍川，"教以礼让……召郡中长老为乡里所信向者数十人，设酒具食，亲与相对，接以礼意，人人问以谣俗，民所疾苦"（《汉书》卷七六《韩延寿传》）；光武帝时，"数引公卿郎将，列于禁坐。广求民瘼，观纳风谣"（《后汉书》卷七六《循吏列传》序）；和帝即位，"分遣使者，皆微服单行，各至州县，观采风谣"（《后汉书》卷八二《方术列传》）；汉灵帝中平年间，羊续"为南阳太守。当入郡界，乃赢服间行，侍童子一人，观历县邑，采问风谣，然后乃进"（《后汉书》卷三一《羊续传》）；等等。可见，这些举措使民间谣谚及其反映的内容直接过渡到了统治阶层。

除此项举措外，统治阶层的另一措施也发挥了同样的作用，那就是乐府采集歌谣的制度。《汉书》卷二二《礼乐志》载："至武帝定郊祀之礼，祠太一于甘泉，就乾位也。祭后土于汾阴，泽中方丘也。乃立乐府，采诗夜诵，有赵、代、秦、楚之讴。以李延年为协律都尉，多举司马相如等数十人造为诗赋，略论律吕，以合八音之调，作十九章之歌。"② 由此可知，汉武帝"立乐府"后，为了祭祀的需要和日常宫廷娱乐的需要，面向全国各地采集歌谣，并加以改编成新歌。这一举措一方面使民间的谣谚文化直接传播到朝廷，并为相应人士提供了艺术借鉴的样本；另一方面也起到了"观风俗、知薄厚"的作用，正如《汉书》卷三〇《艺文志》所言："自孝武立乐府而采歌谣，于是有代赵之讴，秦楚之风，皆感于哀乐，缘事

---

① （汉）班固：《汉书》，中华书局 1964 年版，第 4076、4179 页。
② （汉）班固：《汉书》，中华书局 1964 年版，第 1045 页。

而发，亦可以观风俗，知薄厚云。"①

　　除了统治阶层的这些措施使民间谣谚以较直接、较快的速度向统治阶层传播外，汉代的社会环境也加速了谣谚从民间向都城传播的步伐，一个重要的途径就是商人的活跃。在汉代，随着生产的发展，社会环境的稳定，生产力的提高，商品经济也逐渐走向繁荣。在汉代城市商品交易市场上，我们能看到非常丰富的农业产品和手工业商品，② 与此相应的则是商人把城市与乡村连接到一起的社会关系。《史记》卷一二九《货殖列传》中说："汉兴，海内为一，开关梁，弛山泽之禁，是以富商大贾周流天下，交易之物莫不通。"③《盐铁论》卷一《通有》篇亦载"文学"曰："赵、中山带大河，纂四通神衢，当天下之蹊，商贾错于路，诸侯交于道。"④ 关于商人的活动在一些谣谚作品中也有所反映，如"百里不贩樵，千里不贩籴"（《史记》卷一二九《货殖列传》）。汉代商人频繁地往来于城乡之间，他们在为商品经济做出贡献的同时，客观上定会为民间谣谚的传播提供便利。

　　如果从这些农工贸易商上，我们还不能直接看出他们对谣谚文化传播所起的作用的话，那么歌舞艺术商的出现，则可使我们比较容易地看出商人在谣谚艺术传播上所发挥的重要作用。典籍中记载最多的就是燕、赵、中山之地的歌舞艺人，如《史记》卷一二九

---

　　① （汉）班固：《汉书》，中华书局1964年版，第1756页。

　　② 《史记》卷一二九《货殖列传》记载："夫用贫求富，农不如工，工不如商，刺绣文不如倚市门，此言末业，贫者之资也。通邑大都，酤一岁千酿，醯酱千瓨，浆千甔，屠牛羊彘千皮，贩谷粜千钟，薪稿千车，船长千丈，木千章，竹竿万个，其轺车百乘，牛车千两，木器髤者千枚，铜器千钧，素木铁器若卮茜千石，马蹄躈千，牛千足，羊彘千双，僮手指千，筋角丹沙千斤，其帛絮细布千钧，文采千匹，榻布皮革千石，漆千斗，蘖曲盐豉千答，鲐鮆千斤，鲰千石，鲍千钧，枣栗千石者三之，狐貂裘千皮，羔羊裘千石，旃席千具，佗果菜千钟，子贷金钱千贯，节驵会，贪贾三之，廉贾五之，此亦比千乘之家，其大率也。"参见（汉）司马迁《史记》，中华书局1963年版，第3274页。

　　③ （汉）司马迁：《史记》，中华书局1963年版，第3261页。

　　④ 王利器校注：《盐铁论校注》，中华书局1992年版，第42页。

《货殖列传》载："中山地薄人众，犹有沙丘纣淫地余民，民俗懁急，仰机利而食。丈夫相聚游戏，悲歌慷慨，起则相随椎剽，休则掘冢作巧奸冶，多美物，为倡优。女子则鼓鸣瑟，跕屣，游媚贵富，入后宫，遍诸侯。"① 关于燕、赵、中山地区之人善于歌舞表演的记载，典籍中还有多处，除了《史记·货殖列传》外，《盐铁论·通有》篇中也有相似的记载。此外一些文人著作或诗集中也多有提及。② 燕、赵、中山之人，依托大都市中达官显宦、富商大贾，甚至宫廷皇室对歌舞享乐的需求，充分发挥他们的特长，以此作为谋生的手段。汉代宫廷音乐家李延年就出身于中山之地的倡伎之家，③ 武帝"立乐府，采歌谣"之时，正是以李延年"为协律都尉，略论律吕"而改编新曲的。但是像李延年这样能得到皇帝的宠爱并在历史上留下名字的只是少数，其他的艺人或汉代其他地区的歌舞艺人"进城"的现象也一定不在少数，这从汉哀帝罢乐府的名单中可见一斑。④ 可以说，下层歌舞艺人是对民间谣谚最为关注、最为熟悉的群体，他

---

① （汉）司马迁：《史记》，中华书局 1963 年版，第 3263 页。

② 如乐府《相逢行》："堂上置樽酒，作使邯郸倡。"《古诗十九首》："燕赵多佳人，美者颜如玉。"

③ 《史记》卷一二五《佞幸列传》载："李延年，中山人也。父母及身兄弟及女，皆故倡也。"参见（汉）司马迁《史记》，中华书局 1963 年版，第 3195 页。

④ 《汉书》卷二二《礼乐志》载：丞相孔光、大司空何武奏："郊祭乐人员六十二人，给祠南北郊。大乐鼓员六人，《嘉至》鼓员十人，邯郸鼓员二人，骑吹鼓员三人，江南鼓员二人，淮南鼓员四人，巴俞鼓员三十六人，歌鼓员二十四人，楚严鼓员一人，梁皇鼓员四人，临淮鼓员三十五人，兹邡鼓员三人，凡鼓十二，员百二十八人，朝贺置酒陈殿下，应古兵法……沛吹鼓员十二人，族歌鼓员二十七人，陈吹鼓员十三人，商乐鼓员十四人，东海鼓员十六人，长乐鼓员十三人，缦乐鼓员十三人，凡鼓八，员百二十八人，朝贺置酒，陈前殿房中，不应经法。治竽员五人，楚鼓员六人，常从倡三十人，常从象人四人，诏随常从倡十六人，秦倡员二十九人，秦倡象人员三人，诏随秦倡一人，雅大人员九人，朝贺置酒为乐。楚四会员十七人，巴四会员十二人，铫四会员十二人，齐四会员十九人，蔡讴员三人，齐讴员六人，竽瑟钟磬员五人，皆郑声，可罢。师学百四十二人，其七十二人给大官挏马酒，其七十人可罢。大凡八百二十九人，其三百八十八人不可罢，可领属大乐，其四百四十一人不应经法，或郑卫之声，皆可罢。"奏可。参见（汉）班固《汉书》，中华书局 1964 年版，第 1073—1074 页。

们为提高艺伎水平不免会吸取民间的谣谚艺术养分，甚至他们自己也多是谣谚的创作者和传播者。所以，民间大量歌舞艺人向都市发展的现象，无意中促进了汉代谣谚文化向统治阶层更快地传播。

由以上分析可知，在汉代，谣谚由民间向统治阶层的传播是一种非常重要的传播方式。传播途径除了民间谣谚自发地向统治阶层传播外，统治阶层还通过一些方式促成了这种传播，如遣使巡行、采集歌谣等政策。此外，往来于城乡之间的各类商人在谣谚的传播上也起到了一定的推动作用。不管通过哪种途径传播，谣谚从下层民间传播到统治阶层中，都会产生一定的影响。最大的影响就是统治者通过谣谚"观风俗、知薄厚"，并以此作为决定官吏黜退或升迁的参照。① 具体到统治阶层的生活中，如文帝思淮南厉王、② 董卓滥杀并改歌名等，③ 都是直接受到了谣谚传播的影响。甚至那些得以保存在文人典籍中的民间谣谚作品到今天还能为我们所见所知，都可归结为这种传播方式下的结果。

（四）统治阶层向民间的传播

文人官吏并不以谣谚为其主要文体创作样式，虽然他们之间也有品评性、标榜性的文人谣传播，但这种谣谚的内容并不适合下层

---

① 如《后汉书》卷五七《刘陶传》载："光和五年，诏公卿以谣言举刺史、二千石为民蠹害者"，注曰："谣言谓听百姓风谣善恶而黜陟之也。"参见（南朝宋）范晔撰，（唐）李贤等注《后汉书》，中华书局1965年版，第1851页。

② 《史记》卷一一八《淮南衡山列传》：孝文十二年，民有作歌歌淮南厉王曰："一尺布，尚可缝。一斗粟，尚可舂。兄弟二人不能相容。"上闻之，乃叹曰："尧舜放逐骨肉，周公杀管蔡，天下称圣。何者？不以私害公。天下岂以我为贪淮南王地邪？"乃徙城阳王王淮南故地，而追尊谥淮南王为厉王，置园复如诸侯仪。参见（汉）司马迁《史记》，中华书局1963年版，第3080—3081页。

③ 《后汉书》卷一〇三《五行志》载："灵帝中平中，京都歌曰：'承乐世董逃，游四郭董逃，蒙天恩董逃，带金紫董逃，行谢恩董逃，整车骑董逃，垂欲发董逃，与中辞董逃，出西门董逃，瞻宫殿董逃，瞻城董逃，日夜绝董逃，心摧伤董逃。'案'董'谓董卓也，言虽跋扈，纵其残暴，终归逃窜，至于灭族也。"注引杨孚《卓传》曰："卓改为董安"，又引《风俗通》曰："卓以董逃之歌主为己发，大禁绝之，死者千数。"参见（南朝宋）范晔撰，（唐）李贤等注《后汉书》，中华书局1965年版，第3284页。

民众的需求。所以，统治阶层向民间传播的谣谚只是单纯地表现在他们为自身利益而比附或伪作的谣谚上。他们创作这种歌谣谚语并特意放到民众间去传播，实为政治阴谋，目的是以此来引导民心向背。如上文我们提到王莽篡位前，为制造民意根据，派"风俗使者"到各地考察民情民俗，并伪作民间歌谣颂扬他的功德之事，即是证明。此外，汉代出现的大量具有预言性功能的谶谣（童谣），亦是政治阴谋利用群众心理的表现。对于广大民众来说，谶谣内容上的"神秘性"会激发他们的好奇心，谶谣所具有的音乐性、韵律性也在一定程度上迎合了民众的娱乐需求。所以，这类谣谚从统治阶层下传到民间会有传播的市场所在。当然，谶谣也不一定只是在下层民众间传播，其他阶层间也有适宜这类谣谚传播的社会思想（谶纬之学）。

以上我们按照阶级关系的划分从四个方面分析了汉代谣谚的社会传播情况。从中可以看出，下层民众间的相互传播和民间向统治阶层的传播，是汉代谣谚的两种主要传播方式。虽然我们是按照阶级关系的划分来考察汉代谣谚传播的，但是也要看到，各阶层之间的文化传播是交叉进行的，由于社会活动的复杂性，在一些情况下所产生的谣谚作品并没有严格的阶级属性之分。据此，我们尤其要注意到从军队中过渡传播的谣谚作品，如汉高祖北击匈奴时期产生的《平城歌》，[1] 应该就是从军队中首先传播开来，并风行于整个社会的歌谣。这种由军队这一特殊群体创作传播的谣谚，是汉代谣谚传播的一种特殊方式，应予以区别看待。

二　汉代谣谚传播的载体

谣谚是口耳相传的艺术，也就是说其传播多依赖于人的声音。

---

① 《汉书》卷九四《匈奴传》载："高帝自将兵往击之……高帝先至平城，步兵未尽到，冒顿纵精兵三十余万骑围高帝于白登，七日，汉兵中外不得相救饷……（樊）哙为上将军，时匈奴围高帝于平城，哙不能解围。天下歌之曰：'平城之下亦诚苦。七日不食，不能彀弩。'"参见（汉）班固《汉书》，中华书局1964年版，第3753、3755页。

不管是下层民众间的相互传播，还是民间向统治阶层的传播，抑或文人间的相互传播都侧重于此。

但是随着谣谚艺术本身的发展以及人们对其功能的应用，出现了更为通用的传播载体，即文字。文字传播在春秋战国时期已经出现，至汉代更为明显。最为直观者就是文人把其录入典籍中，这在为后人提供材料和艺术借鉴的同时，也使前世更多的谣谚作品为后人所熟知，从而避免了口耳相传中的遗失或变异。举例来看，像夏周时期的谣谚保存在春秋战国时期的典籍中，汉人司马迁在作《史记》时多有引用。反过来看，司马迁在《史记》中保存的谣谚，到班固作《汉书》时同样还可以得到新的引用。这里仅举一例即能看出以文字作为载体传播的效果，司马迁《史记》卷一〇〇《季布传》载：

> 楚人曹丘生，辩士，数招权顾金钱。事贵人赵同等，与窦长君善。季布闻之，寄书谏窦长君曰："吾闻曹丘生非长者，勿与通。"及曹丘生归，欲得书请季布。窦长君曰："季将军不说足下，足下无往。"固请书，遂行。使人先发书，季布果大怒，待曹丘。曹丘至，即揖季布曰："楚人谚曰：'得黄金百，不如得季布一诺'，足下何以得此声于梁楚间哉？且仆楚人，足下亦楚人也。仆游扬足下之名于天下，顾不重邪？何足下距仆之深也！"季布乃大说，引入，留数月，为上客，厚送之。季布名所以益闻者，曹丘扬之也。①

班固《汉书》卷三七《季布传》亦载：

> 辩士曹丘生数招权顾金钱，事贵人赵谈等，与窦长君善。

---

① （汉）司马迁：《史记》，中华书局1963年版，第2731—2732页。

布闻，寄书谏长君曰："吾闻曹丘生非长者，勿与通。"及曹丘
生归，欲得书请布。窦长君曰："季将军不说足下，足下无往。"
固请书，遂行。使人先发书，布果大怒，待曹丘。曹丘至，则
揖布曰："楚人谚曰'得黄金百，不如得季布诺'，足下何以得
此声梁楚之间哉？且仆与足下俱楚人，使仆游扬足下名于天下，
顾不美乎？何足下距仆之深也。"布乃大说。引入，留数月，为
上客，厚送之。布名所以益闻者，曹丘扬之也。①

　　司马迁和班固在论及季布与曹丘生之间的事迹时，都提到了谚语：
"得黄金百，不如得季布一诺。"但这首在西汉初年流传于梁楚间的谚
语，到东汉时期是否还会在民间流传，没有十分的可能。但是，司马
迁将其记录于《史记》之中，就为班固治《汉书》提供了借鉴。从
《汉书》与《史记》对这段事迹的行文表述上来看，二者也没有多少
区别，所以可以肯定地说，班固借鉴了《史记》，这则谣谚也随之得
以保存在了《汉书》之中，为其继续在东汉传播提供了可能。

　　其实，《汉书》借鉴《史记》内容的地方还有多处，其中像
《汉书·韩安国传》《汉书·司马相如传》《汉书·李广传》等篇，
都有班固对《史记》同一人物传记中的谣谚作品加以转录的现象。②
班固在作史书时如此，汉代其他文人从《史记》或其他典籍中了解
前世谣谚作品的情形也应不在少数。由此可以看出，在汉代，谣谚
作品靠文字传播已经成为一种重要的途径。正是因为有了文字传播，
才方便了后世文人对某个时期的谣谚作品进行辑录，以及人们对某
个时期的谣谚文化进行深刻的认识。同样是这样的原因，使我们到

---

①　（汉）班固：《汉书》，中华书局1964年版，第1978页。
②　《史记》卷一〇八《韩长孺列传》载韩安国引语："虽有亲父，安知其不为虎？
虽有亲兄，安知其不为狼？"《汉书》卷五二《韩安国传》与之同；《史记》卷一一七
《司马相如列传》载司马相如《上谏猎书》中引鄙谚："家累千金，坐不垂堂"，《汉书》
卷五七《司马相如传》与之同；《史记》卷一〇九《李将军列传》司马迁引谚："桃李不
言，下自成蹊"，《汉书》卷五四《李广苏建传》与之同。

今天还能看到汉代数量众多的谣谚作品，并对其加以研究。

在谣谚作品的文字传播中，书面传播是最主要的方式，此外，文字传播还有另外两种途径，即碑刻和题壁。

先来看碑刻。上文述及，东汉桓帝时期，儒生和朝廷官员为了对抗宦官集团而结成党派，且"共相标榜，指天下名士，为之称号。上曰'三君'，次曰'八俊'，次曰'八顾'，次曰'八及'，次曰'八厨'，犹古之'八元'、'八凯'也"（《后汉书·党锢列传》序）。为把每位名士都团结到一起，太学生们作有多首七言谣共相标榜，而传播的方式就是"刻石立埠，共为部党"（《后汉书·党锢列传》序）。从汉代文人作品中也能窥测到这一传播方式的信息，如班固《幽通赋》言："宣曹兴败于下梦兮，鲁卫名谥于铭谣。妣聆呱而劾石兮，许相理而鞫条。"而更为直接的证明则是出土的实物。明代万历年间，在陕西出土了汉灵帝年间所立的《郃阳令曹全碑》，碑文曰："君讳全，字景完。敦煌效谷人也……贤孝之性，根生于心。收养季祖母，供事继母，先意承志，存亡之敬，礼无遗阙。是以乡人为之谚曰：'重亲致欢曹景完。'易世载德，不陨其名……"① 又，《全唐文》卷三五四《后汉酆亭乡侯蒋澄碑》载曰："父（蒋）横，大将军浚遒侯……初遭祸薨也，为司隶羌路所谮……时童谣曰：'君用谗慝，忠烈是殛。鬼怨神怒，妖气充塞。'帝以觉悟。"②

至于题壁，典籍中虽然没有明确的记载，但是我们也能从中找出一些蛛丝马迹。最明显的例子就是东汉末年张角在部署黄巾军起义的过程中，靠谶谣"苍天已死，黄天当立，岁在甲子，天下大吉"作为起义宣传的口号时，"以白土书京城寺门及州郡官府，皆作'甲子'字"。③

在汉代，谣谚虽然有书面、碑刻、题壁这些文字传播的载体，

---

① 参见（清）严可均辑《全后汉文》卷一〇五，商务印书馆 1999 年版，第 1055 页。

② （清）董诰等编：《全唐文》，中华书局 1983 年版，第 3586 页。

③ （南朝宋）范晔撰，（唐）李贤等注：《后汉书》卷七一《皇甫嵩传》，中华书局 1965 年版，第 2299 页。

但它们并不是主流，只能作为口耳传播的辅助形式。在我国古代以农业为主体的大环境下，谣谚作为普通大众间的文化样式，无论到何时，最可能的还是靠口耳相传，即诉诸声音。即使文人对谣谚有了很大的关注，但文字的记载总是滞后于民间的创作，从文字中得以了解前世谣谚文化内涵的也多为文人自己。当然也不可否认，文人利用他们的文笔为我们留下了不可多得的谣谚资料，使我们至今对古代谣谚文化还有瞻怀的可能。

三　汉代谣谚传播中的变异

　　一种文化艺术，自有了传播始也就有了变异。变异因程度的大小可分为两种：或是从一种文化样式发展为另一种新的文化样式，即"质变"；或是一种文化艺术中的某件作品在其特质范围内的随意性变化，即"量变"。而汉代谣谚文化在其传播过程中的变异以后者为主。相对于靠文字、图画等载体来传播的文化作品来说，谣谚这种主要靠声音传播的艺术，因人多口杂、传之久远，故产生变异的可能性较大。

　　口耳相传中的变异，是我们可想而知的事情，但其中的具体演变情形，因年代久远我们不可获知。好在谣谚还有另外的传播载体，即"文字"，当传播于各个时段的谣谚作品诉诸不同时期文人的书面记载后，通过文本对比，我们就能够直接看到这首谣谚在流传中的变异情况了。从汉代各种典籍或后世典籍对同一首谣谚作品的记载上来看，我们大概能总结出以下几个方面的变异情况。

　　（一）字脱

　　如前文所述《史记》卷一一八《淮南衡山列传》中载及的民为淮南厉王歌，写为："一尺布，尚可缝。一斗粟，尚可春。兄弟二人不能相容。"① 而《汉书》卷四四《淮南厉王刘长传》则记为："一

---

　　① （汉）司马迁：《史记》，中华书局 1963 年版，第 3080 页。

尺布，尚可缝。一斗粟，尚可舂。兄弟二人，不相容。"① 又如《史记》卷一〇八《韩长孺列传》载韩安国引语："虽有亲父，安知其不为虎？虽有亲兄，安知其不为狼？"② 而《汉书》卷五二《韩安国传》则写为："虽有亲父，安知不为虎？虽有亲兄，安知不为狼？"③ 从这里看出的是口耳相传中的随意性，但并不影响作品的整体含义。

（二）字变

如《韩诗外传》载鄙语曰："不知为吏，视已成事。"④ 而《汉书》卷四八《贾谊传》所载贾谊《治安策》则记为："不习为史，视已成事。"⑤ 又如《汉书》卷二七《五行志》载成帝时童谣："燕燕尾涎涎，张公子，时相见。"⑥《玉台新咏》则记为："燕燕尾殿殿。张公子，时相见。"⑦《后汉书》卷一〇三《五行志》载桓帝初京都童谣："城上乌，尾毕逋……河间姹女工数钱……"李贤注曰："一本作'妖女'。"⑧《后汉书》卷七八《宦者传·单超传》载天下为四侯语："左回天，具独坐，徐卧虎，唐两堕。"李贤注曰："诸本'两'或作'雨'也。"⑨

"字变"现象又可具体分为两类。一是同音异字。如《史记》卷五四《曹相国世家》载百姓歌（画一歌）曰："萧何为法，顜若画一。曹参代之，守而勿失。载其清净，民以宁一。"⑩

---

① （汉）班固：《汉书》，中华书局 1964 年版，第 2144 页。

② （汉）司马迁：《史记》，中华书局 1963 年版，第 2860 页。

③ （汉）班固：《汉书》，中华书局 1964 年版，第 2397 页。

④ （汉）韩婴撰，许维遹校释：《韩诗外传集释》卷五"第十九章"，中华书局 1980 年版，第 188 页。

⑤ （汉）班固：《汉书》，中华书局 1964 年版，第 2251 页。

⑥ （汉）班固：《汉书》，中华书局 1964 年版，第 1395 页。

⑦ （南朝陈）徐陵编，（清）吴兆宜注，穆克宏点校：《玉台新咏笺注》卷九，中华书局 1999 年版，第 391 页。

⑧ （南朝宋）范晔撰，（唐）李贤等注：《后汉书》，中华书局 1965 年版，第 3282 页。

⑨ （南朝宋）范晔撰，（唐）李贤等注：《后汉书》，中华书局 1965 年版，第 2521 页。

⑩ （汉）司马迁：《史记》，中华书局 1963 年版，第 2031 页。

而《汉书》卷三九《萧何曹参传》载百姓歌（画一歌）写为：
"萧何为法，讲若画一。曹参代之，守而勿失。载其清靖，民以宁
壹。"① 二是同义字异。如《汉书》卷二九《沟洫志》载郑白渠
歌："泾水一石，其泥数斗。且溉且粪，长我禾黍。"② 而《风俗通
义》卷十《山泽·渠》则记为："泾水一石，其泥数斗。且溉且
粪，长我稷黍。"③

以上均是"字变"情况相对简单的例子，还有个别谣谚在历
史流传过程中经历了较为复杂的文字变化。如《淮南子》卷十一
《齐俗训》引谚曰："鸟穷则噣，兽穷则觕，人穷则诈。"何宁案
曰："《荀子·哀公篇》：'鸟穷则啄，兽穷则攫，人穷则诈'，又
《韩诗外传》二：'鸟穷则啮，兽穷则啄，人穷则诈'，此《淮南》
所本。又《大藏音义》二、又九引作'鸟穷则搏，兽穷则攫'；二
十引作'兽穷则攫'；四十三引作'兽穷则攫，鸟穷则啄'；六十
二引作'鸟穷则啄'。"④

从以上"字变"现象可以看出，谣谚诉诸文字后，在不同典籍
中的记载情况因人而异。

（三）衍字

如《汉书》卷八七《扬雄传下》载京师为扬雄语："惟寂寞，
自投阁。爰清静，作符命。"唐人颜师古注曰："今流俗本云：'惟寂

---

①　（汉）班固：《汉书》，中华书局 1964 年版，第 2021 页。

②　（汉）班固：《汉书》，中华书局 1964 年版，第 1685 页。

③　（东汉）应劭撰，吴树平校释：《风俗通义校释》，天津人民出版社 1980 年版，第
392 页。

④　关于这首谣谚在流传过程中文字变异的详细情形，何宁考释到："案《说文》：
'噣，喙也。''啄，鸟食也。'是'噣'乃'啄'之借字。《玉篇》：'觕，古觸字。'盖后
人不识'噣'、'觕'二字，故依《荀子》改之也。又《礼记·儒行篇》云：'蛰虫攫
搏。'正义曰：'以脚取之谓之攫，以翼击之谓之搏。'既改'觕'为'攫'，故又或改
'噣'为'搏'耳。《意林》引作'鸟穷则啄，兽穷则触，人穷则诈。峻刑严法，不可以
禁奸'。或高本如是也。而字不作'攫'、'搏'，亦二字出后人臆改之证。"详见何宁《淮
南子集释》，中华书局 1998 年版，第 815 页。

192 两汉谣谚发展与传播研究

惟寝，自投于阁。爱清爱静，作符命。'妄增之。"① 又如《后汉书》卷六六《陈蕃传》载陈蕃上疏引鄙谚："盗不过五女门。"② 而《颜氏家训》卷一《治家》篇则记为："盗不过五女之门。"③ 这也是谣谚口耳相传中的随意性所致。

（四）词变、句变

如《后汉书》卷一〇三《五行志》载桓帝时期童谣："小麦青青大麦枯，谁当获者妇与姑。"④《玉台新咏》则作为："大麦青青小麦枯，谁当获者妇与姑。"⑤ 又如《汉书》卷八四《翟方进传》载汝南鸿隙陂童谣："坏陂谁？翟子威。饭我豆食羹芋魁。反乎覆，陂当复。谁云者？两黄鹄。"⑥ 而《后汉书》卷八二《方术传上·许杨传》则记为："败我陂者翟子威，饴我大豆，亨我芋魁。反乎覆，陂当复。"⑦ 再如《后汉书》卷七九《儒林传下·周泽传》载时人为周泽语："生世不谐，作太常妻，一岁三百六十日，三百五十九日斋。"⑧ 而唐代徐坚《初学记》卷一二《职官部下·太常卿》引汉应劭《汉官仪》则记为："居代不谐，为太常妻。一岁三百六十日，三百五十九日斋，一日不斋醉如泥，既作事，复低迷。"⑨ 可见，词变、句变现象使个别谣谚作品发生了较为明显的变异。

通过上面的叙述可以看出，谣谚作品从口耳相传到诉诸文字后，将不同时期的文献进行对比，总能发现一些谣谚的变异情况。不管是口耳相传中的演变，还是书面传抄中的讹误，均是谣谚在传播过

---

① （汉）班固：《汉书》，中华书局 1964 年版，第 3584—3585 页。

② （南朝宋）范晔撰，（唐）李贤等注：《后汉书》，中华书局 1965 年版，第 2161 页。

③ 王利器：《颜氏家训集解》（增补本），中华书局 1996 年版，第 51 页。

④ （南朝宋）范晔撰，（唐）李贤等注：《后汉书》，中华书局 1965 年版，第 3281 页。

⑤ （南朝陈）徐陵编，（清）吴兆宜注，穆克宏点校：《玉台新咏笺注》卷九，中华书局 1999 年版，第 392 页。

⑥ （汉）班固：《汉书》，中华书局 1964 年版，第 3440 页。

⑦ （南朝宋）范晔撰，（唐）李贤等注：《后汉书》，中华书局 1965 年版，第 2710 页。

⑧ （南朝宋）范晔撰，（唐）李贤等注：《后汉书》，中华书局 1965 年版，第 2579 页。

⑨ （唐）徐坚等：《初学记》，中华书局 1962 年版，第 302 页。

程中客观存在的现象。一首谣谚作品与前时代相比在文字上产生差
异，大概由两种情形导致：一是文人严格按照其所处时代的流传版
本来记载谣谚，也就是说随着历史的发展，谣谚作品在口耳相传中
确实发生了变异；二是文人在行文中引用谣谚时太过随意，从而导
致了讹误。但不管怎样，这些书面语中记载的谣谚作品在后世看来，
往往是多个版本的并存，也就是说变异已是客观存在的事实。不过
从变异的程度上来看，不管是字脱、字变、衍字，还是词变、句变，
都固守在作品内涵允许的外延之内。

　　当然，随着历史的进一步发展，汉代的谣谚作品还会继续发生
变异。离汉代越遥远，某一具体作品所发生变异的可能性就越大。
举例来看，如逯钦立《先秦汉魏晋南北朝诗》卷三《汉诗·谣辞》
中辑录的《汝南鸿隙陂童谣》：

　　　　《汉书》曰：汝南旧有鸿隙大陂。郡以为饶。成帝时。关东
　　数水。陂溢为害。翟方进为相。与御史大夫孔光共遣掾行视。
　　以为决去陂水。其地肥美。省堤防费而无水忧。遂奏罢之。及
　　翟氏灭。乡里归恶。言方进请陂下良田不得而奏罢陂云。王莽
　　时。常枯旱。郡中追怨方进。时有童谣云云。子威。方进字。
　　　　坏陂谁（《后汉书》作"败我陂者"。《水经注》作"败我
　　陂"。《类聚》作"怀我陂"），翟子威。饭（《后汉书》作"饴"）
　　我豆（《类聚》脱"豆"字）食（《后汉书》作"大豆"）羹
　　（《后汉书》作"亨我"二字。《御览》误作"美"）芋葵。（《后
　　汉书》作"魁"。《类聚》、《白帖》、《御览》并同）反（《白
　　帖》作"及"）乎（《白帖》无"乎"字）覆，陂当复。谁云
　　（《白帖》作"言"。《御览》同）者？（《白帖》无"者"字）
　　两黄鹄。[1]

---

① 逯钦立辑校：《先秦汉魏晋南北朝诗》，中华书局1988年版，第127页。

又如逯钦立《先秦汉魏晋南北朝诗》卷八《汉诗·杂歌谣辞》载《桓帝初城上乌童谣》：

> 《后汉书》曰：桓帝之初。京师童谣。按此皆为政贪也……
> 城上乌，尾毕逋（《初学记》此下有"一年生九雏"五字。《白帖》、《御览》或同。可据补）。公为吏，子（《玉台》作"儿"。《类聚》、《初学记》、《白帖》同）为徒。一徒死，百乘车。车班班，入（《玉台》作"至"）河间，河间姹（《灵帝纪》作"姹"。《玉台》作"婉"，误）女工（《玉台》作"能"。《类聚》同）数钱。以（《玉台》无"以"字）钱（"以钱"二字，《类聚》只作"银"字）为室金为堂。石（《玉台》作"户"。《类聚》同）上慊慊（《类聚》作"膴膴"）春黄粱（上五字《玉台》作"春膴梁膴"）。梁（《玉台》"梁"下有"之"字）下有悬（《类聚》无"悬"字）鼓，我欲击之丞卿（《玉台》作"相"。《类聚》、《文选补遗》同。《御览》或作"丞相卿"）怒。①

仅此二例即可看出，汉代谣谚作品在后世的变异情况是多么复杂！逯钦立在《先秦汉魏晋南北朝诗》中收录谣谚作品时，对每首谣谚在后世的变异情形都有标示。从中可以看出，汉代流传下来的歌谣作品基本上都发生了变异。其实，不仅包括内容含量较多的歌谣作品，即便是简单上口的谚语在后世也多有变化，如"贵易交，富易妻"（《后汉书》卷二六《宋弘传》），在唐代徐坚《初学记》卷十《驸马》中作："富易交，贵易妻。"② 又如"生男如狼，犹恐其尪。生女如鼠，犹恐其虎"（班昭《女诫·敬慎》），《资治通鉴》

---

① 逯钦立辑校：《先秦汉魏晋南北朝诗》，中华书局 1988 年版，第 219—220 页。
② （唐）徐坚等：《初学记》，中华书局 1962 年版，第 248 页。

注引曹大家《女诫》写为："生男如狼，犹恐如羊；生女如鼠，犹恐如虎。"①

另外，谣谚作品除了在其特质规范内的量变外，随着历史文化的不断发展以及人们对其多方面的关注与应用，某些谣谚还会产生质的变化。最为明显的例子就是个别谣谚在流传的过程中转变为成语。如"欲投鼠而忌器"（贾谊《治安策》），后世发展为成语"投鼠忌器"；"得黄金百，不如得季布一诺"（《史记·季布传》），后世发展为成语"一诺千金"。这些成语一直到现在还应用于我们的日常生活中，以此更可看出谣谚的长久魅力所在。

综上所述，汉代谣谚从产生到流传开来，在当时已经表现为复杂的传播情况，同阶层并各阶层之间夹杂着不同的传播方式与途径。除靠口耳相传外，文字作为汉代谣谚传播的载体同样发挥着重要的作用。汉代谣谚在后世的继续流传中，又产生了复杂的变异情况，这从各个时期文人典籍的记载中能得到明确的认识。

---

① （宋）司马光编著，（元）胡三省音注：《资治通鉴》卷一九七《唐纪·太宗贞观》，中华书局 1956 年版，第 6208 页。

第七章　两汉谣谚文化兴盛的
原因及其影响

　　前文已经述及，我国谣谚文化源远流长，它的兴起应在文字产生之前。先秦时期，我国古代谣谚文化已经呈现出蓬勃发展的趋势，很多谣谚作品亦见载于各类典籍中。汉代继承了这一趋势，在此基础上创造了谣谚文化的盛世。汉代谣谚不仅数量多、类别多，而且涵盖时间长、地域分布广。汉代谣谚文化繁盛局面的出现不是偶然的，其原因是谣谚艺术本身发展、官方相关政策、民众对其精神需求三个方面共同影响下的结果。汉代谣谚奠定了后世谣谚艺术发展的基础，且对当时和后世的世风世俗、文人文学产生了一定的影响。

一　谣谚文化在民众间的自发传承

　　汉代谣谚文化直接承前世而来。从某一文化作品的传播上来看，有传承，则不可避免遗漏。尤其像谣谚这种主要靠口耳相传的文化类型，遗失的可能性更大。但是，在文化传承的过程中又是新作品、新特点不断涌现的过程，在这一过程中，前世文化对后世同类文化的发展起着重要的影响作用。那么，谣谚文化从先秦到两汉是一个怎样的传承方式呢？对此可从以下几个方面来看。

　　（一）具体谣谚作品的传承

　　谣谚的主要表现形式为口头文化，其流传方式主要是民众间的自发传播。可想而知，因缺少文人的记录，随着时间的推移，一些谣谚作品难免会亡佚。尤其是那些时事性较强的谣谚，主要反映一时一地的突出事例或社会现象，时过境迁，这些作品也就失去了流传的魅力。

　　但是，随着社会文化及谣谚艺术本身的发展，到了春秋战国时期，一些与政治事件相关的歌谣作品，始被记录于典籍之中，且一直传到汉代。如周宣王时的童谣："檿弧箕服，实亡周国"（《国语·郑语》），到了汉代，在《史记·周本纪》《汉书·五行志》和刘向《列女传》中都有传录；《左传·昭公二十五年》载师已引文武之世童谣："鸜之鹆之，公出辱之。鸜鹆之羽，公在外野。往馈之马，鸜鹆跦跦……"① 此谣在《史记·鲁世家》《汉书·五行志》中也有引录。此外，还有一些前世的歌谣作品，首次见载于汉代的典籍之中。如春秋时期晋惠公时童谣："恭太子更葬矣，后十四年，晋亦不昌，昌乃在兄"，记录在《史记·晋世家》《汉书·五行志》中；战国时期赵国百姓间流传的童谣："赵为号，秦为笑。以为不信，视地上生毛"，记录在《史记·赵世家》《风俗通·皇霸》篇中；楚人谣："楚虽三户，亡秦必楚"，记录在《史记·项羽本纪》《汉书·项籍传》《风俗通·皇霸》篇中；等等。从此类情形中，更可看出谣谚善于口耳流传的特性以及在自发传播过程中对后世文人的影响。

　　能够在历史中保持着长久传承的，往往是那些具有哲理性和长期应用性的谚语。它们往往形式短小、朗朗上口、易于记诵，更有利于口耳相传。所以我们能在文史资料中看到更为久远的谚语，如《国语》《左传》《孟子》《韩非子》《战国策》等典籍中保存下来多首先秦时期的谣谚。其中像《孟子·梁惠王》下篇载晏子引夏谚："吾王不游，吾何以休。吾王不豫，吾何以助。一游一豫，为诸侯度"，②《左传·隐公十一年》载羽父引周谚："山有木，工则度之。

---

① （清）阮元校刻：《十三经注疏·春秋左传正义》，中华书局 1980 年版，第 2109 页。
② （清）阮元校刻：《十三经注疏·孟子注疏》，中华书局 1980 年版，第 2675 页。

宾有礼，主则择之"，①《左传·桓公十年》载虞叔引周谚："匹夫无罪，怀璧其罪"，② 等等，都是流传更为久远的谚语。到了汉代，人们从这些典籍中依然能够窥测到前世这些谣谚作品及其反映的信息。当然，这些谚语虽被记录于典籍之中，但不一定只是靠文字来传播的，也有可能是靠口耳相传流播至汉代的。首次见载于汉代典籍中的前世谚语，如周谚："君子重袭，小人无由入；正人十倍，邪辟无由来"（见贾谊《新书·容经》篇）、"囊漏贮中"（见贾谊《新书·春秋》篇）等，这些就很可能是靠口耳相传流播至汉代的作品，到汉代得到了文人的记录。

可以看出，先秦时期的很多谣谚作品流传到了汉代，这是我们从典籍的考察之中直接看到的情况。具体到实际中，因史料的缺乏我们不可获知，但可以想象，民间口耳相传流传至汉代的谣谚作品应该更多。这些作品在汉代的传播，不仅直接丰富了汉代社会谣谚文化的内容，而且为汉人创作新的谣谚作品提供了可资借鉴的艺术样式。

（二）谣谚艺术形式的传承

谣谚在传播的过程中，不只是谣谚作品本身的传承，更重要的是谣谚这一艺术形式上的传承。一个具体的谣谚作品可能随着时间的推移，或是渐渐亡佚了，或是渐渐失去了继续流传的可能。但某些谣谚的艺术形式，包括其中运用的艺术手法，在民众心中会永葆活力。人们受其影响或启发，会创作出越来越多的谣谚作品。

谣谚在其简洁的体式内，其创作一直保持着灵活多样的句式与结构。考察汉代谣谚的形式、风格及艺术特征，其中一些与周秦时期几乎没有区别。从句式上看，从一句一首、二句一首，到多句一首皆有。先秦时期一句一首的短谚有"狼子野心"（《左传·宣公四

① （清）阮元校刻：《十三经注疏·春秋左传正义》，中华书局1980年版，第1735页。
② （清）阮元校刻：《十三经注疏·春秋左传正义》，中华书局1980年版，第1755页。

年》)、"老将知而耄及之"(《左传·昭公元年》)、"臣一主二"(《左传·昭公十三年》)等。而汉代则有"利令智昏"(《史记·平原君虞卿列传》司马迁引)、"欲投鼠而忌器"(贾谊《治安策》)、"盗不过五女门"(《后汉书·陈蕃传》)等。谣谚作品中较多的四言二句体,先秦时期有"匹夫无罪,怀璧其罪"(《左传·桓公七年》);"辅车相依,唇亡齿寒"(《左传·僖公五年》);"非宅是卜,唯邻是卜"(《左传·昭公三年》);"长袖善舞,多钱善贾"(《韩非子·五蠹》);等等。而汉代则有"尺有所短,寸有所长"(《史记·白起王翦列传》司马迁引);"桃李不言,下自成蹊"(《史记·李将军列传》司马迁引);"苛政不亲,烦苦伤恩"(《汉书·薛宣传》);"作舍道边,三年不成"(《后汉书·曹褒传》);等等。其他的三言体至多言体相似的还有很多,这里不再一一列举。

句式与结构的多样性使谣谚创作显得更加灵活有趣,人们在具体的创作过程中,也往往会刻意追求谣谚的形式美、韵律美,以便使作品更具感染力。从上面述及的谣谚作品中也可以看出,对偶、对仗、押韵等手法的应用非常普遍。人们在刻意追求着这些相似的东西,所以谣谚的创作在保持着语言简洁、短小精悍、指意明确这些总体性特征的同时,随着创作过程的继续发展,逐渐表现出趋同模式的创作倾向。还是从句式上看,先秦时期即有模式相同的谣谚作品:"心苟无瑕,何恤乎无家"(《左传·闵公元年》);"心则不竞,何惮于病"(《左传·僖公七年》);"人而无恒,不可以作巫医"(《论语·子路》);"人而无恒,不可以为卜筮"(《礼记·缁衣》)。而到了汉代,这种现象依然持续,且有过之而无不及。上文已提及,汉代谣谚创作除前面提到的多用对称、对偶的结构外,像"前有赵、张,后有三王"(《汉书·王吉传》);"前有召父,后有杜母"(《后汉书·杜诗传》);"前有管鲍,后有庆廉"(《后汉书·廉范传》);"宁见乳虎,无值宁成之怒"(《史记·酷吏列传》);"宁负二千石,无负豪大家"(《汉书·酷吏传》);"宁逢赤眉,不逢太师"（《汉书·王莽传》）；等等。这种"前有……，后有……""宁……，无（不）……"的创作结构，以及"道德彬彬冯仲文"（《后汉书·冯衍传》）、"问事不休贾长头"（《后汉书·贾逵传》）、"关西孔子杨伯起"（《后汉书·杨震传》）、"《五经》从横周宣光"（《后汉书·周举传》）之类的短谚表现出的语言惯性传承等，逐渐在人们心目中形成共同的创作模式，进而使谣谚作品形式上表现出大众化的特征，同时此类谣谚也更能为时人所理解和接受。

形式上的传承，也使某些艺术特征继续保留在固定的样式上，为汉人的继续创作提供了便利。除以上所述之外，汉代谣谚在其他方面也与先秦时期有着很多的相似，如长安语："城中好高髻，四方高一尺。城中好广眉，四方且半额。城中好大袖，四方全匹帛。"（《后汉书·马援传》）春秋战国时期即有"吴王好剑客，百姓多创瘢。楚王好细腰，宫中多饿死"（《后汉书·马援传》）的记载。可见，汉代人不仅在谣谚作品的形式上借鉴了前世，而且在社会意识或社会心理上，也与前世有着一定的渊源。

（三）社会心理的传承

社会心理，是在民众的日常生活中，因自然现象、社会情境或政治文化的影响，在人们之间潜移默化演进成的一种思维定式和普遍的心理倾向。具体到谣谚文化上来看，人们普遍用谣谚抒发情感、发表看法、总结经验等，可以看作一个时期民众文化影响下形成的社会心理作用。

某些谣谚作品之所以具有流传的市场，也正是因为作品的内容或功能适应了一段时期的社会心理。如果再具体一点的话，我们从具有预测性功能的谶谣（或曰童谣）上更容易看出社会心理的形成对谣谚文化的影响作用。历代谶谣的兴盛不衰，正是我国早期神秘文化在各个时期社会心理上存在或影响下的结果。先秦时期这种社会心理已经普遍形成，从周秦时期一些谶谣的创作中可以得到直接的证明。如前文提及《国语·郑语》载周宣王之时的童谣曰："檿弧箕服，实亡周国。"① 这是周宣王时期一则预言西周灭亡的童谣；《史记·晋世家》载儿谣曰："恭太子更葬矣，后十四年，晋亦不昌，昌乃在兄"，② 这则儿谣预言晋惠公必将衰落，要振兴晋国，只有晋文公登位。又如《左传·僖公五年》载卜偃引童谣："丙之晨，龙尾伏辰。均服振振，取虢之旗。鹑之贲贲，天策焞焞。火中成军，虢公其奔"，③ 这是春秋时期预测晋国必灭虢国的一则童谣。这些预言能为时人所接受并产生"震慑"作用，可知谶谣在当时已有广泛的社会心理做基础。

从对谶谣的具体应用上来看，秦末大起义的发起者陈胜、吴广利用谶谣发动群众，半夜篝火呼曰："大楚兴，陈胜王"（《史记·陈涉世家》），司马迁已在书中详细揭示了这一伪作谣谚的过程、动机。东汉末年的黄巾军起义口号"苍天已死，黄天当立，岁在甲子，天下大吉"（《后汉书·皇甫嵩传》），与此相似。《论衡》卷二六《实知》篇载孔子将死，遗下谶书说："不知何一男子，自谓秦始皇，上我之堂，踞我之床，颠倒我衣裳，至沙丘而亡"，④ 这预示了秦始皇将死于沙丘。孔子虽被视为圣人，但也不可能具有预知未来的"神力"，明显是后人的伪作。又如前文所述《左传·昭公二十五年》载师已引文武之世童谣："鸲之鹆之，公出辱之。鸲鹆之羽，公在外野。往馈之马，鸲鹆跦跦。公在乾侯，征褰与襦。鸲鹆之巢，远哉遥遥。裯父丧劳，宋父以骄。鸲鹆鸲鹆，往歌来哭。"⑤ 这则童谣预示着鲁国将会发生灾难，鲁昭公攻打季氏将会失败出逃，鲁定公即位。这则童谣出现的时间比较早（文武之世），预示事情的应验却很晚（春秋时期），可见比附成分更大。

---

① 徐元诰撰，王树民、沈长云点校：《国语集解》，中华书局 2002 年版，第 473 页。
② （汉）司马迁：《史记》，中华书局 1963 年版，第 1651 页。
③ （清）阮元校刻：《十三经注疏·春秋左传正义》，中华书局 1980 年版，第 1795 页。
④ 参见黄晖《论衡校释》，中华书局 1990 年版，第 1069 页。
⑤ （清）阮元校刻：《十三经注疏·春秋左传正义》，中华书局 1980 年版，第 2109 页。

　　拿汉代的谶谣与周秦时期的这些谶谣相比来看，二者本也无异。谶谣与国家政治、政权、国运紧密相连，具有"极强的预示效果"，充满着一定的神秘色彩。再往前推，谶谣应与原始的卜筮、巫术文化有关。从谶谣的流传中也可以看出，在周秦时期谣谚也不仅仅是在下层民众中创作、传播，一些谶谣具有整齐的句式，从用词、造语及所反映的内容上看，明显是文人的作品或经过了文人之手改编。① 汉代一些政治家、阴谋家为某个政治目的也比附或伪作了很多谶谣，这在前文已有所分析，为方便大家观览，再举例如下。

　　如前文所述汉元帝时童谣："井水溢，灭灶烟，灌玉堂，流金门"（《汉书·五行志》），这则童谣的表面意思是：井水溢出，浇灭了灶里的烟火，灌进了殿堂，流进了金门。而汉成帝继位后果然出现了童谣所言的现象：北宫中井泉向上溢出南流。于是有人揭示它的预兆：井水象征着阴，灶烟象征着阳，玉堂、金门象征着皇帝的至尊之居，井水灌进玉堂也就是阴盛而灭阳，有臣下要篡位，占据宫室，并以此比附王莽篡位。

　　汉成帝时歌谣："邪径败良田，谗口乱善人。桂树华不实，黄爵巢其颠。故为人所羡，今为人所怜。"（《汉书·五行志》）从字面上看这则歌谣是对进谗言的邪佞之人的诅咒和对怀才不遇的仁人志士的同情。但此谣也被人解释为预言："桂，赤色，汉家象。华不实，无继嗣也。王莽自谓黄，象黄爵巢其颠也。"② 同样被认为是汉室衰落、王莽篡权的征兆。

　　与以上两首谶谣相似的还有汉成帝时童谣："燕燕尾涎涎，张公子，时相见。木门仓琅根，燕飞来，啄皇孙，皇孙死，燕啄矢。"（《汉书·五行志》）此谣用来预言赵飞燕姊妹的善恶报应。王莽末

---

　　① 这里涉及一些作品的真伪问题，关于先秦时期部分歌谣的真伪，可参考梁启超《中国之美文及其历史》第一章，东方出版社 1996 年版，第 1—15 页。

　　② （汉）班固：《汉书》，中华书局 1964 年版，第 1396 页。

年谶谣："刘秀发兵捕不道，卯金修德为天子。"（《后汉书·光武帝纪》）此谣用来预言刘秀将做天子。更始时期南阳童谣："谐不谐，在赤眉。得不得，在河北。"（《后汉书·五行志》）此谣用来预测更始政权必将覆灭，刘秀政权将最终建立。公孙述割据益州称帝时蜀中童谣："黄牛白腹，五铢当复。"（《后汉书·五行志》）此谣用来预兆汉朝的复兴。灵帝末年京都童谣："侯非侯，王非王，千乘万骑上北芒。"（《后汉书·五行志》）此谣用来预测东汉末大动乱。

由上可以看出，汉代不仅在谶谣的称谓上直取周秦时期的"童谣"，而且也传承了周秦时期的文人、官吏比附或伪作谶谣之风。这些现象的出现从根源上说，主要是因为汉代民众传承了先秦时期已经形成的社会心理，即神秘性观念影响下的心理。从谶谣产生的时期起，它就给人们的心理和思想笼罩上了阴影，此阴影一直传给后世，从而使后人也不自觉地对灵异现象产生敬畏心理，这便是谶谣继续成长壮大的土壤。

可见，一方面是具体作品的传承，直接丰富着汉代谣谚文化的内容；另一方面是艺术形式（包括艺术特征）的传承，为汉人的继续创作提供了便利；再一方面则是社会心理的传承，大量谣谚作品在社会间的流传，直接影响着人们的思想、情感，造成了共同的社会心理，这种共同的社会心理在谶谣的流传中尤能看出。这些都为谣谚文化在汉代的继续发展打下了坚实的基础，为谣谚文化盛世的到来做好了充分的准备。

二　官方相关政策对谣谚文化的影响

一种文化现象能在社会中繁荣起来，并给后世带来重大影响，除这种文化艺术本身的魅力之外，一般还与国家一个时期的相关文化政策分不开，汉代谣谚文化的兴盛即是如此。

先秦时期就出现了采诗制度，如《孟子·离娄下》载："孟子曰：王者之迹熄而《诗》亡，《诗》亡然后《春秋》作。晋之《乘》，楚之《梼杌》，鲁之《春秋》，一也。"① 朱骏声《说文通训定声》说："《孟子》'王者之迹熄而《诗》亡'，'迹'盖'迹'之误。"②《说文解字》言："迹，古之遒人以木铎记诗言。"③ 又，《左传·襄公十四年》载师旷语："故《夏书》曰：'遒人以木铎徇于路。官师相规，工执艺事以谏。'正月孟春，于是乎有之，谏失常也。天之爱民甚矣。"杜预注解："遒人，行人之官也。木铎，木舌金铃。徇于路，求歌谣之言。"④ 虽然传统称法为"采诗"，但真正采集到的应多是包含"谣谚"性质的作品，因为这是"遒人"于民间之路上采得的。上面提到的杜预注中也认为是"采歌谣之言"。正是这一制度使散落于全国各地的诗歌、谣谚汇聚到王庭。也许《诗经》总集的出现确实与此制度存在密切的联系。通过这项以歌谣进行规劝的制度，统治者欲达到"观风俗、知薄厚"的目的。这项制度在给社会政治带来一定影响的同时，又在客观上使先秦时期的诗歌艺术达到前所未有的繁荣程度。汉代多数学者相信周代的采诗制度及其带来的政治效果，这从一些典籍的记载中可以看出，如西汉戴圣编《礼记》卷一一《王制》载：

> 诸侯之于天子也，比年一小聘，三年一大聘，五年一朝。天子五年一巡守，岁二月东巡守，至于岱宗，柴而望祀山川。觐诸侯，问百年者就见之。命大师陈诗，以观民风，命市纳贾，以观民之所好恶，志淫好辟。⑤

---

① （清）阮元校刻：《十三经注疏·孟子注疏》，中华书局 1980 年版，第 2727—2728 页。

② （清）朱骏声编著：《说文通训定声》，中华书局 1984 年版，第 185 页。

③ （汉）许慎：《说文解字》，中华书局 1963 年版，第 99 页。

④ （清）阮元校刻：《十三经注疏·春秋左传正义》，中华书局 1980 年版，第 1958 页。

⑤ （清）阮元校刻：《十三经注疏·礼记正义》，中华书局 1980 年版，第 1327—1328 页。

《孔丛子》卷三《巡守》篇亦载："（古者天子）命史采民诗谣，以观其风。"①《汉书》卷二四《食货志》也载：

> 孟春之月，群居者将散，行人振木铎徇于路，以采诗，献之大师，比其音律，以闻于天子。故曰王者不窥牖户而知天下。此先王制土处民富而教之之大略也。②

此外，《汉书·艺文志》、何休《春秋公羊传·宣公十五年解诂》、刘歆《与扬雄书》也有相似的记载。周代这一文化制度的政治功效，必定会给后世带来一定的影响。秦代已建立了乐府机构，但由于史料缺乏，这一机构的具体运作情形我们不太清楚。但汉代的乐府机构则继承了周代这一文化制度，承担了"采歌谣，观风俗"的任务。《汉书》卷二二《礼乐志》载：

> 至武帝定郊祀之礼……乃立乐府，采诗夜诵，有赵、代、秦、楚之讴。以李延年为协律都尉，多举司马相如等数十人造为诗赋，略论律吕，以合八音之调，作十九章之歌。③

《汉书》卷三〇《艺文志》亦载：

> 自孝武立乐府而采歌谣，于是有代赵之讴，秦楚之风，皆感于哀乐，缘事而发，亦可以观风俗，知薄厚云。④

---

① 傅亚庶：《孔丛子校释》，中华书局 2011 年版，第 152 页。当今多数学者认为《孔丛子》成书于汉魏人之手，对此可参李学勤《竹简〈家语〉与汉魏孔氏家学》，《孔子研究》1987 年第 2 期；黄怀信《〈孔丛子〉的时代与作者》，《西北大学学报》1987 年第 1 期；李存山《〈孔丛子〉中的"孔子诗论"》，《孔子研究》2003 年第 3 期。
② （汉）班固：《汉书》，中华书局 1964 年版，第 1123 页。
③ （汉）班固：《汉书》，中华书局 1964 年版，第 1045 页。
④ （汉）班固：《汉书》，中华书局 1964 年版，第 1756 页。

汉武帝立乐府的目的是为他的政治统治服务，制作许多新的祭祀歌曲以配合大规模的祭祀活动。但宫廷的娱乐活动则需要一些世俗之音来满足享乐需求，所以汉乐府机构又仿效先秦旧制到各地采集歌谣，这在客观上也达到了"观风俗、知薄厚"的社会效果。同时，这一举措采集和保存了全国各地和社会各阶层的歌诗作品，其中包含一些谣谚性质的作品。这必定会使各地谣谚艺术得到发掘、保存和改制，从而扩大了传播范围，提高了影响力。

除此之外，史载汉武帝时期还实行有"巡行"制度，对此上文已有所述及。这一制度直接促成汉代各级官吏对民俗风情的重视，尤其是对民间谣谚文化的看重，这与周代的"采诗"制度更为相似。如果说汉武帝"立乐府"对汉代谣谚文化影响还不算大的话，那么其后汉代官方受"巡行"制度的影响而实行的更为直接的谣谚文化政策，可谓使汉代谣谚文化得到了前所未有的弘扬。《汉书》卷七六《韩延寿传》载：

> （韩）延寿欲更改之，教以礼让，恐百姓不从，乃历召郡中长老为乡里所信向者数十人，设酒具食，亲与相对，接以礼意，人人问以谣俗，民所疾苦，为陈和睦亲爱销除怨咎之路。长老皆以为便，可施行，因与议定嫁娶丧祭仪品，略依古礼，不得过法。①

韩延寿为治理好颍川，而"略依古礼"采取了一些深得民心的措施，其中包括"人人问以谣俗，民所疾苦"，颜师古注曰："谣俗谓闾里歌谣，政教善恶也。"② 可想而知，这种措施客观上定会使颍川之地的谣谚文化兴盛一时。

---

① （汉）班固：《汉书》，中华书局 1964 年版，第 3210 页。
② （汉）班固：《汉书》，中华书局 1964 年版，第 3210 页。

上文提及王莽篡位前为制造民意根据，派"风俗使者"到各地考察民情民俗，并伪作民间歌谣颂扬他的功德。这说明"采歌谣、观风俗"这一文化政策在当时应该非常普及，以至于被政治家、阴谋家所利用。同时，这一政策在客观上也定会促进谣谚作品的继续创作，尤其是文人的创作。

东汉时期，谣谚更加为官方所重，通过谣谚考察政治得失的措施得到更大的发扬，同时也出现了社会各阶层共同创作谣谚的局面。《后汉书》卷七六《循吏列传》序载：

> （光武帝）数引公卿郎将，列于禁坐。广求民瘼，观纳风谣。故能内外匪懈，百姓宽息。自临宰邦邑者，竞能其官。若杜诗守南阳，号为"杜母"，任延、锡光移变边俗，斯其绩用之最章章者也。又第五伦、宋均之徒，亦足有可称谈。然建武、永平之间，吏事刻深，亟以谣言单辞，转易守长。故朱浮数上谏书，箴切峻政，钟离意等亦规讽殷勤，以长者为言，而不能得也。所以中兴之美，盖未尽焉。①

这是叙述光武中兴的一段史料，从中可以看到，光武帝所采取的政治措施有"广求民瘼，观纳风谣"，以此了解各地的吏治情况。并且"亟以谣言单辞，转易守长"，也就是通过谣谚对时政的反映情况，而选拔或黜陟官员。《后汉书》卷八二《方术传》载："和帝即位，分遣使者，皆微服单行，各至州县，观采风谣。"② 《后汉书》卷六七《党锢列传》又载：

> （范滂）复为太尉黄琼所辟。后诏三府掾属举谣言，滂

---

① （宋）范晔撰，（唐）李贤等注：《后汉书》，中华书局1965年版，第2457页。
② （宋）范晔撰，（唐）李贤等注：《后汉书》，中华书局1965年版，第2717页。

奏刺史、二千石权豪之党二十余人。尚书责滂所劾猥多，疑有私故。①

这里提到三府掾属"举谣言"，通过这一措施，范滂弹劾"权豪之党二十余人"，欲达到"忠臣除奸，王道以清"的政治目的。另外，《后汉书》卷六六《陈蕃传》还载及三府为朱震作谚曰："车如鸡栖马如狗，疾恶如风朱伯厚。"② 所谓"三府"，是汉代吏治实行的三公制，即太尉府、司徒府、司空府。由此可见，官方在以谣谚文化"治王道"的同时，还会给自己带来新鲜的创作体裁，这反过来又给时兴的谣谚文化增添了新的色彩。

与谣谚相关的文化政策在东汉非常普及，除以上记载外，在典籍中还能找到很多相关证明。如《后汉书》卷二九《郅恽传》载："立敢谏之旗，听歌谣于路，争臣七人，以自鉴照，考知政理，违失人心，辄改更之"③；《后汉书》卷五七《刘陶传》载："光和五年，诏公卿以谣言举刺史、二千石为民蠹害者"④；《后汉书》卷七五《刘焉传》又载："会益州刺史郤俭在政烦扰，谣言远闻"⑤；《三国志》卷八《公孙度传》亦载："（公孙度）后举有道，除尚书郎，稍迁冀州刺史，以谣言免"⑥。另外，文人著述中也有所体现，如班固《两都赋》："采游童之讙谣，第从臣之嘉颂。"可见这一文化政策给社会造成的影响之深。正是由于这一文化政策产生了重大影响，所以汉代社会兴起了"谣谚热"。谣谚创作、传播深入人心，文人也因此大量引用谣谚进行应对或说理，谣谚艺术逐渐有了更多的社会功能。于是便有政治家、阴谋家利用这一文化现象和政策，伪作谣

① （南朝宋）范晔撰，（唐）李贤等注：《后汉书》，中华书局1965年版，第2204页。
② （南朝宋）范晔撰，（唐）李贤等注：《后汉书》，中华书局1965年版，第2171页。
③ （南朝宋）范晔撰，（唐）李贤等注：《后汉书》，中华书局1965年版，第1033页。
④ （南朝宋）范晔撰，（唐）李贤等注：《后汉书》，中华书局1965年版，第1851页。
⑤ （南朝宋）范晔撰，（唐）李贤等注：《后汉书》，中华书局1965年版，第2431页。
⑥ （晋）陈寿：《三国志》，中华书局1959年版，第252页。

谚，欺罔世人，为自己的政绩或阴谋制造舆论，上面提到的王莽派遣风俗使者"诈作谣谚"即是证明。但这客观上有利于文人谣的创作与发展，这也从反面说明了文化政策给文化事业带来的影响是非常大的。

与东汉这种谣谚文化政策紧密相连的，则是汉代选拔人才实行的察举制、征辟制。这种制度在西汉到东汉初的一段时间里起到过重要的作用，为国家选拔了大批有用之才。但是随着社会政治日益腐败，察举不实的现象日渐严重，尤其到了东汉晚期，甚至出现了"举秀才，不知书；察孝廉，父别居"（《抱朴子·审举》）的现象。选拔官吏时弄虚作假、结党营私，察举制、征辟制逐渐成为豪强、大族安排亲信的工具。与之相配的一个手段就是伪作谣谚、互相标榜，因为以此形成的舆论效果会影响到这些人的声誉和前程。而被排挤在外的知识分子也会结成阵营，利用谣谚相互标榜与其对抗。从此在社会上形成了人物品评的风气，由此衍生出众多程式化的俗谣谚语。前文我们列举了多则品评人物的谣谚，如"间何阔，逢诸葛"（《汉书·诸葛丰传》）；"欲为《论》，念张文"（《汉书·张禹传》）；"谷子云笔札，楼君卿唇舌"（《汉书·楼护传》）；"夜半客，甄长伯"（《后汉书·彭宠传》）；"《五经》复兴鲁叔陵"（《后汉书·鲁恭传》）；"道德彬彬冯仲文"（《后汉书·冯衍传》）；"前有管鲍，后有庆廉"（《后汉书·廉范传》）；"问事不休贾长头"（《后汉书·贾逵传》）；"殿中无双丁孝公"（《后汉书·丁鸿传》）；"关西孔子杨伯起"（《后汉书·杨震传》）；"《五经》从横周宣光"（《后汉书·周举传》）；"荀氏八龙，慈明无双"（《后汉书·荀淑传》）；"天下规矩房伯武，因师获印周仲进"（《后汉书·党锢列传》序）；"贾氏三虎，伟节最怒"（《后汉书·党锢列传》）；"说经铿铿杨子行"（《后汉书·杨政传》）；"《五经》无双许叔重"（《后汉书·许慎传》）；等等。这些具有随意调侃性、标榜性的流行语大部分出自东汉，因是品评人物时所用，其中有些不免脱离实际。但这客观上增长了文人官吏创作谣谚的风气，有助于谣谚文化的发展和繁荣。

通过上面的分析可以看出，谣谚文化的发展与国家相关政策是相辅相成、互促互进的关系。古代典籍中记载的艺术表达方式一般是文人化的，如寓言、赋诗言志等，这些均不能真实地反映民声。而谣谚是适用于广大群众的艺术表达方式，正好弥补了这一缺陷。它们在民众间一代代自发地创作与传承，其中透露出的是真实的民风与民情，这会引起政府的重视，把其看作考察政治得失的工具，因而促使统治阶层采用相关的文化政策加以利用。这些文化政策的实行，不管意图如何，反过来又促进了汉代谣谚文化的创作和传播。

三　社会各阶层对谣谚文化的精神需求

从春秋战国时期，历经短秦，再到汉代大一统局面的完成，也是西周宗法制度和封建领主经济逐渐破灭，新的社会制度和社会关系最终得以确立的过程。这一时代巨变，必然会对人们的思想观念及各类社会文化现象产生重大的影响。汉代新的统治秩序建立后，在新的时代、新的气象之下，谣谚文化也有了十足的发展。下面我们从两个方面来看。

（一）社会环境的转变对民间谣谚文化的促进

在封建领主经济制度下，农奴完全依赖于封建领主，表现出较强的人身依附性。对于广大农奴来说，根本没有什么自由可言，且生活面非常狭窄，所以民众间不可能形成具有广泛群众基础和较大影响力的文化现象。

随着封建地主制社会的建立，西周宗法制社会的经济关系、政治关系、伦理关系和世袭尊卑关系逐渐破灭，取而代之的是相对独立的以个体家庭为主体的农民与地主阶级的经济关系。历经春秋战国和短秦，到了汉代，这种新的社会关系已经普遍确立，广大民众有了更多的自由。随着汉代新的政治制度的确立及宽松的惠民措施的实行，社会经济也有了很大的发展，农业进步、手工业发达、商人活跃、民众富足。随之而起的则是人们交往的扩大和精神需求的提高。在广大民众社会意识逐渐增强的大环境下，人们亟须在群体交往生活中建立一种共享的精神文化。当然，他们没有能力去享受大型歌舞艺术，摆在广大民众面前最直接、最适用的就是谣谚文化。经过民众间的代代积累、传承，谣谚文化已不仅是人们最熟悉的艺术样式，而且它的艺术性及应用性也逐步在增强。正是在这种社会形势下，谣谚适应了时代的需求，其地位逐渐在汉代广大民众间得以确立。

　　汉代之前，谣谚在民众间虽然也有一定的发展，但由于社会制度、社会关系等方面的原因，社会上彰显的是贵族的诗歌艺术。而对于广大民众来说，因缺少人身自由和社会交往，谣谚文化没有在民众间得以广泛发展的可能。正因得不到广大民众的共同"经营"，谣谚只能于群众间小范围内流传，表达的是人们一时一地的情感。所以，随着社会的变迁，这样的谣谚作品也很快消亡了。思想活跃的春秋战国时期，也没有给我们留下多少反映民俗民情的谣谚作品，多是一些具有生活经验性的谚语。

　　而到了汉代，随着新的社会制度的建立和人们精神需要的提高，谣谚逐渐发展为风靡全国的文化艺术，其特点是：谣谚作品数量多、类别多，而且具有更为广阔的流传地域和广大的适用群体。从汉武帝"立乐府"之时，而采集"赵、代、秦、楚之讴"的记载中可以看出，在汉代各地都有地域特色较浓的谣谚文化。正因如此，"乐府"才会在各地采集到多样的谣谚作品来加以改编。另外，从上文我们对汉代谣谚文化的地域考察及创作作者的分析中，均可以看出汉代谣谚文化的这一繁昌程度。

　　由上看来，汉代谣谚文化兴盛的到来与社会环境的改变有很大关系。在汉代相对安定的社会环境下，新的社会关系的建立适应了社会生产力的发展。物质文明的提高，促进了汉代民众对精神文化的进一步需求。谣谚艺术既适应了时代的需要，又适应了群众的口味，所以很快得以在民众间广泛确立。谣谚文化在汉代的深入发展，又取决于汉代较长时期安定的社会环境，这才是文化发展、兴盛与交流得以顺利进行的保障所在。[①]

（二）统治阶层思想的转变对谣谚文化的认定

新的社会性质和统治秩序的建立，也必定会对人们的思想观念产生重大的影响。对于民众来说，多表现为人身的自由、思想的进一步解放，这为民间文化的发展提供了充分的条件；而对于上层的文人官吏来说，则更多地表现为思想的自由、艺术审美对象的扩大，这为民间文化得到认可及各类文化艺术的共同发展与交流，提供了更多的可能。

汉代谣谚文化非常兴盛，文人官吏对这种民间文化载体也有着充分的认识与了解。他们不仅把谣谚用来应对或说理，而且利用谣谚来"观风俗、知薄厚"，甚至他们自己也是谣谚文化的直接创作者。谣谚为什么能够得到汉代文人官吏的如此青睐呢？最根本的原因就是谣谚也适应了他们的口味，谣谚艺术也能满足了他们某方面的精神欲求。

从谣谚的艺术特征上来看，从先秦到汉代，谣谚文化一直保持着其发展特色，保持着短小的结构形式，直露的表达方式。相对于文人诗来说，谣谚创作随意、运用自由，没有严格的规定性。文人在枯燥的政治生活和繁杂的诗文创作中，自然活泼的谣谚能使他们得到轻松一憩。从文人官吏间那些品评性、调侃性的谣谚作品所传达出的幽默与风趣上，也能看出这一点。

当然，文人官吏能对谣谚产生浓厚的兴趣与关注，除了谣谚艺术本身的魅力外，更重要的是人们思想观念的改变对谣谚文化的认

---

① 当然，到了社会动乱时期，人们利用早已成熟的谣谚文化来表达所思所感、是非爱憎，以此来寻求心理安慰，亦是精神需求的表现。

可。先秦时期，在宗法制社会和礼乐文化的背景下，人们处处受到"礼"的制约，文化交往中也多单一地"引诗说理"，而且"歌诗必类"，这在一定程度上阻碍了人们享用谣谚艺术的权利。到了春秋战国时期，随着礼崩乐坏，人们的思想也逐步解放，文人官吏在日常交往间开始突破"礼"，且走出"诗"的规范性，而向民间俗文化倾斜，并引用谣谚进行说理。① 文人官吏对俗乐也产生了由衷的偏好，但毕竟正统的礼乐思想的余韵还很大，这会受到某些"正统人士"的批判。所以，春秋战国时期的谣谚文化在文人官吏间不可能有更大的施展余地。

　　而到了汉代，文人的思想更为自由。先秦的宗法精神已经破灭，代之而起的则是汉代个人私立观念的增强。人们在个体人格和个体意识上做出了更多的思考与追求，社会环境中流露出一股以自我为中心的思想倾向。翻阅汉代文人的诗文，从中可以看到，先秦诗中所体现的那种慷慨激昂、为宗族国家献身的群体精神已经不复存在，而多是从一己利益出发的喜怒哀乐之情的描写。与之相连的则是诗人对平民大众生活的普遍关注，社会现实中的各色人物，如失意文人、游荡浪子、歌妓舞女等都是他们在诗文中描写的对象。他们还把笔触深入下层民众生活的各个方面，对平民百姓的生活也做出生动的描写，并抒发着强烈的感慨。如《妇病行》描写一个病妇家庭的不幸；《孤儿行》描写遭受兄嫂压迫的孤儿；《东门行》描写走投无路的穷汉；等等。除此之外，汉代文人官吏之间还擅长即兴抒情、即兴演唱，如汉高祖酒酣击筑而歌《大风》（《史记·高祖本纪》），东方朔酒酣而歌"陆沉于俗"（《史记·滑稽列传》），商丘成醉歌

---

　　① 查阅《左传》，能看到许多引谚说理的情形，如"羽父引周谚""虞叔引周谚""士芳引谚""宫之奇引谚""孔叔引谚""乐豫引谚""子文引谚""伯宗引谚""羊舌职引谚""刘定公引谚""晏子引谚""子产引谚""子服惠伯引谚""魏子引谚""戏阳速引谚"等。这些引谚说理的人都属于士子、官宦阶层，可见这一时期的谣谚文化已深入统治阶层。当然，"赋诗言志"的传统在此时也依然存在。

"出居，安能郁郁"（《汉书·景武昭宣元成功臣表》），等等。另外，文人士子间的离别赠答，平民百姓间的感于哀乐，也多诉诸歌咏来抒发情感。

可见，汉代文人官吏的思想观念与先秦时期相比，有了很大的改变。他们能对下层贫民的生活进行广泛的关注并诉诸诗文，且能即兴运用小韵小调来抒发情感。以此看来，他们也没有理由拒绝民间反映时俗与真情实感的谣谚艺术。而事实上则是他们对谣谚文化非常青睐，他们不仅对谣谚进行各种应用，而且赋予谣谚更为广泛的社会职能，并且自身也参与到谣谚文化的创作队伍中。从这里可以看出，对于汉代的文人士子来说，他们不仅需要雅的文化，俗文化对他们也有充分的诱惑；文人官吏既可以作诗，也可以作谣谚，既可以在雅文化中逞才，又可以用俗谣谚语来陶冶性情。正如杜文澜《古谣言》序中所说："风雅固其大宗，谣谚尤其显证。欲探风雅之奥者，不妨先问谣谚之途。诚以言为心声，而谣谚皆天籁自鸣，直抒己志。如风行水上，自然成文，言有尽而意无穷。可以达下情而宣上德。其关系寄托，与风雅表里相符。"①

通过以上分析可知，汉代社会环境的转变、新的社会制度和社会关系的确立，使下层民众有了相对的人身自由，文人官吏的思想观念也发生了相应的改变。民众思想意识的提高，对谣谚文化有了更为直接的需求；文人官吏思想观念的转变，对谣谚艺术也有了充分的认可。从此在汉代较长的历史发展中，各界人士都能从谣谚文化中得到精神的需要，这才是汉代谣谚文化比较兴盛的根本原因。

四 汉代谣谚文化对后世的多方影响

汉代社会丰富的谣谚文化，对后世的影响是巨大的。首先，谣谚这一文化类型继续保持着旺盛的发展劲头，一直绵延于后世。汉

---

① （清）杜文澜辑：《古谣谚》，中华书局 1958 年版，第 1 页。

世之后的谣谚文化在人们的日常生活和社会政治活动中同样发挥着重要的作用，创作与传播也与汉代无异。一些汉代的谣谚作品在后世亦得到了进一步的发展，如"尺有所短，寸有所长"（《史记·白起王翦列传》司马迁引），后世发展为"让礼一寸，得礼一尺""让一寸，饶一尺""尔敬我一尺，我敬尔一丈"等语；"欲投鼠而忌器"，后世则发展为成语"投鼠忌器"。还有一些汉代谣谚表现出的固定形式为后世所继承，如"前有召父，后有杜母"（《后汉书·杜诗传》），"前有管鲍，后有庆廉"（《后汉书·廉范传》）；后世则有"前有王、句，后有张、廖"（《三国志·王平传》注引《华阳国志》），"前有沈、宋，后有钱、郎"（《新唐书·文艺传·卢纶传》）；等等。汉代文士间形成的以谣谚品评人物的风气也为魏晋所继承，名士品藻更是晋代浓重的社会风习。另外，汉代许多谣谚具有非凡的生命力，有的流传至今仍然沿用，如"前事之不忘，后事之师也"（贾谊《过秦论》），"尺有所短，寸有所长"（《史记·白起王翦列传》司马迁引），等等。可以说，谣谚艺术给每个时期、社会各界人士都带来了精神上的满足，影响是多面的。下面我们从世风世俗和文人诗歌创作两个方面来分析汉代谣谚文化对后世的具体影响。

（一）汉代谣谚与世风世俗

抛开史书对文人官场的过度渲染，谣谚作品能使我们直接窥视到一个时期更为真实的世俗风貌。考察汉代那些地域性色彩较强的谣谚，可观我国古代一时一地的风习风貌，如"幽、冀之人钝如椎"（阚骃《十三州志》），"关西出将，关东出相"（《后汉书·虞诩传》）。又如一些涉及农作物种植的谣谚，亦可从中得知我国古代地方农业的发展概况。后世所见到的农作物，如小麦、大麦、水稻、粟、豆、芋魁、韭菜、桃、李、杏、枣、桑葚，在汉代谣谚作品中都有描述或涉及。其中郑白渠歌云："泾水一石，其泥数斗。且溉且粪，长我禾黍。衣食京师，亿万之口"（《汉书·沟洫志》），是对汉代关中地区水稻种植的描写，其中涉及当时对"河沙"的认识与现代迥异。渔阳民为张堪歌曰："桑无附枝，麦穗两歧。张君为政，乐不可支"（《后汉书·张堪传》），这里有对渔阳地区桑业种植和小麦种植的描述。汝南鸿隙陂童谣云："坏陂谁？翟子威。饭我豆食羹芋魁……"（《汉书·翟方进传》）这里涉及汝南地区的豆类、根茎类农作物的种植。

仔细品味汉代的每首谣谚作品，从中既可以看到不同时期的民人对不同时政的评述，又可以看到不同时期的人们对生活往事与经验的各种总结，既可以观览不同时期不同地域的风情人貌，又可以体察不同时期人们不同的社会观念，还可以体味不同时期社会民众的各种心理倾向，等等。民人生活、社会风情、自然万物，都在谣谚文化中有所体现，这些比史书的记载还要全面、细致，有的甚至是史书未涉猎的。由此可以说，汉代的谣谚文化无所不包、无所不容。如果细致分析汉世之后历代谣谚作品又可以看出，民人生活中的为人处世、立志修身、尊老尚贤、教子育人、婚丧嫁娶等事项，都在谣谚文化中有所反映。这些皆源于汉代谣谚艺术的开创，在今天看来，其中的每一方面都有其研究的价值所在。

（二）汉代谣谚与文人诗歌

汉代谣谚文化主要有两个应用主题：一是民众作谣谚反映时俗，表达态度情感；二是文人引用谣谚进行说理。汉代绝大多数的谣谚作品都有着鲜明的情感表达，尤其是社会动乱时期产生的那些反映时事的歌谣，描述生动、风格质朴，从中可观览一时一地的民风民俗。而文人引用谣谚进行说理的风气在春秋战国时期早已出现，汉代则是对这种现象的延续。

由上已知，虽然在人们的传统意识中，中国古代文化大概分为民间文化和士大夫文化两类，但二者之间并没有严格的界限之分，它们之间总会存在或多或少的联系。从汉代谣谚文化与文人诗歌的关系上来看，谣谚与乐府、文人诗歌之间都有着相同的情感内蕴，都是写实精神的体现，它们在取材、风格、用语等方面有着很大的相似性。其实，在汉代，社会各界都参与了谣谚的创作，文人士大夫在心理上对谣谚文化并不排斥，所以谣谚艺术与文人诗歌之间存在很强的内在联系也是必然的。

不仅如此，谣谚艺术还为文人诗歌的继续创作提供了素材，甚至文人诗歌会直接模仿谣谚直露的表达方式。如杜甫《大麦行》："大麦干枯小麦黄，妇女行泣夫走藏。东至集壁西梁洋，问谁腰镰胡与羌。岂无蜀兵三千人，部领辛苦江山长。安得如鸟有羽翅，托身白云还故乡。"其文辞与语境明显取材于东汉童谣："小麦青青大麦枯，谁当获者妇与姑。丈人何在西击胡，吏买马，君具车，请为诸君鼓咙胡。"（《后汉书·五行志》）又如白居易的《时世妆》："时世妆，时世妆，出自城中传四方……"正是取用汉世长安语"城中好高髻，四方高一尺。城中好广眉，四方且半额。城中好大袖，四方全匹帛"（《后汉书·马援传》）中的典故。

而汉代形成的举谣言"观风俗，知薄厚"的政策，也逐渐稳固于后人的心目中，这直接影响到后世文人官吏的文化活动，如唐代的"新乐府运动"即主张恢复采诗制度。此外，从一些文人的诗歌作品中也可以看到它的影子，如元结《题孟中丞茅阁》："公方庇苍生，又如斯阁乎。请达谣颂声，愿公且踟蹰"；李白《赠清漳明府侄聿》："赵北美佳政，燕南播高名。过客览行谣，因之诵德声"；杜甫《承闻河北诸道节度入朝欢喜口号绝句十二首》："喧喧道路多歌谣，河北将军尽入朝"。这些，都是汉代谣谚文化余韵的影响所及。

另外，谣谚的句式结构对后世文人诗歌创作的影响也是不可估量的，刘勰《文心雕龙·明诗》篇载："邪径童谣，近在成世；阅时取证，则五言久矣。"[①] 所谓"邪径童谣"，是指西汉成帝时期的童谣："邪径败良田，谗口乱善人。桂树华不实，黄爵巢其颠。故为人

---

① （南朝梁）刘勰著，范文澜注：《文心雕龙注》，人民文学出版社 1962 年版，第66 页。

所羡，今为人所怜。"（《汉书·五行志》）这是一首整齐的五言六句体，刘勰将其看作早期完整的五言诗。

综上可知，汉代谣谚与世风之间，汉代谣谚与文人诗的创作之间，存在很大的研究空间，值得我们仔细去探索。"自孝武立乐府而采歌谣，于是有代赵之讴，秦楚之风，皆感于哀乐，缘事而发，亦可以观风俗，知薄厚云。"（《汉书·艺文志》）汉武帝时期致力于歌谣采集事业，能够从中"观风俗，知薄厚"，现在我们重新对汉代的谣谚作品加以采撷研究，又何尝不是！汉代的谣谚文化距今已过两千载，当历史的云烟悄悄湮没于时间的长河之时，今天我们重新对这部纯朴的民俗史加以品味，它依然展示着我国早期民族文化的独特风韵，汉代谣谚这部丰富的社会风俗史料，给我们留下的是深沉的思考与无限的感叹。

附录一　汉代谣谚文化研究综述

——兼述我国古代谣谚文化发展脉络[*]

　　每个历史时期谣谚文化都是客观存在的，都是社会文化中不可缺少的组成部分，甚至在人们的社会生活中发挥着重要的作用。回顾我国历史，历代都有大量谣谚作品因文人的记录而得以保存。要想对一个时期的政治历史、民间文化、社会观念等做出全面、准确而深刻的认识，脱离了对存在于广大民众间的谣谚文化的认识是很难做到的，所以谣谚文化研究至关重要。

　　谣谚这种文化体裁，因其口耳相传的特点及创作的集体性，决定了其主要以民众间传播为主，多表现为一种文化工具，不会留有作者主名，所以很难得到文人的特意保存。但随着社会文化的发展，先秦时期的一些谣谚作品开始在典籍中得以记录。春秋战国时期的典籍，如《左传》《国语》《战国策》《孟子》《韩非子》等记载了众多谣谚作品，而且这些谣谚作品涵盖范围广泛，从尧舜时期历经夏商到周代都有作品流传。如《孟子·梁惠王》篇引有夏谚，《左传·隐公十一年》引有周谚，《国语·郑语》载及周宣王时的童谣，《韩非子·六反》篇引用过先圣谚，等等。这些谣谚作品的运用和记载，充分显示了我国谣谚文化的早期形态和当时民众的社会观念、生活习俗、是非爱憎、艺术思维，具有深邃的思想内容。

---

　　* 本文原刊于《兰州学刊》2013 年第 8 期，收入本书时有增删。

谣谚文化发展到汉代，其概念范畴进一步扩大，其创作流传更是蔚为壮观，汉代社会的很多生活信息在谣谚中有所反映。这些谣谚作为重要的史志资料内容也多被引用于《史记》《东观汉记》《汉书》《后汉书》等历史典籍中，这更充分说明了谣谚文化在汉代社会的重要地位。除此之外，汉代谣谚作品还散见于其他的文人著作中，如桓宽《盐铁论》、桓谭《新论》、王符《潜夫论》、崔寔《政论》、赵岐《三辅决录》、应劭《风俗通》等，都记载或引用了不少谣谚。汉代这些文人著作同先秦时期一样，除提到或引用本时代的谣谚外，还记载、征引了大量前代的作品。如司马迁《史记·周本纪》、刘向《列女传》记载了周宣王时的童谣；司马迁《史记·赵世家》、应劭《风俗通·皇霸》篇记载了战国赵地赵幽缪王时期的民谣；《史记·晋世家》《汉书·五行志》记载春秋晋地晋惠公时的童谣；贾谊《新书·容经》篇、《新书·春秋》篇引用了周谚；等等。另外，汉代文人所记载、引用的先秦时期的谣谚作品，有些在先秦时期的典籍中是看不到的，这就使谣谚这种主要靠口耳相传的艺术得以保存。

可见，谣谚文化在先秦时期已经表现出蓬勃发展的趋势，汉代继承了这一趋势，在此基础上创造了谣谚文化的盛世。谣谚是认识社会历史的重要参考，是了解民众心声的重要渠道，汉代又处于谣谚文化从初创走向兴盛的时期，为后世树立了典范。通过对汉代谣谚的研究，不仅能够使我们更加深刻地了解汉代的历史和社会状况，而且可以使我们更全面、更清晰地认识我国古代谣谚文化的特点和发展轨迹。本文将历代文人学士对汉代谣谚文化的辑录、引用和研究作一简述，希望能给后来研究者提供参考借鉴。

一　20世纪以前汉代谣谚研究概况

虽然历代文人著作中保存下来各个时期的谣谚作品数量很多，但历史上对谣谚文化深入、系统的研究却微乎其微，对汉代谣谚文化的研究同样也很薄弱。究其原因可能有二：一是在人们的传统意识中，谣谚是一种世俗文化，文人对其有所鄙视，这从一些谣谚的称谓上可以得到证明（如文人记载或口头引用谣谚时，往往冠以"野谚""鄙谚""俗语""号"等称谓）；二是多数情况下人们只是把谣谚看作一种消遣方式、一种传递信息的方式或舆论工具，主要是以口耳相传的方式流传于广大民众之中，民众分散，作品流传的方式、形态等在不同地区又各异，所以从一开始就不便于资料的系统收集整理，因此也不便于研究。

其实，能够被文人保存下来的谣谚作品只是历代社会生活中流传的很小一部分，时代不同，多少各异。虽然历代文人对汉代谣谚的研究还远远不够，但汉代四百多年的发展历史，却保存了相对多数的谣谚作品，在当时和后世文人的著作中多有记录，这完全可供研究者采集利用，为继续研究提供了可能。下面按时代顺序分析各个时期对汉代谣谚的引用、辑录和研究情况。

（一）魏晋南北朝隋唐时期

魏晋南北朝时期，汉代谣谚仍处于文人的偶然记载和引用阶段，没有系统的资料汇集和研究。同汉代一样，此时期大量的谣谚著录于历史著作中，其中著录较多的有：三国时期吴国谢承所著的《后汉书》；西晋司马彪所作的《续汉书》、东晋常璩所作的《华阳国志》、刘宋范晔所著的《后汉书》、刘宋裴松之的《三国志注》。其中以范晔《后汉书》记载最多，集中在传、志部分。同样，也有一些散见于其他文人的著述中，如魏晋之际陈寿所作的《益都耆旧传》、东晋葛洪的《西京杂记》、南朝齐梁之际任昉的《述异记》、南朝梁徐陵的《玉台新咏》、北魏贾思勰的《齐民要术》等。这些著作中记载了大量汉代流传的谣谚作品，其中大部分是汉代典籍中失载不见的。这一时期尤可注意的是一些文人个人著作中保存的少许汉代谣谚作品，如王粲《英雄记》中记载的京师为袁成谚："事不谐，诣文开"；嵇康《高士传》记载的时人为蒋诩谚："楚国二龚，不如杜陵蒋翁"；陈寿《益部耆旧传》所载的益都民为王忳谣："信哉少林世为遇，飞被走马与鬼语"；东汉圈称《陈留风俗传》所载的人为许晏谚："殿上成群许伟君"；任昉《述异记》记载的汉末洛中童谣："虽有千黄金，无如我斗粟。斗粟自可饱，千金何所直"；等等，这在汉魏六朝的历史著作中是看不到的，尤其可贵。征引谣谚的人数众多，也是这一时期的特点。

魏晋南朝时期对谣谚的特质有所解释的是刘勰。刘勰在《文心雕龙·谐隐》篇中说："蚕蟹鄙谚，狸首淫哇，苟可箴戒，载于礼典。故知谐辞谲言，亦无弃矣"；又在《书记》篇中说："谚者，直语也。丧言亦不及文，故吊亦称谚。廛路浅言，有实无华。邹穆公云'囊满储中'，皆其类也。《太誓》曰：'古人有言，牝鸡无晨。'《大雅》云：'人亦有言，惟忧用老'。并上古遗谚，诗书可引者也。至于陈琳谏辞，称'掩目捕雀'，潘岳哀辞，称'掌珠伉俪'，并引俗说而为文辞者也。夫文辞鄙俚，莫过于谚，而圣贤诗书，采以为谈，况逾于此，岂可忽哉！"① 在刘勰看来，谣谚是浅显鄙俗的，但如果记录到典籍中用来讥刺或引以为戒，其启示作用同样不可忽视。

此时期对"童谣"出现的原因做出解释的是杜预。《左传·僖公五年》引童谣："丙之晨，龙尾伏辰。均服振振，取虢之旗。鹑之贲贲，天策焞焞。火中成军，虢公其奔。"杜预注云："童龀之子，未有念虑之感，而会成嬉戏之言，似若有冯者，其言或中或否。博览之士，能惧思之人，兼而志之，以为鉴戒，以为将来之验，有益于世教。"② 其实，早在东汉时期，王充已对此做出相似的解释，《论衡》卷二二《纪妖》篇曰："三文之书，性自然；老父之书，气自成也。性自然，气自成，与夫童谣口自言，无以异也。当童之谣也，不知所受，口自言之。口自言，文自成，或为之也。"③ 看得出，这

---

① （南朝梁）刘勰著，范文澜注：《文心雕龙注》，人民文学出版社 1962 年版，第 270、460 页。

② （清）阮元校刻：《十三经注疏·春秋左传正义》，中华书局 1980 年版，第 1795 页。

③ 黄晖：《论衡校释》，中华书局 1990 年版，第 930 页。

是对真正意义上的"童谣"做出的解说。关于"谶谣"产生的原因，《汉书》卷二七《五行志》载："君炕阳而暴虐，臣畏刑而柑口，则怨谤之气发于歌谣，故有诗妖。"①（《晋书》卷二八《五行志》亦有相同的记载）《南齐书》卷一九《五行志》的记载与此相似："《言传》曰：下既悲苦君上之行，又畏严刑而不敢正言，则必先发于歌谣。歌谣，口事也。口气逆则恶言，或有怪谣焉。"②

　　进入隋唐时期，谣谚虽然还是出现于文人著作的引录中，没有成为专门的研究领域，但此时期不同于以往的是，引录谣谚的文人地位较高和谣谚征引的数量可观。无论是官修书目，还是文人的个人著作，无论是正式的文人作品或辑录，还是文人对前代典籍的注释中，为了行文的需要，都有大量谣谚引录。这一时期被称为唐代"四大类书"的《北堂书钞》《艺文类聚》《白氏六帖》《初学记》中征引了大量汉代谣谚。其中《北堂书钞》和《白氏六帖》分别为虞世南、白居易汇集的文献资料，征引浩繁，内容丰富。《艺文类聚》和《初学记》是唐代的官修书目，分别由欧阳询、徐坚等编纂。这些都是影响很大的文人和著作。此外，六臣《文选》注、章怀太子李贤等的《后汉书》注，在注解过程中也引用了大量汉代谣谚。可见，谣谚受到唐代上层文人的普遍重视。和前代一样，唐代某些文人的作品中也偶有汉代谣谚作品的记录，如瞿昙、悉达主编的天文著作《开元占经》、余知古所撰记载荆楚之事的《渚宫旧事》、马总采集诸子著述而编撰的《意林》等。此时期对"童谣"形成原因的解释以房玄龄等著《晋书》为代表，《晋书》卷一二《天文志》言："凡五星盈缩失位，其精降于地为人。岁星降为贵臣；荧惑降为童儿，歌谣嬉戏；填星降为老人妇女。太白降为壮夫，处于林麓。辰星降为妇人。吉凶之应，随其象告。"③《隋书》卷二〇《天文志》

---

① （汉）班固：《汉书》，中华书局 1964 年版，第 1377 页。

② （南朝梁）萧子显：《南齐书》，中华书局 1972 年版，第 381 页。

③ （唐）房玄龄等：《晋书》，中华书局 1974 年版，第 320 页。

亦有相同的记载。

(二)宋元明清时期

从宋代开始,对谣谚的认识进入了崭新的阶段,其标志就是对历代歌谣作品的系统辑录,以郭茂倩《乐府诗集》为代表。但最早对谣谚进行辑录的是宋太宗命李昉等十四人编辑的类书《太平御览》。《太平御览》卷四六五《人事部》载有"讴""歌""谣"三部分,辑录汉魏六朝的歌谣作品。其中"谣"部分,辑录汉代作品约十首,每首都简要地注明出处、背景。《太平御览》第四九五、四九六两卷,是对历史上"谚"的辑录,从周谚到汉魏六朝,征引广泛,汉谚占很大部分,和"谣"一样,简要注明了出处或产生背景。其中,除民间流传的普通生活谚外,在第四九六卷"谚下"部分还专门列有"斗争"一栏,辑录与战争相关的谚语。除此专门的辑录外,在《太平御览》其他单卷中也零散地引录有众多谣谚,其中汉代谣谚作品总计有一百余首,数量可观。

郭茂倩《乐府诗集》一百卷,是上古至唐五代乐章和歌谣的总集。歌谣辑录于"杂歌谣辞"部分,分歌辞、谣辞两部分收集。歌辞、谣辞的划分是按引用书籍中的称谓而定的。如《汉书》卷五二《灌夫传》载:"(灌)夫不好文学,喜任侠,已然诺。诸所与交通,无非豪杰大猾。家累数千万,食客日数十百人。波池田园,宗族宾客为权利,横颍川。颍川儿歌之:'颍水清,灌氏宁。颍水浊,灌氏族。'"① 这里,《汉书》所载的是"颍川儿歌",故郭茂倩即把其收到《杂歌谣辞·歌辞》中。又如《穆天子传》曰:"天子东游于黄泽,宿于曲洛。废□使宫乐谣,曰:'黄之池,其马歕沙,皇人威仪。黄之泽,其马歕玉,皇人寿穀。"② 这里《穆天子传》所载是"宫乐谣曰",故郭茂倩即把其收到《杂歌谣辞·谣辞》中。这种归

---

① (汉)班固:《汉书》,中华书局 1964 年版,第 2384 页。
② (晋)郭璞注:《山海经·穆天子传》,岳麓书社 1992 年版,第 239 页。

类方式与《太平御览》中"歌""谣"的列分相似，后人也多承袭这种方式。但在郭茂倩看来，无论是"歌辞"还是"谣辞"，都应属于"徒歌"，即属于"谣"的范畴。他在《杂歌谣辞》题解中说："周衰，有秦青者，善讴……雍门之人善歌哭，效韩娥之遗声。卫人王豹处淇川，善讴，河西之民皆化之。齐人绵驹居高唐，善歌，齐之右地亦传其业。前汉有鲁人虞公者，善歌，能令梁上尘起。若斯之类，并徒歌也。《尔雅》曰：'徒歌谓之谣'。《广雅》曰：'声比于琴瑟曰歌'。《韩诗章句》曰：'有章曲曰歌，无章曲曰谣'……"① 由此可见，在郭茂倩的意识中，一些专业艺人的徒歌之作也属于"谣"，这可看作其对"谣"特质的认识。"杂歌谣辞"部分，上采尧舜时歌谣，下迄唐五代，征引范围更为广博。其中"歌辞"部分收集汉代作品约四十首，"谣辞"部分收集汉代作品约二十首。对"谣"的辑录基本是按时代先"谣"再"童谣"的顺序编排的。这些作品都简要地注明出处、背景，来源多采录于汉魏六朝历史著作中散见的歌谣，如《史记》《汉书》《续汉书》《后汉书》中的一些歌谣作品，这也基本同于《太平御览》。郭茂倩对历代歌谣作品汇编比较全面，贡献突出，因其关注的是乐章、歌谣，侧重作品的音乐性，所以《乐府诗集》中没有辑录"谚"。

其后，周守忠（约南宋中期）辑录的《古今谚》则弥补了这一缺陷。《四库全书总目提要》卷一四四《子部·小说家类存目》称其在编前序中说："略以所披之编，采摘古今俗语，又得近时常语，虽鄙俚之词，亦有激谕之理，漫录成集，名《古今谚》，古谚多本史传，今谚则鄙俚者多矣。"②

由此可知，《古今谚》是宋及前代谚语、俗语、常语的辑录，周守忠认为这些虽为鄙陋之语，但其中蕴含着一定的道理，与刘勰的

---

① （宋）郭茂倩编：《乐府诗集》，中华书局 1979 年版，第 1164—1165 页。

② （清）永瑢等：《四库全书总目提要》第二十八册，王云五主编万有文库本，商务印书馆 1935 年版，第 17—18 页。

看法相似。只可惜这本谚语的集成没有完整版存世，只能从别人的引录中略知一二。

南宋末年，对歌谣有所辑录的是陈仁子的《文选补遗》。《文选补遗》卷三五按顺序辑有"谣""歌""操"三部分。其中"谣"部分，除前两首《康衢谣》《齐婴儿谣》和最后一首《扬州谣》外，其余的都是汉代民谣，共十四首。每首都简要地注明产生时代、背景，只是未注有出处，收集也不够全面，但其对每首歌谣内容的注释则是可取的，便于后人理解。

元代，对歌谣有所辑录的是左克明编撰的《古乐府》。《古乐府》卷一《古歌谣辞》部分是对远古至陈隋时期歌谣作品的辑录，每首作品只注明出处。但多是针对"歌"的辑录，并且包括许多文人歌，而"谣"则很少，没有辑录"谚"。

明代，杨慎继续进行了古今民谣和谚语的辑录工作，有《古今风谣》和《古今谚》存世，二书皆成书于明嘉靖二十二年（1543）。《古今风谣》辑录了上古到明嘉靖年间的民谣作品，征引书目从先秦古籍到历代文献，采撷广泛、辑录丰富，据笔者统计达二百八十余首，其中汉代作品近五十首。其编排体例与前代不同，前代"歌""谣"分别辑录，杨慎则"歌""谣"混收，在他看来这些"歌"其实与"谣"性质无异，不必分开。如《古今风谣》中载有西汉时期的颍川歌："颍水清，灌氏宁。颍水浊，灌氏族"；劳石歌："牢邪石邪，五路客邪。印何累累，绶若若邪"；五侯歌："五侯初起，曲阳最怒，坏决高都，连竟外杜，土山渐台西白虎"；① 等等。作品编排顺序是按古籍传引的先后进行排列的，这也与《太平御览》《乐府诗集》等不同。对于作品的出处、本事、内容解释等，有些作了简要的说明，而有些只是记了产地和内容，则过于简略了。

---

① （明）杨慎编：《风雅逸篇　古今风谣　古今谚》，古典文学出版社 1958 年版，第94、96、97 页。

《古今谚》是杨慎对诸子典籍或历代文人著作中传引的古谚古语
进行的辑录。采集书籍大概从先秦时期到汉代，其编排顺序也是按
时代由古向今排列的。另外，《古今谚》还辑有"载籍通引"古谚
古语一部分，共六十余则；又按区域不同，辑有"吴谚、楚谚、蜀
谚、滇谚"一部分，多为农谚或气象谚，共三十五则。合计《古今
谚》一书共辑谚语二百三十余则，其中出自汉人引用的有四十余则。
这些谚语基本上都注明了出处或引用者，有的也对其内容作了解释、
参证或文字注音等工作，但大部分还是只有出处和内容，过于简单。
在杨慎的另一著作《风雅逸篇》中也辑有些许谣谚作品，其中卷八
"古谚古语"部分与《古今谚》辑录略同。

《古今谚》序中说："《古今谚》及《古今风谣》，乃升菴在滇采
集诸书谚语，以嬉目遣怀，非著书也。其孙刻之，焦氏因之，遂有
单形本。"① 可见，杨慎编辑《古今风谣》《古今谚》主要是用来
"嬉目遣怀"的，因此在辑录时不免存在不足之处，如体例前后矛
盾、编排不够严密、采撷不够全面、辑录过于简单等，也因此遭到
后人的指责，清人史梦兰更是新辑《古今风谣拾遗》四卷、《古今谚
拾遗》六卷，以补其不足。但无论如何，杨慎开启了单独辑录谣谚
作品成册的先例，使谣谚文化为更多的人所重视，为后代文人的进
一步辑录和研究打下了基础。杨慎在辑录的过程中还打破了传统思
想的束缚，前人辑录谣谚时所征引的书籍基本上都是历史典籍或正
统文人的著作，而杨慎则广泛征引杂家、纬书等，如"易纬引古语"
"春秋纬引古语""尉缭子引谚""越椒子文引""刘子引古谚""四
民月令引农谣"等，这能使许多谣谚作品得以发现、保存，其历史
功绩是重大的。

明代另一位辑录古代谣谚的文人是与杨慎同时或稍后的冯惟讷。

---

① （明）杨慎编：《风雅逸篇　古今风谣　古今谚》，古典文学出版社 1958 年版，第
146 页。

他所编辑的《古诗纪》是我国最早一部专门辑录古诗的总集。此书分为前集、正集、外集、别集四部分，共一百五十六卷，汉代谣谚录于正集卷十八、十九两卷。其中卷十八为《乐府古辞·杂歌谣辞》，其编排体例与《乐府诗集》相同，也是先辑歌辞，再辑谣辞。其中歌辞、谣辞各辑四十首。卷十九为谚语的辑录，约五十首，与前代辑录不同的是对谚语的称谓上，前人辑录时只称"某地谚""某某引谚""某某谚曰"等，而冯氏的辑录除少许这样称谓外，大多数取谚语中的字词"命名"，一般是取首尾几字。如"前有赵张，后有三王"称其为"三王"；"《五经》纷纶井大春"称其为"井大春"；"行行且止，避骢马御史"称其为"避骢"；等等。编排顺序是按谣谚作品出现的时间先后排列的。引用书籍除史籍资料外，还有《拾遗记》《西京杂记》《高士传》《陈留风俗传》《笑林》等小说、杂史、方志、地理、笑话方面的著作。同前人一样，每首作品简要地注有出处、背景，有的也作了简要的文本参证。另外，据《文渊阁四库全书》本《古诗纪》，第一五六卷《别集》中载有"志遗"一部分，其中单列出的"歌谣""语"二小类目中载有少许汉代谣谚；《前集·古逸》卷十"古谚"部分也辑有一些汉谚。这是四库馆臣对《古诗纪》体例稍加改动的结果。清代冯舒为订正此书的缺失，辑有《诗纪匡谬》一卷，但未涉及汉代谣谚。

其后，明代又有郭子章的《六语》辑录古代谣谚。《六语》共三十卷，其中《谚语》七卷、《谣语》七卷。此书是在批判地继承前人的基础上编辑而成的，郭子章在《谚语》序中说："杨用修（杨慎）有《古今谚》，不著引谚文，或病其不详；《古诗类苑》有古谚部，宋以下缺焉。予悉取而校其词未详者、详之缺者补之，题曰谚语。"又在《谣语》序中说："杨用修太史有《古今风谣》，间或缺其事应矣，有非谣而入者，如虞美人、戚夫人歌之类。《古诗类苑》以谣附谶数部，不知谶自谶谣、自谣，未可混也。予乃括诸史、五行志、言不从者、诗妖者，又诸家集内歌谣合而并之，命之曰谣语。"① 二序还对谣谚文体的性质、谣的类型以及谣与风俗的关系等进行了界定，具有一定的学术价值。《谚语》卷三、卷四是汉谚的辑录部分，共辑汉谚和汉人引谚百余首；《谣语》卷二十是汉谣的辑录部分，共辑八十余则。"谚"的编排次序是按时代顺序，先周谚、次汉谚，一直到其本朝；同一时代的作品，按引书作者的年代先后排列。"谣"的编排与此相似，按产生时代顺序排列。和前人一样，作者在文本互参、文字注音、背景出处等方面做了一些工作，作者还特意对一些难以理解的作品做了注解，征引书籍较杨慎更加广泛。此外，与前人有所不同的是，作者辑录谚语时尽量把一书中通引（不记引者）的作品归在一起。如辑应劭《风俗通》中共六则于一起，辑崔寔《四民月令》中共二十三则于一起，这种方式便于读者检阅。

进入清代，第一个对古代诗歌进行筛选编辑的是沈德潜。他的《古诗源》是唐代以前历代诗歌的选集。除选录历代著名的诗篇外，书中还辑有一些民歌谣谚。其中汉代歌谣辑录于第四卷的"杂歌谣辞"部分，明显仿效了《乐府诗集》的编排体例，同样是先录"歌"（带有神异性的两首歌录于最后），后录"谣谚"，"歌"录有十一首，"谣谚"录有十三首。和前代的采集相似，每首作品简要地注有出处、背景，有的作了内容的注释和文字注音，基本不出前人的辑录方式。因该书主要以古诗名篇的选录为主，所以谣谚作品选录很少是理所当然的，其中辑录的汉代少许谣谚作品并不足以观览汉代谣谚文化的全貌。

清代中后期，随着文人学士对谣谚艺术的愈加重视，终于出现了谣谚的集大成之作，这就是杜文澜的《古谣谚》。全书一百卷，是

---

① （明）郭子章：《六语》，北京图书馆古籍出版编辑组编：《北京图书馆古籍珍本丛刊》第 65 册《子部·杂家类》，书目文献出版社 1988 年版，第 1、45 页。另外，（明）张之象编《古诗类苑》卷六九辑录了汉代许多谣谚作品，参见四库全书存目丛书编纂委员会编《四库全书存目丛书》集部，第 320 册，齐鲁书社 1997 年版，第 602—604 页。

混收古代民谣和谚语的专辑，搜集了古籍中所引上古至明代的作品，为宋代以来最完备的谣谚总集。杜文澜有不同于前人的收集标准，对于歌谣他据"徒歌"与"合乐"的区分，把可训为徒歌的"歌""谣""讴""吟""词""赋"乃至"自歌合乐""与徒歌相仿"者一并收入，自有其理由；对于"谚"，他认为除人们传统理解的"浅近通行"之谚外，还有"深奥典雅"一类不可遗漏。所以杜文澜的辑录可谓搜罗广泛、不遗余漏，成果丰盛。谣谚作品的编次以所采集的书籍为类，按经、史、子、集先后为序排列，并且一些依托、附会、伪造、诬惑、荒诞、猥亵之作并归于附录中。这种编排方式虽算严密，但不利于查看某一具体时代或时期的谣谚作品，由此给读者带来查阅上的不便。汉代的谣谚作品在经、史、子、集及附录中都有收录，但大部分集中在卷四、卷五、卷六"史"的部分。杜文澜在作品的出处来历、异文参订、字体校改、字句校释、文本校勘、内容注解、辨正免异、体式流变等方面做了很多的工作，具有很高的学术价值，甚至对引文（作品的出处或背景）也进行了注解，对一些谶谣的原委证验情况也引文进行了详细的说明，如关于汉献帝初年幽州童谣"燕南垂，赵北际，中央不合大如砺，唯有此中可避世"的考订，一并引用了《后汉书》《续汉书》《三国志》及其注中对此的记载作解，这无疑能使读者对某些谣谚作品的理解更加清晰深刻。

《古谣谚》书前有刘毓崧所作的序文，其中对谣谚的特点、社会传播情况乃至前人的辑录概况都有深刻的见解。此书"凡例"十七则，其中论及"谣""谚"二字的本义、通假训读，谣谚的名目称谓、分类标准和原则等。另外，《古谣谚》第一百卷"集说"部分辑录了大量古人论及谣谚的文字，据笔者统计达八十余条，涉及内容广泛，如关于谣谚的文体性质、类别特点、谣谚的价值、谣谚与政治的关系、采集传播情况、谣谚与风俗以及前人的辑录介绍等。这些是研究古代谣谚文化的重要参考资料，具有较高的学术价值。

宋元明清时期，除了谣谚的系统辑录外，在一些文人的个别著作中因行文需要当然也会引用到汉代的谣谚作品，不过这些谣谚同时也多存在于文人的辑录本之中，故不再列举。

二　20 世纪之后汉代谣谚研究概况

进入 20 世纪，对于谣谚文化的研究可以概括为两个方面：第一，像前代一样，继续辑录古今谣谚作品成册；第二，谣谚成为专门的研究对象，陆续出现了一批有关谣谚的专论，并结集成册。严格来讲，此时才算是真正意义上的谣谚文化研究。

20 世纪初，首先对古代谣谚进行辑录工作的是丁福保。他编辑的《全汉三国晋南北朝诗》是西汉至隋代的诗歌总集，约印成于 1916 年。此书的编撰体例大体依照冯惟讷《古诗纪》而加以增删，并采录冯舒的《诗纪匡谬》来修订。汉代谣谚收录于"全汉诗"卷五的"杂歌谣辞"部分，按"歌辞""谣辞""谚语"的顺序依次辑录，其所做的工作亦不出冯氏之范围。

民国时期，歌谣研究领域最有意义的是五四前后北京大学歌谣征集处和以北京大学为中心的歌谣研究会的成立。民主与科学成为这一时期知识阶层的主流，在征集全国各地歌谣的同时，歌谣研究也与民俗研究相结合，从此有组织、有计划、有纲领、有行动的歌谣学、民俗学运动拉开序幕，成为五四文学革命运动的组成部分。但我们也应看到此时的歌谣征集及谣谚文化的研究只是针对当时的，并非针对古代，而且侧重于"民歌"的成分，"民谣"与"谚语"侧重较少。好在"民歌""民谣""谚语"在总体特性上有很多共通或相似之处，既有现代意义上的相似，又有古今的相似。因此，歌谣虽是征集于当时的，但在论及谣谚某些特质时不免会涉及古代，或者某些论果同样适用于古代谣谚文化。所以，这一时期关于谣谚的一些论述对于我们今天研究汉代谣谚也是有帮助的。钟敬文编辑的《歌谣论集》（上海北新书局 1928 年版）收集了此时期关于谣谚的一些文章或言论，如《歌谣》（周作人）、《儿歌之研究》（周作人）、《歌谣谜语谈》（白启明）、《歌谚的起源》（傅振伦）、《歌谣与政治》（黄朴）、《谚语的研究》（郭绍虞）等篇中的某些论述；《歌谣之一种表现手法——双关语》（钟敬文）、《歌谣的比较的研究法的一个例》（胡适）、《歌谣表现法之最要紧者——重奏复沓》（魏建功）、《致歌谣研究会信》（尹凤阁）等篇中提及的相关研究法；此外还有其他一些文人的论著，如朱自清的《中国歌谣》（初时名为《歌谣发凡》）中某些言论；周作人等引自国外的"民间传承""平民文学"理论；等等，这些对于我们今天研究古代谣谚文化都有很好的指导和借鉴意义。

中华人民共和国成立后，在古代谣谚辑录方面做出贡献的是逯钦立于 1964 年定稿的《先秦汉魏晋南北朝诗》。此书是有感于冯氏《古诗纪》和近人丁福保《全汉三国晋南北朝诗》的缺失，并在此基础上重新编辑而成的先秦迄隋代的诗歌谣谚总集，共一百三十五卷。其中汉诗十二卷，谣谚录于卷三、卷八的"杂歌谣辞"部分，依次按"歌辞""谣辞""谚语"的顺序辑录。作者在"凡例"九中说："歌谣谚语，多出民间，片辞支语，厥惟珍宝，故广搜博采，期于全备。凡属韵语者，悉加甄录，其仅口语与诗不类者，则略有删芟，以较杜文澜《古谣谚》，此或增具所无，间亦略其所有。"① 可见，"谣谚"部分是在杜文澜《古谣谚》基础上编辑而成的，作者对于谣谚作品的考察也与杜氏相仿。但与杜氏不同的是，每首作品在哪些书籍中有引录，作者都尽可能地标出，这便于读者查阅。另外，《先秦汉魏晋南北朝诗》中谣谚的编排次序与《古谣谚》也不相同，是按作品产生的时代或作品首次被引用时的大体时代为顺序编排的，这种编排方式脉络清晰、方便比较，有利于后续研究的开展。

---

① 逯钦立辑校：《先秦汉魏晋南北朝诗》，中华书局 1988 年版，第 2 页。

此时也出现了一些古代歌谣选集，如由北京师范大学选编的《中国古代民间歌谣选》（北京师范大学中文系四年级学生及中国文学教研组部分教师集体编选，高等教育出版社 1958 年版），选录了先秦至晚清时期的一些歌谣谚语，其中汉代部分多以《古谣谚》为蓝本，选录三十余首。其不同于以往的是，对每首选录作品都有简单的主题说明。但此书把一些乐府诗也看作民间歌谣一起收入，则是其局限性所在。此时一些关于谣谚的论述还是多针对当下时期的，但也出现了关于古代歌谣的论著，如天鹰的《中国古代歌谣散论》（古典文学出版社 1957 年版），反映出当时部分文人对古代歌谣持有的观念，虽然和我们现代所理解的歌谣存在很大差别，但其中一些论述，如"中国古代歌谣"部分涉及汉代民谣的论述，对我们今天重新审视汉代谣谚文化同样具有借鉴意义。

近年来随着研究视角的多元化，人们在关注现代谣谚、地域谣谚文化的同时，对古代谣谚的研究也逐渐深入，相继出现了一批论文和专著。论文方面，发表于各大学报或期刊上的有关古代谣谚的文章达六十余篇，其中涉及汉代的有二十余篇，如王子今《秦汉民间谣谚略说》、马新《人生哲理谣谚与两汉世风》与《时政谣谚与两汉民众参与意识》、王凯旋《汉代谣谚与世风》、胡守为《"举谣言"与东汉吏政》、陈才训《汉代歌谣兴盛的原因》及《汉代歌谣的政治批判功能》、［日］串田久治《汉代的"谣"与社会批判意识》等。论著方面相对很少，出版的几本如尚恒元、彭善俊著《二十五史谣谚通检》，王树山主编《中国古代谚语》，吕肖奂著《中国古代民谣研究》，舒大清的《中国古代政治童谣研究》（博士学位论文，首都师范大学，2005 年），等等，基本是通论性的著作，涉及整个古代。前二者主要以作品汇集、简释性质为主，适合作研究材料来使用；后二者侧重于古代民谣与政治历史的关系及其文学性的研究，未涉及谚语。与之相似的还有王娟的《中国古代歌谣整理与研究》（高等教育出版社 2014 年版），此书分为两部分，前半部分是对古代典籍中载录的歌谣进行的分类整理，后半部分是对中国古代歌谣及历代相关典籍进行的专题研究，同样未涉及谚语。而当下针对某个历史时期的谣谚文化进行专门论述的著作几乎没有。

综上而论，我国古代谣谚文化的发展和研究大体经历了三个阶段：第一个阶段，先秦至隋唐时期，基本是文人著作中对古今谣谚的引用，或是行文所需，或借以说理，对谣谚的主观认识强，更多地强调了谣谚的文化工具职能，只是停留在运用层面上，没有系统完善的研究；第二个阶段，宋元明清时期，除文人作品中继续征引前代或当时的谣谚外，最有意义的工作就是对历代谣谚作品系统地搜集整理，先后出现了一批谣谚作品专辑，对历史上谣谚的出处、本事、校勘、考订、注解、参证等进行了一定的研究，为后世提供了比较适用的读本，并为后人对谣谚文化的整体研究和分期研究打下了基础；第三个阶段，民国时期至当代，是谣谚文化研究的进一步发展时期，这一时期的文人学者对谣谚文化予以了一定的重视，如对谣谚的性质、谣谚的文化功能、社会属性等进行了相应的认识和研究，但尚不完善，尤其是对我国古代某个时期的谣谚文化研究不够充分。但目前有继续研究的趋势，当代一些硕博论文的选题，对古代某具体时期的谣谚文化多有关注和研究，以汉代谣谚文化研究为例，有齐向宇《〈史记〉谣谚研究》（硕士学位论文，辽宁大学，2013 年），安牧阳《汉代谣谚研究》（硕士学位论文，广西大学，2013 年），李巍《〈后汉书〉谣谚研究》（硕士学位论文，广西师范大学，2015 年），黄锦石《先秦两汉谶谣研究》（硕士学位论文，西南民族大学，2015 年），张佳玉《〈史记〉歌谣、谚语研究》（硕士学位论文，广西民族大学，2016 年），等等。

汉代谣谚作为我国古代谣谚文化的重要组成部分，和其他时期的谣谚文化一样，在经历了前两个阶段后，到第三个阶段才开始走出"文本研究"的状态，进入"多功能"分析阶段。也就是说，真正意义上的汉代谣谚文化研究只是从近期才开始的，所以还有很大的研究空间。况且，汉代是我国古代谣谚文化从初创走向兴盛的时期，汉代四百多年的发展史为我们留下了相对较多的谣谚作品，对其进行深入研究，意义重大。经过宋元明清时期的系统整理，我们已经有了可供参照的谣谚专辑范本，为谣谚文化的分期研究提供了便利。另外，学者近期的谣谚文化研究为我们提供了方法上的经验、理论上的支持、成果上的利用，所以对汉代谣谚文化展开进一步的深入研究已经完全可能并具备了良好的基础。

附录二 《后汉书·党锢列传》序所录三则谣谚考析

范晔在《后汉书》卷六七《党锢列传》序中用三则谣谚来揭示东汉末年"党人之议"的兴起和发展，兹录如下：

> 初，桓帝为蠡吾侯，受学于甘陵周福，及即帝位，擢福为尚书。时同郡河南尹房植有名当朝，乡人为之谣曰："天下规矩房伯武，因师获印周仲进。"二家宾客，互相讥揣，遂各树朋徒，渐成尤隙，由是甘陵有南北部，党人之议，自此始矣。后汝南太守宗资任功曹范滂，南阳太守成瑨亦委功曹岑晊，二郡又为谣曰："汝南太守范孟博，南阳宗资主画诺。南阳太守岑公孝，弘农成瑨但坐啸。"因此流言转入太学，诸生三万余人，郭林宗、贾伟节为其冠，并与李膺、陈蕃、王畅更相褒重。学中语曰："天下模楷李元礼，不畏强御陈仲举，天下俊秀王叔茂。"又渤海公族进阶、扶风魏齐卿，并危言深论，不隐豪强。自公卿以下，莫不畏其贬议，屣履到门。①

表面上来看，材料中的三则谣谚只是对时政人物的评论，其间

---

① （南朝宋）范晔撰，（唐）李贤等注：《后汉书》，中华书局 1965 年版，第2185—2186 页。

透露着政治层面的矛盾和斗争。但是细究起来会发现，甘陵"乡人谣"作于桓帝刚刚即位的时候，而汝南、南阳"二郡谣"和太学生"学中语"则作于党人与宦官发生激烈冲突的桓帝延熹末年，二者相差近二十年。在此期间还有大量反映时政的谣谚作品存在，范晔特将此三则结合到一起，是因其体现了政治斗争方面的连续性，且其中所涉政治人物亦较具代表性，故三则谣谚非闲来之笔。本文试结合当时的社会背景，来揭示这三则谣谚的本质。

一 甘陵"乡人谣"

甘陵"乡人谣"曰："天下规矩房伯武，因师获印周仲进。"这首歌谣既含有对房植（字伯武）的称颂，又含有对周福（字仲进）的讥讽。周福与房植虽是同郡人，但二人晋升的途径却不一样。房植是靠真才实学有名当朝的，而周福则是因做过桓帝的老师而被擢升。以此可推知，这首歌谣的作者应该是站在房植一边的"党人"。以现代人的观念来看，此歌谣的褒贬可算公允，但如果结合当时的社会环境来考量的话，又觉这首歌谣的讽刺似乎有些刻薄。因为在汉代尊师重教的社会风气下，皇帝擢升自己的老师或对自己有恩者，是常有的事情。如西汉末年，欧阳地余以太子中庶子教授太子，"元帝即位，地余侍中，贵幸，至少府"，孔霸"以帝师赐爵号褒成君，传子光"；张山拊以博士授太子，"成帝即位，赐爵关内侯"。① 又如成帝时，"丞相故安昌侯张禹以帝师位特进，甚尊重"。② 再如东汉建武时期，桓荣教授太子，"显宗即位，尊以师礼，甚见亲重，拜二子为郎"③；张酺以《尚书》教授皇太子，"及肃宗即位，擢酺为侍中、

---

① 以上三例参见（汉）班固《汉书》卷八八《儒林传》，中华书局 1964 年版，第 3603、3604、3605 页。

② （汉）班固：《汉书》卷六七《朱云传》，中华书局 1964 年版，第 2915 页。

③ （南朝宋）范晔撰，（唐）李贤等注：《后汉书》卷三七《桓荣传》，中华书局 1965 年版，第 1252 页。

虎贲中郎将"①；顺帝为太子时遭谗，被废为济阴王，太中大夫第五颉与太仆来历等共守阙固争，"帝即位，擢为将作大匠"②。由此看来，周福也算是以帝师的身份被擢升，本非违礼违制的大事。周福能够成为公侯之师，也说明他并非没有真才实学。即便周福真的学疏才浅，但其毕竟为皇帝的老师，甘陵党人这样肆无忌惮地进行讽刺，未免让人觉得有失体统。所以，吕思勉认为甘陵"乡人谣"只不过是"食客之好事者为之耳，无与大局也"③。

但是，从另一层面来看，汉桓帝刘志"即帝位，擢（周）福为尚书"时只有十五岁，且是外戚梁冀为继续把持朝政才选立他继承帝位的，所以桓帝当时并不具备亲政的条件。以此推测，周福的擢升也应该是梁冀授予的。这样看来，这首歌谣针对的也许并非周福其人，而是其背后外戚梁冀的势力。也就是说，歌谣的本质是清流士大夫对外戚梁氏集团擅权谋私行为的讥讽。梁冀毒杀质帝后，围绕立嗣问题，与以李固、杜乔为首的清流士大夫展开了激烈的论争。李固、杜乔等人认为应立年长有德的清河王刘蒜，但梁冀坚决拥立自己的妹夫且年龄较小的刘志（桓帝）。桓帝即位后岁余，甘陵人刘文与魏郡人刘鲔谋立刘蒜为天子，梁冀趁此诬陷李固、杜乔与刘鲔交通，并将二人杀害。此次政争后，"梁冀恶清河名，明年，乃改为甘陵"④。而甘陵"乡人谣"正是在这个敏感的时期和敏感的地点流传开来的。而在此之前，又有李固举荐杜乔、房植，⑤ 光禄勋杜乔、

① （南朝宋）范晔撰，（唐）李贤等注：《后汉书》卷四五《张酺传》，中华书局 1965 年版，第 1529 页。

② （南朝宋）范晔撰，（唐）李贤等注：《后汉书》卷四一《第五伦传》，中华书局 1965 年版，第 1402 页。

③ 吕思勉：《秦汉史》，上海古籍出版社 1983 年版，第 325 页。

④ （南朝宋）范晔撰，（唐）李贤等注：《后汉书》卷五五《章帝八王传》，中华书局 1965 年版，第 1806 页。

⑤ 参见（南朝宋）范晔撰，（唐）李贤等注《后汉书》卷六三《李固传》，中华书局 1965 年版，第 2081 页。

少府房植举荐荀淑之事。① 据此不能不让人想到，房植作为站在李固一边的清流士大夫，只因他是甘陵人，遂被当作典型放入歌谣来对抗以梁冀为首的浊流一派。因此，牟发松说："房植、周福的'甘陵南北部'之争，实即桓帝、梁冀与李固、杜乔之争的乡邑版。"② 吕宗力也说："歌谣表面讥刺的是周福，潜台词中指斥的应是周福的靠山桓帝及梁冀；歌谣直接推崇的是房植，其实也赞颂了与房植政治立场一致的李固、杜乔、陈蕃等人。"③ 由此来看，就更深层次而言，甘陵"乡人谣"反映的是桓帝即位前后不同政治派系间的党争。故范晔引录此谣后曰："党人之议，自此始矣"。

通常来说，汉末党人特指桓帝、灵帝时期对抗宦官擅权并遭受党锢迫害的士大夫群体，如按范晔所说，党人的范围尚包括党锢士人的诸多前辈。牟发松也认为"李固、杜乔是党锢名士的前辈和楷模，无论政治立场上还是人脉关系上他们与后来的党锢名士都有紧密的联系"，他所列举的理由有如下几点：

> 党锢名士最具代表性的人物李膺、杜密，因二人"名行相次，故时人亦称'李杜'焉"，当时人即以李固、杜乔相比拟。魏文帝曹丕曾在代汉称帝前夕旌表二十四贤，皆为东汉后期清流名士，不少是党人（如陈蕃、李膺、杜密、王畅等），为首的就是杜乔，李固、房植亦名列其中。宋孝宗亦认为"东汉杜乔之徒，激成党锢之风"。金发根发表于上世纪 60 年代的名作《东汉党锢人物的分析》，列有党人地域分布表，李固、杜乔皆

---

① 参见（南朝宋）范晔撰，（唐）李贤等注《后汉书》卷六二《荀淑传》，中华书局 1965 年版，第 2049 页。

② 牟发松：《范晔〈后汉书〉对党锢成因的认识与书写——党锢事件成因新探》，《华东师范大学学报》（哲学社会科学版）2012 年第 6 期。

③ 吕宗力：《略论民间歌谣在汉代的政治作用及相关迷思》，《社会科学战线》2008 年第 9 期。

在表中。①

以此可见，桓帝、灵帝之际的党人与李固等先前的名士实为同流与同道。汉世之后很多文人儒士也持有这样的看法，晋人山简上疏晋怀帝时曰："郭泰、许劭之伦，明清议于草野。陈蕃、李固之徒，守忠节于朝廷。"② 山简把陈蕃和李固并列，可见在他的意识中，二人皆是汉末党人名士的代表。

除此之外，从李固、杜乔等人的为政理念看，他们除与外戚势力做斗争外，宦官干政也是他们抨击的重要方面。如汉顺帝阳嘉年间（132—135 年），李固在时政对策中除建议"权去外戚，政归国家"外，又建议"罢退宦官，去其权重"；汉顺帝汉安年间（142—144 年），面对"梁冀子弟五人及中常侍等以无功并封"，杜乔上书陈述其弊；汉安元年（142）诏遣侍中杜乔、周举等八使巡行风俗时，"多所劾奏，其中并是宦者亲属"。③ 可见李固等清流士大夫与之后的党人有着共同的抨击对象。况且，党锢之祸发生时，甘陵南北部党也被考逮，④ 因此，范晔引甘陵"乡人谣"把"党人之议"开始的时间追溯到李固等清流士大夫所处的时代，有其合理性。⑤

---

① 牟发松：《范晔〈后汉书〉对党锢成因的认识与书写——党锢事件成因新探》，《华东师范大学学报》（哲学社会科学版）2012 年第 6 期。

② （唐）房玄龄等：《晋书》卷四三《山涛传》，中华书局 1974 年版，第 1229 页。

③ 以上三例参见（南朝宋）范晔撰，（唐）李贤等注《后汉书》卷六三，中华书局 1965 年版，第 2077—2092 页。

④ 《后汉书》卷六四《史弼传》载，青州从事曰："诏书疾恶党人，旨意恳恻。青州六郡，其五有党，近国甘陵，亦考南北部。"详见（南朝宋）范晔撰，（唐）李贤等注《后汉书》，中华书局 1965 年版，第 2110 页。

⑤ 当然，关于"党人之议"开始的具体时间，史家学者间有着不同的认识。与范晔不同，晋人袁宏认为"党人之议"发生在第一次党事之后，其《后汉纪》卷二二《桓帝纪下》载："（延熹九年）九月，诏收（李）膺等三百余人，其遁逃不获者，悬千金以购之，使者相望于道，其所连及死者不可胜数，而党人之议始于此矣。"详见（晋）袁宏撰，周天游校注《后汉纪校注》，天津古籍出版社 1987 年版，第 621 页。

二 汝南、南阳"二郡谣"

"二郡谣"曰:"汝南太守范孟博,南阳宗资主画诺。南阳太守岑公孝,弘农成瑨但坐啸。"这首歌谣中涉及的人物都是极力打击宦官集团的清流士人,其中范滂(字孟博)、岑晊(字公孝)分别为党人名士的"八顾"和"八及"之一。[①] 但是我们不能就此断定这首歌谣原本是用来褒扬党人名士的。因为,如果仔细品味这首歌谣即会发现,其中还蕴含着一定的讽刺性,歌谣中"主画诺""但坐啸"这样的词语,明显含有对太守"失权"、功曹"弄权"的暗讽。汝南太守本是宗资,歌谣中却说成范滂,南阳太守本是成瑨,歌谣中却说成岑晊,也就是说,功曹范滂、岑晊因为权力过重,成为事实上的太守。

功曹职权过重,在范滂身上体现得尤为明显。他任职汝南功曹期间,"严整疾恶。其有行违孝悌,不轨仁义者,皆扫迹斥逐,不与共朝",其外甥李颂经中常侍唐衡请托,被太守宗资任用为吏,李颂虽为公族子孙,但为乡曲所弃,因此范滂"以非其人,寝而不召",当宗资迁怒于书佐朱零时,朱零仰曰:"今日宁受笞死,而(范)滂不可违",宗资也只得作罢。[②] 可见,在官署最重要的选吏任人问题上,基本是功曹范滂一人做主,太守宗资也无可奈何。至于南阳郡功曹岑晊秉事用权如何,史料中没有明确的记载,但从歌谣内容上来看,恐是与范滂较为相似。

其实,功曹权重并非范滂、岑晊个人方面的原因所致,还有汉代选官任人机制上的原因。汉代官制,每郡置太守一人,各郡皆置

---

① 第一次党锢后,"海内希风之流,遂共相标榜,指天下名士,为之称号。上曰'三君',次曰'八俊',次曰'八顾',次曰'八及',次曰'八厨',犹古之'八元''八凯'也。"(南朝宋)范晔撰,(唐)李贤等注:《后汉书》卷六七《党锢传》,中华书局1965年版,第2187页。

② 参见(南朝宋)范晔撰,(唐)李贤等注《后汉书》卷六七《党锢传·范滂传》,中华书局1965年版,第2205页。

诸曹掾史。其中最高长官郡守由中央任命，且要避免任用本籍人士，而诸曹掾史则由长官自行任命本地的贤士，① 像范滂、岑晊即是汝南和南阳当地的大族名士。② 而功曹的职能，据《续汉书·百官志》"州郡条"载："功曹史，主选署功劳。"③《汉官仪》曰："督邮、功曹，郡之极位。"④ 由此可见，功曹职位本来就是主管署吏任免的，地位重要。他们熟谙本地乡论对士人的评价，因此选贤任能、惩恶扬善亦能得心应手。从这方面来说，范滂、岑晊的"职权过重"，并未超出体制规定。况且，范滂所罢黜之人皆为"行违孝悌，不轨仁义者"。

再从范滂、岑晊的为人来看，《后汉书》本传载范滂"少厉清节，为州里所服""有澄清天下之志"，在三府掾属"举谣言"时，他"奏刺史、二千石权豪之党二十余人"，太守宗资也是"先闻其名，请署功曹，委任政事"的。南阳太守成瑨同样是"闻（岑）晊高名，请为功曹"的，并且"委心（岑）晊、（张）牧，褒善纠违，肃清朝府"。谢承《后汉书》对成瑨的为政之美给予了充分肯定："成瑨少修仁义，笃学，以清名见……迁南阳太守。郡旧多豪强，中官黄门磐互境界。瑨下车，振威严以捡摄之。"又载宗资委任范滂为功曹之事，时人给予了极大的赞誉："署范滂为功曹，委任政事，推功于滂，不伐其美。任善之名，闻于海内也。"⑤《后汉书·陈蕃传》

---

① 关于汉代的地方行政制度，可参见严耕望《中国地方行政制度史·秦汉地方行政制度》，上海古籍出版社 2007 年版，第 73—99、108—122、145—146、348—359 页。

② 据《后汉书》本传，范滂是汝南征羌人，岑晊是南阳棘阳人；岑晊父为南郡太守，李贤注引谢承《后汉书》载，范滂父为龙舒侯相。参见（南朝宋）范晔撰，（唐）李贤等注《后汉书》卷六七《党锢传》，中华书局 1965 年版，第 2203、2207、2212 页。

③ （晋）司马彪：《续汉书·百官志五》，（南朝宋）范晔撰，（唐）李贤等注《后汉书》，中华书局 1965 年版，第 3621 页。

④ （南朝宋）范晔撰，（唐）李贤等注：《后汉书》卷四五《张酺传》李贤注引，中华书局 1965 年版，第 1530 页。

⑤ （南朝宋）范晔撰，（唐）李贤等注：《后汉书》卷六七《党锢传》序李贤注引，中华书局 1965 年版，第 2186 页。

亦载，成瑨以经术著称，"处位敢直言，多所搏击，知名当时"①。
可见，不管是太守宗资、成瑨，还是功曹范滂、岑晊，都可谓当时
清流士大夫的代表，他们之间也不存在很大的冲突。②

　　由此来看，"二郡谣"虽有讽刺意味，但并非针对太守与功曹间
的矛盾所发。至于这首歌谣的创作者及传播目的，我们可从史料的
蛛丝马迹中做出推论。《后汉书》卷六七《党锢列传·范滂传》载，
范滂违背太守意愿斥退李颂后，"郡中中人以下，莫不归怨，乃指
（范）滂之所用以为'范党'"③。《后汉纪》卷二二《桓帝纪下》
"延熹九年"提及范滂"进善退恶"行为时亦载："郎中不便者，咸
共疾之，所举者谓之朋党……中人耻惧，怀谋害正矣。"④ 可以想见，
材料中所提到的"中人以下"者、"归怨"者、"郎中不便者"之
类，应多为范滂在执政中罢黜的大批不合格的官吏及其追随者。司
马彪《续汉书》直称："汝南太守宗资任用功曹范滂，中人以下共嫉
之，作七言谣曰：汝南太守范孟博，南阳宗资主画诺。"⑤ 据此推断，
"二郡谣"应为范滂的政敌所作，其目的是讥讽或诬陷范滂"以权结
党"。南阳郡也应有相似的情况发生。

　　既然如此，那么范晔在《党锢列传》序中引用这首歌谣时持
有怎样的态度呢？如果将其所引用的三则谣谚连贯起来审视的话
会发现，范晔对"二郡谣"颇有称颂之心。因为他在《党锢列传》
序中引用谣谚是为揭示"党人之议"的缘起做铺垫的，而"二郡

　　① （南朝宋）范晔撰，（唐）李贤等注：《后汉书》卷六六《陈蕃传》，中华书局1965
年版，第2165页。

　　② 顾炎武认为："汝南太守宗资任功曹范滂，南阳太守成瑨委功曹岑晊，并谣达京
师，名标史传。"（清）顾炎武著，黄汝成集释：《日知录集释》卷八"掾属"条，上海古
籍出版社2006年版，第479页。

　　③ （南朝宋）范晔撰，（唐）李贤等注：《后汉书》，中华书局1965年版，第2205页。

　　④ （晋）袁宏撰，周天游校注：《后汉纪校注》，天津古籍出版社1987年版，第618—
619页。

　　⑤ （宋）李昉等：《太平御览》卷四六五《人事部》"谣"条引，中华书局1960年
版，第2139页。

谣"中的成瑨、范滂、岑晊都是当时清流士人中反对宦官、不法之徒弄权祸国的地方代表，且谣谚内容的创作与传播又反映了当时党派间的相互讥讽和矛盾之深，这便是范晔执意凸显此谣的原因所在。

三 太学生"学中语"

"学中语"曰："天下模楷李元礼，不畏强御陈仲举，天下俊秀王叔茂。"[1] 此则七言谣是在"二郡谣"流传至京师时，太学诸生受此激励为褒扬正直的士大夫官员而作的。其中涉及三个人物：李膺（字元礼）、王畅（字叔茂）为党人名士"八俊"成员；陈蕃（字仲举）为党人名士"三君"之一。第一次党事的兴起，就是由于河南尹李膺处死交通宦官的张成之子而引起的；陈蕃官至太尉、太傅，他痛恨宦官擅权，后因谋诛宦官事泄反遭杀害；而王畅因"清方公正"得到过太尉陈蕃的举荐，其拜南阳太守期间，力惩豪强，推行教化，矫治侈靡之风。可见，三人都是抨击宦官之害或公卿豪族违法违制行为的权臣代表，因此太学诸生作此谣为他们褒善扬名，并以此加强士人群体与宦官集团对抗的声势。

值得一提的是，像"学中语"这样的七言谣，在"党人之议"中流传的范围应该非常广，且不仅只此一则，范晔《后汉书·党锢列传》序所录版本与其他史料并不相同。《党锢列传》序引录"学中语"时写作"天下模楷李元礼，不畏强御陈仲举"，其始流传的时间定于党锢事件之前。而晋人袁宏《后汉纪·桓帝纪》在述及"学中语"时则写作"不畏强御陈仲举，天下模楷李元礼"，其始流传时

---

① 从语境上看，这种"学中语"与谣谚基本等同。《后汉纪》卷二二《桓帝纪》叙及此时即称"谣言"曰："不畏强御陈仲举，天下模楷李：元礼。"（袁宏撰，周天游校注：《后汉纪校注》，天津古籍出版社 1987 年版，第 624 页。）而袁山松《后汉书》叙及此时则直言太学作七言谣："不畏强御陈仲举，九卿直言有陈蕃。"详见（晋）陶潜著，杨勇校笺《陶渊明集校笺》卷九《集圣贤群辅录》注引，上海古籍出版社 2007 年版，第 358 页。

间定于第一次党锢事件之后。① 除流传的起始时间不同外，两则史料的记载只是将歌谣语句颠倒了位置，看似不影响大局，但其间却涉及党人名士的排序问题，这在当时士人心目中其实是很重要的。从《后汉纪》凸显"陈蕃为三君之冠，王畅、李膺为八俊之首"之类的语句中即可体会到这一点。又如《世说新语·品藻》篇载："汝南陈仲举、颍川李元礼二人，共论其功德，不能定先后。蔡伯喈评之曰：'陈仲举强于犯上，李元礼严于摄下。犯上难，摄下易。'仲举遂在三君之下，元礼居八俊之上。"② 以此可推知，太学诸生不仅特意为党人名士创作七言谣来扬名，而且在创作谣谚的过程中还会考虑到各位名士的功德大小以论资排序。因名行相次之人多有，所以此类歌谣在创作和流传时可能会出现不同的版本。后世史料在引用时，如据有的版本不同，或叙事时有所取舍，那么记载上也可能会出现偏差。

从实际情况来看，汉世之后文人述及的太学生七言谣，其版本确实多有不同。如晋人袁山松《后汉书》载："不畏强御陈仲举，九卿直言有陈蕃，天下楷模李元礼"，元人李公焕注曰："天下忠诚窦游平，天下义府陈仲举"，又言："天下模楷李元礼，天下英秀王叔茂。"③ 从中可见，陈蕃一人就具有三个赞语：天下义府，不畏强御，九卿直言。又，袁宏《后汉纪》记载的太学生七言谣，其结构为简单式的"不畏……，天下……"，李公焕引用的太学生七言谣为"天下……，天下……"或"海内……，海内……"的结构。而范晔《后汉书·党锢列传》序引录的党锢前夕的太学生七言谣，与《后汉纪》和李公焕所引都不同，其所载的"天下模楷李元礼，

---

① （晋）袁宏撰，周天游校注：《后汉纪校注》，天津古籍出版社1987年版，第624页。

② （南朝宋）刘义庆撰，（南朝梁）刘孝标注：《世说新语》，上海古籍出版社1982年版，第272页。

③ 参见（晋）陶潜著，杨勇校笺《陶渊明集校笺》卷九《集圣贤群辅录》，上海古籍出版社2007年版，第354、358页。

不畏强御陈仲举，天下俊秀王叔茂"，结构为"天下……，不畏……；天下……"。这让人有叙述尚未完毕之感，下文应该还有赞誉其他名士的七言谣，只是因范晔的取舍需要而省略了。这似乎也证明了第一次党锢事件前夕，应该流传着很多类似的七言谣。

　　由李公焕所引还可看出，与范晔《后汉书》和袁宏《后汉纪》不同，他没有将"天下模楷李元礼"与"不畏强御陈仲举"连在一起叙述。按范晔《后汉书·党锢列传》所载，陈蕃为"三君"之一，李膺为"八俊"之一，前引蔡邕（字伯喈）评此二人亦有"仲举在三君之下，元礼居八俊之上"之语，所以赞誉陈蕃与李膺的七言谣确应分开排序才对，但时间应在"三君""八俊"等名号确立之后。范晔《后汉书·党锢列传》把其连为一体叙述，可能是因为党锢事件之前"三君""八俊"等名号尚未确立，当时的七言谣辞句本来就是那样排序的。而袁宏《后汉纪》把其连为一体叙述，并定其流传时间为第一次党锢事件后，说明袁宏面对第一次党锢事件后出现的多则七言谣，因叙事需要而有所取舍。这些也充分说明了第一次党锢事件之后，太学生七言谣的创作更多、流传更广，当各位党人名士都被加号扬名，并都有了称誉性的七言谣后，他们在歌谣中又被重新论资排序。① 故范晔在揭示"党人之议"的发展时，只是在流传于党锢事件前后众多而纷杂的太学生七言谣中，选择了其中代表性人物（李膺、陈蕃、王畅）和赞誉这些人物的代表性谣

---

　　① 若比较《后汉书·党锢列传》序和袁山松《后汉书》记载的"三君""八俊"等名号下的党人名士会发现，二者之间并不统一。如《党锢列传》序中刘儒为"八厨"之一，而袁山松《后汉书》则为"八顾"之一；《党锢列传》序中范滂为"八顾"之一，而袁山松《后汉书》则为"八及"之一。至于同一名号下各位名士的排序，二者更是无一相同，如《党锢列传》序"三君"次序为：窦武、刘淑、陈蕃；袁山松《后汉书》则为：窦武、陈蕃、刘淑。《党锢列传》序"八俊"次序为：李膺、荀翌、杜密、王畅、刘祐、魏朗、赵典、朱寓；袁山松《后汉书》则为：李膺、王畅、杜密、朱寓、魏朗、荀昱、刘祐、赵典（参见陶潜著，杨勇校笺《陶渊明集校笺》卷九《集圣贤群辅录》李公焕注引袁山松《后汉书》，上海古籍出版社2007年版，第353—356页）。又，袁宏《后汉纪》曰："陈蕃为三君之冠，王畅、李膺为八俊之首"，与二者所述也不相同。

谚作品。

在东汉末年社会动乱之际，京师和地方流传着很多首反映社会问题或抨击时政弊端的歌谣。范晔选择了其中较具代表性的谣谚贯穿于党人事件之中，他之所以如此行文，除当时谣谚议政普遍盛行外，还主要是因为，"党人之议"可归结为一种口诛笔伐的行为，而口诛笔伐的一个重要方式也是通过创作流传性极强的谣谚来达到舆论抨击或舆论宣扬的目的。由上所述亦可知，范晔《后汉书·党锢列传》序中三则谣谚背后蕴载的信息量非常大，范晔以此来揭示"党人之议"的缘起和发展，契合当时的社会背景和历史语境。

附录三　历代典籍引录汉代谣谚一览表[*]

一　《淮南子》及注

（1）《淮南子》引谚："鸟穷则噣，兽穷则觢，人穷则诈。"（《淮南子》卷一一《齐俗训》）

（2）高诱引谚："欲人不知，莫如不为。"（《淮南子》卷一七《说林训》高诱注引）

二　《史记》及注

（1）画一歌："萧何为法，顜若画一。曹参代之，守而勿失。载其清净，民以宁一。"（《史记》卷五四《曹相国世家》）

（2）吕太后引鄙语："儿妇人口不可用。"（《史记》卷五六《陈丞相世家》）

（3）秦人谚："力则任鄙，智则樗里。"（《史记》卷七一《樗里子传》）

（4）曹丘生引楚人谚："得黄金百，不如得季布一诺。"（《史记》卷一〇〇《季布传》）

（5）颍川儿歌："颍水清，灌氏宁。颍水浊，灌氏族。"（《史记》卷一〇七《魏其武安侯列传》）

---

[*] 不同典籍对同一谣谚重复收录者未一一列及。

（6）民为淮南厉王歌："一尺布，尚可缝。一斗粟，尚可舂。兄弟二人不能相容。"（《史记》卷一一八《淮南衡山列传》）

（7）贾谊引野谚："前事之不忘，后事之师也。"（《史记》卷六《秦始皇本纪》录贾谊《过秦论》）

（8）韩安国引语："虽有亲父，安知其不为虎？虽有亲兄，安知其不为狼？"（《史记》卷一〇八《韩长孺列传》）

（9）邹阳引谚："有白头如新，倾盖如故。"（《史记》卷八三《邹阳列传》录邹阳《狱中上梁王书》）

（10）司马相如引鄙谚："家累千金，坐不垂堂。"（《史记》卷一一七《司马相如列传》录司马相如《上谏猎书》）

（11）关东为宁成号："宁见乳虎，无值宁成之怒。"（《史记》卷一二二《酷吏列传》）

（12）天下为卫子夫歌："生男无喜，生女无怒，独不见卫子夫霸天下。"（《史记》卷四九《外戚世家》）

（13）司马迁引谚："桃李不言，下自成蹊。"（《史记》卷一〇九《李将军列传》）

（14）司马迁引谚："千金之子，不死于市。"（《史记》卷一二九《货殖列传》）

（15）司马迁引语："仓廪实而知礼节，衣食足而知荣辱。"（《史记》卷一二九《货殖列传》）

（16）司马迁引语："天下熙熙，皆为利来。天下壤壤，皆为利往。"（《史记》卷一二九《货殖列传》）

（17）司马迁引谚："百里不贩樵，千里不贩籴。"（《史记》卷一二九《货殖列传》）

（18）司马迁引谚："力田不如逢年，善仕不如遇合。"（《史记》卷一二五《佞幸列传》）

（19）司马迁引鄙语："尺有所短，寸有所长。"（《史记》卷七三《白起王翦列传》）

（20）司马迁引鄙语："利令智昏。"（《史记》卷七六《平原君虞卿列传》）

（21）司马迁引鄙语："何知仁义，已飨其利者为有德。"（《史记》卷一二四《游侠列传》）

（22）司马迁引语："窃钩者诛，窃国者侯，侯之门仁义存。"（《史记》卷一二四《游侠列传》）

（23）司马迁引谚："人貌荣名，岂有既乎。"（《史记》卷一二四《游侠列传》）

（24）徐广引谚："研、桑心算。"（《史记》卷一二九《货殖列传》裴骃《集解》注引）

（25）褚先生引谚："美女入室，恶女之仇。"（《史记》卷四九《外戚世家》褚先生补引）

（26）褚先生引谚："相马失之瘦，相士失之穷。"（《史记》卷一二六《滑稽列传》褚先生补引）

（27）褚先生引鄙语："骄子不孝。"（《史记》卷五八《梁孝王世家》褚先生补引）

三 《盐铁论》

（1）"文学"引语："厨有腐肉，国有饥民，厩有肥马，路有饿人。"（《盐铁论》卷三《园池篇》）

（2）"大夫"引鄙语："贤者容不辱。"（《盐铁论》卷七《备胡篇》）

四 《说苑》

刘向引谚："诚无垢，思无辱。"（《说苑》卷十《敬慎》篇）

五 《新论》

（1）桓谭引关东鄙语："人闻长安乐，则出门西向而笑。知肉味

美，则对屠门而大嚼。"（《新论》卷中《祛蔽》）

（2）桓谭引谚："伏习象神，巧者不过习者之门。"（《新论》卷下《道赋》）

（3）桓谭引谚："侏儒见一节，而长短可知。"（《新论》卷下《道赋》）

六　《汉书》

（1）平城歌："平城之下亦诚苦，七日不食，不能彀弩。"（《汉书》卷九四《匈奴传上》）

（2）贾谊引鄙语："不习为吏，视已成事。"（《汉书》卷四八《贾谊传》引录贾谊《治安策》）

（3）贾谊引鄙语："前车覆，后车诫。"（《汉书》卷四八《贾谊传》引录贾谊《治安策》）

（4）贾谊引里谚："欲投鼠而忌器。"（《汉书》卷四八《贾谊传》引录贾谊《治安策》）

（5）郑白渠歌："田于何所？池阳、谷口。郑国在前，白渠起后。举臿为云，决渠为雨。泾水一石，其泥数斗。且溉且粪，长我禾黍。衣食京师，亿万之口。"（《汉书》卷二九《沟洫志》）

（6）司马迁引谚："谁为为之？孰令听之？"（《汉书》卷六二《司马迁传》录司马迁《报任安书》）

（7）路温舒引俗语："画地为狱，议不入。刻木为吏，期不对。"（《汉书》卷五一《路温舒传》录路温舒《尚德缓刑书》）

（8）长安为王吉语："东家有树，王阳妇去。东家枣完，去妇复还。"（《汉书》卷七二《王吉传》）

（9）世称王、贡语："王阳在位，贡公弹冠。"（《汉书》卷七二《王吉传》）

（10）长安为萧、朱、王、贡语："萧、朱结绶，王、贡弹冠。"（《汉书》卷七八《萧望之传》）

（11）涿郡人为两高氏谚："宁负二千石，无负豪大家。"（《汉书》卷九〇《酷吏传·严延年传》）

（12）牢石歌："牢邪石邪，五鹿客邪。印何累累，绶若若邪。"（《汉书》卷九三《佞幸传·石显传》）

（13）元帝时童谣："井水溢，灭灶烟，灌玉堂，流金门。"（《汉书》卷二七《五行志中》）

（14）贡禹引俗语："何以孝弟为？财多而光荣。何以礼义为？史书而仕宦。何以谨慎为？勇猛而临官。"（《汉书》卷七二《贡禹传》）

（15）诸儒为朱云语："五鹿岳岳，朱云折其角。"（《汉书》卷六七《朱云传》）

（16）邹鲁谚："遗子黄金满籯，不如一经。"（《汉书》卷七三《韦贤传》）

（17）诸儒为匡衡语："无说《诗》，匡鼎来。匡说《诗》，解人颐。"（《汉书》卷八一《匡衡传》）

（18）京师为诸葛丰语："间何阔，逢诸葛。"（《汉书》卷七七《诸葛丰传》）

（19）诸儒为张禹语："欲为《论》，念张文。"（《汉书》卷八一《张禹传》）

（20）长安为谷永、楼护号："谷子云笔札，楼君卿唇舌。"（《汉书》卷九二《游侠传·楼护传》）

（21）闾里为楼护歌："五侯治丧楼君卿。"（《汉书》卷九二《游侠传·楼护传》）

（22）上郡吏民为冯氏兄弟歌："大冯君、小冯君，兄弟继踵相因循，聪明贤知惠吏民，政如鲁、卫德化钧，周公、康叔犹二君。"（《汉书》卷七九《冯奉世传》）

（23）长安谣："伊徙雁，鹿徙菟，去牢与陈实无贾。"（《汉书》卷九三《佞幸传·石显传》）

（24）京师为赵、张、三王语："前有赵、张，后有三王。"（《汉书》卷七二《王吉传》）

（25）成帝时童谣："燕燕尾涎涎，张公子，时相见。木门仓琅根，燕飞来，啄皇孙，皇孙死，燕啄矢。"（《汉书》卷二七《五行志中》）

（26）刘辅引里语："腐木不可以为柱，卑人不可以为主。"（《汉书》卷七七《刘辅传》）

（27）长安百姓为王氏五侯歌："五侯初起，曲阳最怒，坏决高都，连竟外杜，土山渐台西白虎。"（《汉书》卷九八《元后传》）

（28）薛宣引鄙语："苛政不亲，烦苦伤恩。"（《汉书》卷八三《薛宣传》）

（29）长安为尹赏歌："安所求子死？桓东少年场。生时谅不谨，枯骨后何葬？"（《汉书》卷九〇《酷吏传·尹赏传》）

（30）王嘉引里谚："千人所指，无病而死。"（《汉书》卷八六《王嘉传》）

（31）成帝时歌谣："邪径败良田，谗口乱善人。桂树华不实，黄爵巢其颠。故为人所羡，今为人所怜。"（《汉书》卷二七《五行志中》）

（32）长安为张竦语："欲求封，过张伯松。力战斗，不如巧为奏。"（《汉书》卷九九《王莽传上》）

（33）京师为扬雄语："惟寂寞，自投阁。爱清静，作符命。"（《汉书》卷八七《扬雄传下》）

（34）汝南鸿隙陂童谣："坏陂谁？翟子威。饭我豆食羹芋魁。反乎覆，陂当复。谁云者？两黄鹄。"（《汉书》卷八四《翟方进传》）

（35）东方为王匡、廉丹语："宁逢赤眉，不逢太师。太师尚可，更始杀我。"（《汉书》卷九九《王莽传下》）

（36）班固引谚："有病不治，常得中医。"（《汉书》卷三〇《艺文志》）

（37）班固引谚："鬻棺者欲岁之疫。"（《汉书》卷二三《刑法志》）

（38）班固引谚："以贫求富，农不如工，工不如商，刺绣文不如倚市门。"（《汉书》卷九一《货殖传·巴寡妇清传》）

七 《潜夫论》

（1）王符引谚："一犬吠形，百犬吠声。"（《潜夫论》卷一《贤难》）

（2）王符引谚："曲木恶直绳，重罚恶明证。"（《潜夫论》卷二《考绩》）

（3）王符引谚："痛不著身言忍之，钱不出家言与之。"（《潜夫论》卷五《救边》）

八 《风俗通》

（1）应劭引俚语："狐欲渡河，无奈尾何。"（《风俗通》卷二《正失·宋均令虎渡江》）

（2）应劭引俚语："妇死腹悲，唯身知之。"（《风俗通》卷三《愆礼·山阳太守汝南薛恭祖》）

（3）应劭引语："金不可作，世不可度。"（《风俗通》卷二《正失·王阳能铸黄金》）

（4）弘农民为二殽语："东殽、西殽，渑池所高。"（《风俗通》卷十《山泽·陵》）

（5）南阳为卫修、陈茂语："卫修有事，陈茂活之；卫修无事，陈茂杀之。"（《风俗通》卷四《过誉》）

九 《礼记》注

（1）氾胜之引古语："土长冒橛，陈根可拔，耕者急发。"[《礼记》卷一四《月令》郑玄注引《农书》（《氾胜之书》）]

（2）郑玄引俚语：“隐疾难为医。”（《礼记》卷二《曲礼上》郑玄注引）

十　《独断》

时人为王莽语：“王莽秃，帻施屋。”（《独断》卷下）

十一　谢承《后汉书》

京师为唐约谣：“治身无嫌唐仲谦。”（谢承《后汉书》卷八《唐约传》）

十二　《西京杂记》

长安为韩嫣语：“苦饥寒，逐金丸。”（《西京杂记》卷四《韩嫣好弹》）

十三　《抱朴子》

时人为贡举语：“举秀才，不知书；察孝廉，父别居。寒素清白浊如泥，高第良将怯如鸡。”又云：“古人欲达勤诵经，今民图官免治生。”（《抱朴子·外篇》卷一五《审举》）

十四　《华阳国志》

（1）蜀中为费贻歌：“节义至仁费奉君，不仕乱世（不）避恶君。”（《华阳国志》卷十中《先贤士女总赞·犍为士女》）

（2）河内民为王涣歌：“王稚子，世未有，平徭役，百姓喜。”（《华阳国志》卷十中《先贤士女总赞·广汉士女》）

（3）巴人歌陈纪山：“筑室载直梁，国人以贞真。邪娱不扬目，枉行不动身。奸轨辟乎远，理义协乎民。”（《华阳国志》卷一《巴志》）

（4）时人为折氏谚：“折氏客谁？朱云卿、段节英，中有佃子赵

仲平，但说天文论五经。"（《华阳国志》卷十中《先贤士女总赞·广汉士女》）

（5）巴郡人为吴资歌："习习晨风动，澍雨润乎苗。我后恤时务，我民以优饶。"（《华阳国志》卷一《巴志》）

（6）巴郡人为吴资歌："望远忽不见，惆怅尝徘徊。恩泽实难忘，悠悠心永怀。"（《华阳国志》卷一《巴志》）

（7）阎君童谣："阎尹赋政，既明且昶。去苛去辟，动以礼让。"（《华阳国志》卷十下《先贤士女总赞·汉中士女》）

（8）时人为杨氏四子语："三苗止，四珍复起。"（《华阳国志》卷十下《先贤士女总赞·汉中士女》）

（9）益州乡里为柳宗语："得黄金一笥，不如为伯骞所识。"（《华阳国志》卷十上《先贤士女总赞·蜀郡士女》）

十五 《陶渊明集》注

（1）三君："天下忠诚窦游平。天下义府陈仲举。天下德弘刘仲承。"一云："不畏强御陈仲举，九卿直言有陈蕃。"（《陶渊明集》卷九《集圣贤群辅录》李公焕注引袁山松《后汉书》）

（2）八俊："天下模楷李元礼，天下英秀王叔茂。天下良辅杜周甫，天下冰凌朱季陵。天下忠贞魏少英，天下好交荀伯条。天下稽古刘伯祖，天下才英赵仲经。"（《陶渊明集》卷九《集圣贤群辅录》李公焕注引袁山松《后汉书》）

（3）八顾："天下和雍郭林宗。天下慕恃夏子治。天下英藩尹伯元。天下清苦羊嗣祖。天下琭金刘叔林。天下雅志蔡孟喜。天下卧虎巴恭祖。天下通儒宗孝初。"（《陶渊明集》卷九《集圣贤群辅录》李公焕注引袁山松《后汉书》）

（4）八及："海内贵珍陈子鳞。海内忠烈张元节。海内謇谔范孟博。海内通士檀文友。海内彬彬苑仲真。海内珍好岑公孝。海内所称刘景升。"（《陶渊明集》卷九《集圣贤群辅录》李公焕注引袁山

松《后汉书》)

（5）八厨："海内贤智王伯义。海内修整蕃嘉景。海内贞良秦平王。海内珍奇胡母季皮。海内光光刘子相。海内依怙王文祖。海内严恪张孟卓。海内清明度博平。"（《陶渊明集》卷九《集圣贤群辅录》李公焕注引袁山松《后汉书》)

十六　《拾遗记》

（1）时人为郭况语："郭氏之室，不雨而雷。"（《拾遗记》卷六《后汉》)

（2）时人为郭况语："洛阳多钱郭氏室，夜日昼星富无匹。"（《拾遗记》卷六《后汉》)

十七　《后汉书》及注

（1）时人为甄丰语："夜半客，甄长伯。"（《后汉书》卷一二《彭宠传》)

（2）时人为戴遵语："关东大豪戴子高。"（《后汉书》卷八三《逸民列传·戴良传》)

（3）王莽末天水童谣："出吴门，望缇群。见一蹇人，言欲上天。令天可上，地上安得民。"（《后汉书》卷一〇三《五行志》)

（4）更始时长安中语："灶下养，中郎将。烂羊胃，骑都尉。烂羊头，关内侯。"（《后汉书》卷一一《刘玄传》)

（5）更始时南阳童谣："谐不谐，在赤眉。得不得，在河北。"（《后汉书》卷一〇三《五行志》)

（6）光武帝即位前夕谶谣："刘秀发兵捕不道，四夷云集龙斗野，四七之际火为主。"（《后汉书》卷一《光武帝纪》)

（7）光武帝即位前夕谶谣："刘秀发兵捕不道，卯金修德为天子。"（《后汉书》卷一《光武帝纪》)

（8）益部为任文公语："任文公，智无双。"（《后汉书》卷八二

《方术传上》)

（9）蜀中童谣："黄牛白腹，五铢当复。"（《后汉书》卷一〇三《五行志》)

（10）光武述时人语："关东觥觥郭子横。"（《后汉书》卷八二《方术列传上·郭宪传》)

（11）光武帝引谚："贵易交，富易妻。"（《后汉书》卷二六《宋弘传》)

（12）宋弘引语："贫贱之知不可忘，糟糠之妻不下堂。"（《后汉书》卷二六《宋弘传》)

（13）南阳为杜诗语："前有召父，后有杜母。"（《后汉书》卷三一《杜诗传》)

（14）京师为戴凭语："解经不穷戴侍中。"（《后汉书》卷七九《儒林列传上》)

（15）京师为井丹语："《五经》纷纶井大春。"（《后汉书》卷八三《逸民列传·井丹传》)

（16）时人为王君公语："避世墙东王君公。"（《后汉书》卷八三《逸民列传·逢萌传》)

（17）乡里为茨充号："一马两车茨子河。"（《后汉书》卷七六《循吏列传·卫飒传》)

（18）渔阳民为张堪歌："桑无附枝，麦穗两岐。张君为政，乐不可支。"（《后汉书》卷三一《张堪传》)

（19）临淮吏人为朱晖歌："强直自遂，南阳朱季。吏畏其威，人怀其惠。"（《后汉书》卷四三《朱晖传》)

（20）凉州民为樊晔歌："游子常苦贫，力子天所富。宁见乳虎穴，不入冀府寺。大笑期必死，忿怒或见置。嗟我樊府君，安可再遭值。"（《后汉书》卷七七《酷吏列传·樊晔传》)

（21）京师为董少平歌："枹鼓不鸣董少平。"（《后汉书》卷七七《酷吏列传·董宣传》)

（22）百姓为郭乔卿歌："厥德仁明郭乔卿，忠正朝廷上下平。"（《后汉书》卷二六《蔡茂传》）

（23）马廖引长安语："城中好高髻，四方高一尺。城中好广眉，四方且半额。城中好大袖，四方全匹帛。"（《后汉书》卷二四《马援传》）

（24）通博南歌："汉德广，开不宾。度博南，越兰津。度兰仓，为它人。"（《后汉书》卷八六《西南夷传·哀牢传》）

（25）蜀郡百姓为廉范歌："廉叔度，来何暮？不禁火，民安作。平生无襦今五绔。"（《后汉书》卷三一《廉范传》）

（26）时人为廉范语："前有管鲍，后有庆廉。"（《后汉书》卷三一《廉范传》）

（27）章帝引谚："作舍道边，三年不成。"（《后汉书》卷三五《曹褒传》）

（28）班昭引鄙谚："生男如狼，犹恐其尪。生女如鼠，犹恐其虎。"（《后汉书》卷八四《列女传》引班昭《女诫·敬慎》）

（29）时人为周泽语："生世不谐，作太常妻，一岁三百六十日，三百五十九日斋。一日不斋醉如泥，既作事，复低迷。"（《后汉书》卷七九《儒林列传下·周泽传》）

（30）诸儒为贾逵语："问事不休贾长头。"（《后汉书》卷三六《贾逵传》）

（31）京师为杨政语："说经铿铿杨子行。"（《后汉书》卷七九《儒林列传上·杨政传》）

（32）寿春乡里为召驯语："德行恂恂召伯春。"（《后汉书》卷七九《儒林列传下·召驯传》）

（33）时人为丁鸿语："殿中无双丁孝公。"（《后汉书》卷三七《丁鸿传》）

（34）京兆乡里为冯豹语："道德彬彬冯仲文。"（《后汉书》卷二八《冯衍传》）

（35）关东为鲁丕号："《五经》复兴鲁叔陵。"（《后汉书》卷二五《鲁恭传》）

（36）诸儒为杨震语："关西孔子杨伯起。"（《后汉书》卷五四《杨震传》）

（37）京师为黄香号："天下无双江夏黄童。"（《后汉书》卷八〇《文苑列传上·黄香传》）

（38）时人为许慎语："《五经》无双许叔重。"（《后汉书》卷七九《儒林列传下·许慎传》）

（39）会稽童谣："弃我戟，捐我矛，盗贼尽，吏皆休。"（《后汉书》卷三六《张霸传》）

（40）羊元引谚："孤犊触乳，骄子骂母。"（《后汉书》卷七六《循吏列传·仇览传》李贤注引谢承《后汉书》）

（41）虞诩引谚："关西出将，关东出相。"（《后汉书》卷五八《虞诩传》）

（42）魏郡舆人歌："我有枳棘，岑君伐之。我有蟊贼，岑君遏之。狗吠不惊，足下生氂。含哺鼓腹，焉知凶灾？我喜我生，独丁斯时。美矣岑君，於戏休兹。"（《后汉书》卷一七《岑彭传》）

（43）时人为王符语："徒见二千石，不如一缝掖。"（《后汉书》卷四九《王符传》）

（44）益州为尹就谚："虏来尚可，尹来杀我。"（《后汉书》卷八六《南蛮传》）

（45）京师为周举语："《五经》从横周宣光。"（《后汉书》卷六一《周举传》）

（46）李固引语："善人在患，饥不及餐。"（《后汉书》卷五六《王龚传》）

（47）顺帝末京都童谣："直如弦，死道边。曲如钩，反封侯。"（《后汉书》卷一〇三《五行志》）

（48）豫章乡里为雷义、陈重语："胶漆自谓坚，不如雷与陈。"

（《后汉书》卷八一《独行列传·雷义传》）

（49）时人为任安语："欲知仲桓问任安"；又曰："居今行古任定祖。"（《后汉书》卷七九《儒林列传上·任安传》）

（50）甘陵乡人谣："天下规矩房伯武，因师获印周仲进。"（《后汉书》卷六七《党锢列传》序）

（51）桓帝初天下童谣："小麦青青大麦枯，谁当获者妇与姑。丈人何在西击胡，吏买马，君具车，请为诸君鼓咙胡。"（《后汉书》卷一〇三《五行志》）

（52）桓帝初京都童谣："城上乌，尾毕逋。公为吏，子为徒。一徒死，百乘车。车班班，入河间。河间姹女工数钱，以钱为室金为堂。石上慊慊舂黄粱。梁下有悬鼓，我欲击之丞卿怒。"（《后汉书》卷一〇三《五行志》）

（53）梁沛间里为范史云歌："甑中生尘范史云，釜中生鱼范莱芜。"（《后汉书》卷八一《独行传·范冉传》）

（54）顺阳吏民为刘陶歌："邑然不乐，思我刘君，何时复来，安此下民。"（《后汉书》卷五七《刘陶传》）

（55）桓帝时京都童谣："游平卖印自有平，不辟豪贤及大姓。"（《后汉书》卷一〇三《五行志》）

（56）汝南、南阳二郡谣："汝南太守范孟博，南阳宗资主画诺。南阳太守岑公孝，弘农成瑨但坐啸。"（《后汉书》卷六七《党锢列传》序）

（57）天下为贾彪语："贾氏三虎，伟节最怒。"（《后汉书》卷六七《党锢列传·贾彪传》）

（58）京师为光禄茂才谣："欲得不能，光禄茂才。"（《后汉书》卷六一《黄琼传》）

（59）天下为四侯语："左回天，具独坐，徐卧虎，唐两墯。"（《后汉书》卷七八《宦者列传·单超传》）

（60）三府为朱震语："车如鸡栖马如狗，疾恶如风朱伯厚。"

（《后汉书》卷六六《陈蕃传》）

（61）陈蕃引鄙谚："盗不过五女门。"（《后汉书》卷六六《陈蕃传》）

（62）考城浦亭乡邑为仇览谚："父母何在在我庭，化我鸱枭哺所生。"（《后汉书》卷七六《循吏列传·仇览传》）

（63）桓帝末京都童谣："茅田一顷中有井，四方纤纤不可整。嚼复嚼，今年尚可后年铙。"（《后汉书》卷一〇三《五行志》）

（64）桓帝末京都童谣："白盖小车何延延。河间来合谐，河间来合谐。"（《后汉书》卷一〇三《五行志》）

（65）时人为（葛龚）作奏语："作奏虽工，宜去葛龚。"（《后汉书》卷八〇《文苑列传上·葛龚传》李贤注引）

（66）董逃歌："承乐世董逃，游四郭董逃，蒙天恩董逃，带金紫董逃，行谢恩董逃，整车骑董逃，垂欲发董逃，与中辞董逃，出西门董逃，瞻宫殿董逃，瞻京城董逃，日夜绝董逃，心摧伤董逃。"（《后汉书》卷一〇三《五行志》）

（67）交阯兵民为贾琮歌："贾父来晚，使我先反。今见清平，吏不敢饭。"（《后汉书》卷三一《贾琮传》）

（68）百姓为皇甫嵩歌："天下大乱兮市为墟，母不保子兮妻失夫，赖得皇甫兮复安居。"（《后汉书》卷七一《皇甫嵩传》）

（69）京师为胡广谚："万事不理问伯始，天下中庸有胡公。"（《后汉书》卷四四《胡广传》）

（70）时人为桓典语："行行且止，避骢马御史。"（《后汉书》卷三七《桓荣传》）

（71）灵帝末京都童谣："侯非侯，王非王，千乘万骑上北芒。"（《后汉书》卷一〇三《五行志》）

（72）颍川为荀爽语："荀氏八龙，慈明无双。"（《后汉书》卷六二《荀淑传》）

（73）京师为李氏语："父不肯立帝，子不肯立王。"（《后汉书》

卷六三《李固传》)

（74）献帝初京都童谣："千里草，何青青。十日卜，不得生。"（《后汉书》卷一〇三《五行志》）

（75）献帝初幽州童谣："燕南垂，赵北际，中央不合大如砺，唯有此中可避世。"（《后汉书》卷七三《公孙瓒传》）

（76）初平中长安谣："头白皓然，食不充粮。裹衣褰裳，当还故乡。圣主愍念，悉用补郎。舍是布衣，被服玄黄。"（《后汉书》卷九《献帝纪》）

（77）建安初荆州童谣："八九年间始欲衰，至十三年无孑遗。"（《后汉书》卷一〇三《五行志》）

（78）陈琳引谚："掩目捕雀。"（《后汉书》卷六九《何进传》）

十八　《三国志》及注

（1）京师为袁成谚："事不谐，问文开。"（《三国志》卷六《袁绍传》裴松之注引《英雄记》）

（2）兴平中吴中童谣："黄金车，班兰耳，闿昌门，出天子。"（《三国志》卷四七《吴主传》）

（3）时人为吕布语："人中有吕布，马中有赤兔。"（《三国志》卷七《吕布传》裴松之注引《曹瞒传》）

（4）关中为游殷谚："生有知人之明，死有贵神之灵。"（《三国志》卷一五《张既传》裴松之注引《三辅决录注》）

十九　《文选》注

应劭引俚语："越陌度阡，更为客主。"（《文选》卷二七《乐府上·短歌行》李善注引应劭《风俗通》）

二〇　《述异记》

汉世古谚云："虽有神药，不如少年。虽有珠玉，不如金钱。"

（《述异记》卷下）

二一 《齐民要术》

（1）氾胜之引谚："子欲富，黄金覆！"（《齐民要术》卷二《大小麦》引《氾胜之书》）

（2）崔寔引农谚："三月昏参夕；杏花盛，桑椹赤。"（《齐民要术》卷二《大豆》引崔寔语）

二二 《北堂书钞》及注

（1）蜀郡童谣："两日出天兮"或"两日出，天兵戢。"（《北堂书钞》卷七六《太守下》引谢承《后汉书》）

（2）京师为张盘语："闻清白，张子石。"（《北堂书钞》卷三八《政术部·廉洁》引谢承《后汉书·张盘传》）

（3）时人为陈嚣语："关东说诗陈君期。"（《北堂书钞》卷一〇〇《艺文部·叹赏》引《会稽典录》）

二三 《艺文类聚》

诸儒为刘恺语："难经伉伉刘太常。"（《艺文类聚》卷四九《职官部五·太常》引华峤《后汉书》）

二四 《意林》

王逸引谚："政如冰霜，奸宄消亡。威如雷霆，寇贼不生。"（《意林》卷四录王逸《正部》）

二五 《太平寰宇记》

（1）长沙人石虎谣："石虎头截，仓廪不阙。"（《太平寰宇记》卷一一四《江南西道·长沙县》）

（2）阚骃引语："仕宦不偶值冀部。"（《太平寰宇记》卷六三

《河北道·冀州》引阚骃《十三州志》）

（3）阚骃引语："幽、冀之人钝如椎。"（《太平寰宇记》卷六三《河北道·冀州》引阚骃《十三州志》）

二六　《太平御览》

（1）时人为蒋诩谚："楚国二龚，不如杜陵蒋翁。"（《太平御览》卷五一〇《逸民》录嵇康《高士传》）

（2）马皇后引俗语："时无赭，浇黄土。"（《太平御览》卷四九五《人事部·谚上》引《东观汉记》）

（3）京师为祁圣元号："论难僻僻祁圣元。"（《太平御览》卷六一五《学部·讲说》引《东观汉记》）

（4）会稽童谣："城上乌鸣哺父母，府中诸吏皆孝子。"（《太平御览》卷二六二《职官部·良太守下》引《益部耆旧传》）

（5）会稽童歌："城上乌，哺父母，府中诸吏皆孝子。"（《太平御览》卷四一二《人事部·孝上》引《东观汉记》）

（6）苍梧人为陈临歌："苍梧陈君恩广大，令死罪囚有后代，德参古贤天报施。"（《太平御览》卷四六五《人事部·歌》引谢承《后汉书》）

（7）乡人为秦护歌："冬无袴，有秦护。"（《太平御览》卷六九五《服章部·袴》引谢承《后汉书》）

（8）汲县长老为崔瑗歌："天降神明，君锡我慈仁父。临民布德泽，恩惠施以序。穿沟广溉灌，决渠作甘雨。"（《太平御览》卷二六八《职官部·良令长下》引《崔氏家传》）

（9）彭子阳歌："时岁仓卒，盗贼纵横。大戟强弩不可当，赖遇贤令彭子阳。"（《太平御览》卷三五二《兵部·戟上》引谢承《后汉书》）

（10）崔寔引俚语："州郡记，如霹雳。得诏书，但挂壁""一岁再赦，奴儿喑喑。"（《太平御览》卷四九六《人事部·谚下》引

崔寔《政论》）

（11）崔寔引语："小民发如韭，剪复生。头如鸡，割复鸣。吏不必可畏，从来必可轻，奈何欲望致州厝乎。"（《太平御览》卷九七六《菜茹部·韭》引崔寔《政论》）

（12）时人为公沙六子号："公沙六龙，天下无双。"（《太平御览》卷四九五《人事部·谚上》引袁山松《后汉书》）

（13）赵岐引南阳旧语："前队大夫范仲公，盐豉蒜果共一箸。"（《太平御览》卷八五五《饮食部·豉》引《三辅决录》）

（14）武陵人为黄氏兄弟谚："天有冬夏，人有二黄。"（《太平御览》卷二二《时序部·夏中》引《襄阳耆旧传》）

（15）应劭引俚语："不救蚀者，出行遇雨。"（《太平御览》卷八四九《饮食部·食下》引应劭《风俗通》）

（16）应劭引俚语："县官漫漫，冤死者半。"（《太平御览》卷二二六《职官部·持书御史》引应劭《风俗通》）

（17）应劭引俚语："仕宦不止车生耳。"（《太平御览》卷四九六《人事部·谚下》引应劭《汉官仪》）

（18）时人为庞氏语："庐里庞公，凿井得铜，买奴得公。"（《太平御览》卷五〇〇《人事部·奴婢》引《风俗通》）

（19）汉末江淮间童谣曰："大兵如市，人死如林。持金易粟，粟贵于金。"（《太平御览》卷八四〇《百谷部·粟》引任昉《述异记》）

（20）汉末洛中童谣："虽有千黄金，无如我斗粟。斗粟自可饱，千金何所直。"（《太平御览》卷八四〇《百谷部·粟》引任昉《述异记》）

（21）汉末冀州人语："虎豹之口，不如饥人。"（《太平御览》卷八四〇《百谷部·粟》引任昉《述异记》）

（22）民为五门语："苑中三公，钜下二卿。五门藿藿，但闻豚声。"（《太平御览》卷八二八《资产部·卖买》引《三辅决录》）

（23）时人为郭典语："郭君围堑，董将不许。几令狐狸，化为豺虎。赖我郭君，不畏强御。转机之间，敌为穷虏。猗猗惠君，保完疆土。"（《太平御览》卷四九六《人事部·谚下》引《江表传》）

（24）时人为缪文雅语："素车白马缪文雅。"（《太平御览》卷四九六《人事部·谚下》引皇甫谧《达士传》）

（25）三辅为张氏、何氏语："何氏篝，张氏钩。何氏肥，张氏瘦。"（《太平御览》卷三七八《人事部·瘦》引《三辅决录注》）

（26）时人为张氏谚："相里张，多贤良。积善应，子孙昌。"（《太平御览》卷四九六《人事部·谚下》引《文士传》）

（27）六县吏人为爱珍歌："我有田畴，爱父殖置。我有子弟，爱父教诲。"（《太平御览》卷四六五《人事部·歌》引《陈留耆旧传》）

（28）益部民为王忳谣："信哉少林世为遇，飞被走马与鬼语。"（《太平御览》卷四六五《人事部·谣》引《益部耆旧传》）

（29）恒农童谣："君不我忧，人何以休，不行界署，焉知人处。"（《太平御览》卷四六五《人事部·谣》引《陈留耆旧传》）

（30）东门卖谣："东门卖，取吴半，吴不足，济阴续。"（《太平御览》卷四九二《人事部·贪》引《鲁国先贤志》）

（31）商子华谣："石里之勇殷子华，暴虎见之合爪牙。"（《太平御览》卷四三六《人事部·勇》引《殷氏世传》）

（32）商子华谣："石里之勇商子华，暴虎见之藏爪牙。"（《太平御览》卷四六五《人事部·谣》引《商氏世传》）

（33）父老为三茅君歌："茅山连金陵，江湖据下流，三神乘白鹤，各在一山头。佳雨灌旱稻，陆田亦复周，妻子保堂室，使我无百忧，白鹤翔金穴，何时复来游。"（《太平御览》卷九一六《羽族部·鹤》引《李尊太元真人茅君内传》）

（34）人为高慎语："巍然不语，名高孝甫。"（《太平御览》卷二六五《职官部·从事》引《陈留耆旧传》）

（35）宣城为封使君语："无作封使君，生不治民死食民。"（《太平御览》卷八九二《兽部·虎下》引任昉《述异记》）

（36）时人为孔氏兄弟语："鲁孔氏好读经，兄弟讲诵可不听。学士来者有声名，不过孔氏郎得成。"（《太平御览》卷三八五《人事部·幼智下》引《孔丛子》）

（37）人为许晏谚："殿上成群许伟君。"（《太平御览》卷四九六《人事部·谚下》引《陈留风俗传》）

二七 《广韵》

时人为应曜语："南山四皓，不如淮阳一老。"（《广韵》卷二《下平声·蒸》）

二八 《云笈七签》

时人为三茅君谣："茅山连金陵，江湖据下流。三神乘白鹄，各治一山头。召雨灌旱稻，陆田苗亦柔。妻子咸保室，使我无百忧。白鹄翔青天，何时复来游？"（《云笈七签》卷一〇四《传·太元真人东岳上卿司命真君传》）

二九 《乐府诗集》

（1）京师人为鲍司隶歌："鲍氏骢，三人司隶再入公。马虽瘦，行步工。"（《乐府诗集》卷八五《杂歌谣辞三》据《乐府广题》引《列异传》）

（2）洛阳人为祝良歌："天久不雨，蒸人失所。天王自出，祝令特苦。精符感应，滂沱下雨。"（《乐府诗集》卷八五《杂歌谣辞·歌辞》引《长沙耆旧传》）

（3）京兆为李变谣："我府君，道教举。恩如春，威如虎。刚不吐，弱不茹。爱如母，训如父。"（《乐府诗集》卷八七《杂歌谣辞》引《续汉书》）

（4）父老为王世容歌：“王世容，政无双。省徭役，盗贼空。”（《乐府诗集》卷八五《杂歌谣辞》引《吴录》）

三〇　《舆地纪胜》

（1）苍梧人为陈临歌：“苍梧府君惠及死，能令死人不绝嗣。”（《舆地纪胜》卷一〇八《梧州·官吏》）

（2）人为徐闻县谚：“欲拔贫，诣徐闻。”（《舆地纪胜》卷一一八《雷州》）

三一　《古今谚》

崔寔引农谣：“上火不落，下火滴沰。”（《古今谚》引崔寔《四民月令》）

三二　《广舆记》

时人为扬雄、桓谭语：“玩扬子云之篇。乐于居千乘之官。挟桓君之书，富于积猗顿之财。”（《广舆记》第二册《凤阳府·人物》）

三三　《郃阳令曹全碑》

敦煌乡人为曹全谚：“重亲致欢曹景完。”（《郃阳令曹全碑》为出土实物，文见严可均《全后汉文》卷一〇五）

三四　《全唐文》

蒋横遭祸时童谣：“君用谗慝，忠烈是殛。鬼怨神怒，妖气充塞。”（《全唐文》卷三五四《后汉亢亭乡侯蒋澄碑》）

三五　《古谣谚》

崔寔引农谚：“二月昏，参星夕。杏花盛，桑叶赤。”（《古谣谚》卷三七据《齐民要术》引崔寔《四民月令》）

三六　后人辑汉代纬书

（1）时人谣："五侯之斗血成江。"（《春秋考异邮》）

（2）摘洛谣："刿者配姬以放贤，山崩水溃纳小人，家伯罔主异哉震。"（《诗泛历枢》）

三七　《先秦汉魏晋南北朝诗》

锡山古谣："有锡兵，无锡宁。"（《先秦汉魏晋南北朝诗》卷八《杂歌谣辞》引《常州图经》）

参考文献

一　史书类

（汉）班固：《汉书》，中华书局1964年版。

（晋）陈寿：《三国志》，中华书局1959年版。

（南朝宋）范晔撰，（唐）李贤等注：《后汉书》，中华书局1965年版。

（唐）房玄龄等：《晋书》，中华书局1974年版。

（宋）司马光编著，（元）胡三省音注：《资治通鉴》，中华书局1956年版。

（汉）司马迁：《史记》，中华书局1963年版。

（南朝梁）萧子显：《南齐书》，中华书局1972年版。

二　文献和专著类

［日］安居香山、中村璋八辑：《纬书集成》，河北人民出版社1994年版。

（汉）蔡邕：《独断》，《文渊阁四库全书》本，上海古籍出版社2003年版。

（晋）常璩撰，刘琳校注：《华阳国志校注》，巴蜀书社1984年版。

丁福保辑：《历代诗话续编》，中华书局1983年版。

（清）董诰等编：《全唐文》，中华书局1983年版。

（清）杜文澜辑：《古谣谚》，中华书局1958年版。

（明）冯惟讷：《古诗纪》，《文渊阁四库全书》本，上海古籍出版社
    2003 年版。

傅亚庶：《孔丛子校释》，中华书局 2011 年版。

高亨：《周易杂论》，齐鲁书社 1979 年版。

（晋）葛洪撰，周天游校注：《西京杂记》，三秦出版社 2006 年版。

（清）顾炎武著，黄汝成集释：《日知录集释》，上海古籍出版社 2006
    年版。

（宋）郭茂倩编：《乐府诗集》，中华书局 1979 年版。

郭沫若：《卜辞通纂》，科学出版社 1983 年版。

郭沫若：《殷契粹编》，科学出版社 1965 年版。

（晋）郭璞注：《山海经·穆天子传》，岳麓书社 1992 年版。

（明）郭子章：《六语》，北京图书馆古籍出版编辑组编：《北京图书
    馆古籍珍本丛刊》第 65 册，书目文献出版社 1988 年版。

（汉）韩婴撰，许维遹校释：《韩诗外传集释》，中华书局 1980 年版。

何宁：《淮南子集释》，中华书局 1998 年版。

（宋）洪兴祖：《楚辞补注》，中华书局 1983 年版。

胡厚宣主编：《甲骨文合集释文》，中国社会科学出版社 1999 年版。

（汉）桓谭：《新论》，上海人民出版社 1977 年版。

黄晖：《论衡校释》，中华书局 1990 年版。

黄玉顺：《易经古歌考释》，巴蜀书社 1995 年版。

姜亮夫：《楚辞通故》，《姜亮夫全集》（三），云南人民出版社 2002
    年版。

（宋）乐史撰，王文楚等点校：《太平寰宇记》，中华书局 2007 年版。

黎翔凤撰，梁运华整理：《管子校注》，中华书局 2004 年版。

（宋）李昉等：《太平御览》，中华书局 1960 年版。

梁启超：《中国之美文及其历史》，东方出版社 1996 年版。

刘师培：《论文杂记》，人民文学出版社 1984 年版。

（汉）刘向撰，向宗鲁校证：《说苑校证》，中华书局 1987 年版。

（南朝梁）刘勰著，范文澜注：《文心雕龙注》，人民文学出版社 1962
　　年版。

（南朝宋）刘义庆撰，（南朝梁）刘孝标注：《世说新语》，上海古籍
　　出版社 1982 年版。

鲁迅：《且介亭杂文》，《鲁迅全集》第六卷，人民文学出版社 2005
　　年版。

（明）陆应阳原纂，（清）蔡方炳增辑：《增订广舆记》，康熙二十五
　　年大文堂本。

逯钦立辑校：《先秦汉魏晋南北朝诗》，中华书局 1988 年版。

吕思勉：《秦汉史》，上海古籍出版社 1983 年版。

吕肖奂：《中国古代民谣研究》，巴蜀书社 2006 年版。

（唐）马总：《意林》，《文渊阁四库全书》本，上海古籍出版社 2003
　　年版。

（唐）欧阳询：《艺文类聚》，上海古籍出版社 1965 年版。

（南朝梁）任昉：《述异记》，中华书局 1931 年版。

（清）阮元校刻：《十三经注疏》，中华书局 1980 年版。

尚恒元、彭善俊：《二十五史谣谚通检》，山西人民出版社 1986 年版。

石声汉校释：《齐民要术今释》，科学出版社 1958 年版。

（清）孙诒让撰，孙启治点校：《墨子间诂》，中华书局 2001 年版。

（晋）陶潜著，杨勇校笺：《陶渊明集校笺》，上海古籍出版社 2007
　　年版。

（汉）王符著，（清）汪继培笺：《潜夫论笺校正》，中华书局 1985
　　年版。

（晋）王嘉撰，（南朝梁）萧绮录：《拾遗记》，中华书局 1981 年版。

王利器：《颜氏家训集解》（增补本），中华书局 1996 年版。

王利器校注：《盐铁论校注》，中华书局 1992 年版。

王利器注疏：《吕氏春秋注疏》，巴蜀书社 2002 年版。

（宋）王象之：《舆地纪胜》，中华书局 1992 年版。

（南朝梁）萧统编，（唐）李善注：《文选》，中华书局 1977 年版。

（唐）徐坚等注：《初学记》，中华书局 1962 年版。

（南朝陈）徐陵编，（清）吴兆宜注，穆克宏点校：《玉台新咏笺注》，中华书局 1999 年版。

徐元诰撰，王树民、沈长云点校：《国语集解》，中华书局 2002 年版。

（汉）许慎：《说文解字》，中华书局 1963 年版。

严耕望：《中国地方行政制度史·秦汉地方行政制度》，上海古籍出版社 2007 年版。

（清）严可均辑：《全后汉文》，商务印书馆 1999 年版。

杨伯峻：《列子集释》，中华书局 1979 年版。

杨明照：《抱朴子外编校释》上册，中华书局 1991 年版。

（明）杨慎编：《风雅逸篇　古今风谣　古今谚》，古典文学出版社 1958 年版。

（东汉）应劭撰，吴树平校释：《风俗通义校释》，天津人民出版社 1980 年版。

（唐）虞世南撰，（清）孔广陶校注：《北堂书钞》，中国书店 1989 年版。

（晋）袁宏撰，周天游校注：《后汉纪校注》，天津古籍出版社 1987 年版。

苑利主编：《二十世纪中国民俗学经典·史诗歌谣卷》，社会科学文献出版社 2002 年版。

（宋）张君房编：《云笈七签》，中华书局 2003 年版。

张氏泽存堂本影印：《宋本广韵》，中国书店 1982 年版。

（明）张之象编：《古诗类苑》，四库全书存目丛书编纂委员会编：《四库全书存目丛书》集部，第 320 册，齐鲁社 1997 年版。

赵敏俐等：《中国古代歌诗研究》，北京大学出版社 2005 年版。

周天游辑注：《八家后汉书辑注》，上海古籍出版社 1986 年版。

（清）朱骏声编著：《说文通训定声》，中华书局 1984 年版。

三 论文类

陈才训:《汉代歌谣兴盛的原因》,《天中学刊》2005 年第 4 期。

胡守为:《"举谣言"与东汉吏政》,《中山大学学报》2004 年第 6 期。

黄怀信:《〈孔丛子〉的时代与作者》,《西北大学学报》1987 年第
　　1 期。

李存山:《〈孔丛子〉中的"孔子诗论"》,《孔子研究》2003 年第
　　3 期。

李学勤:《竹简〈家语〉与汉魏孔氏家学》,《孔子研究》1987 年第
　　2 期。

吕宗力:《略论民间歌谣在汉代的政治作用及相关迷思》,《社会科学
　　战线》2008 年第 9 期。

马新:《时政谣谚与两汉民众参与意识》,《齐鲁学刊》2001 年第 6 期。

牟发松:《范晔〈后汉书〉对党锢成因的认识与书写——党锢事件成
　　因新探》,《华东师范大学学报》(哲学社会科学版) 2012 年第
　　6 期。

王凯旋:《汉代谣谚与世风》,《聊城大学学报》2004 年第 6 期。

王子今:《秦汉民间谣谚略说》,《人文杂志》1987 年第 4 期。